大英图书馆

·侦探小说黄金时代经典作品集·

豕背山奇案

THE HOG'S BACK MYSTERY

［爱尔兰］弗里曼·威尔斯·克罗夫茨　著

刘星妤　译

中国青年出版社

序 言

————

豕背山奇案于1933年首次出版，讲述了一个发生在英国萨里郡的谋杀谜案。本书作者弗里曼·威尔斯·克罗夫茨是两次世界大战期间"侦探小说黄金时代"的著名作家之一。在这本令人着迷的侦探小说里，克罗夫茨践行了要和读者"公平比赛"的承诺——当苏格兰场的法兰奇督察最终解开谜团时，读者会想起之前在每一页中埋下的线索。

故事发生在北部高地的豕背山附近——克罗夫茨和妻子就住在那里，开端于一场家庭闹剧。一位医生的妻子和另一个男人有染，她的朋友们对此很失望，然而一次偶然的相遇表明，这名医生也有"外遇"。有人看到医生和一名年轻貌美的女人在一起，之后医生还对此事撒了谎。当医生和这位朋友——后来发现是一名护士——神秘消失后，大家认为他们也许是私奔了。法兰奇被派去调查此案，不料紧接着医生家的一位客人也失踪了。到底该如何解释这些失踪事件呢？如果失踪的三人被谋杀了，犯人的动机又是什么呢？

法兰奇一边担心着自己的胃（早餐成了一个问题。他不想花时间去法纳姆吃早饭，但他知道一旦饿了，工作的质量会下降），一边着手调查这起引人入胜而又精心策划的案件。至少有6名嫌疑人，要弄清楚这许多不在场证明着实不易。克罗夫茨在本书出版3年后发表了一篇关于"侦探小说写作"的文章，讨论了如何用严谨的方法构思出一起案件。他的方法是：在动笔之前，首先准备好"应该发生的既定事实"概要，包括时间表、人物传记和重要地区的草图，然后总结出这些事件（包括时间表）会如何展现在侦探眼前。在本书中，克罗夫茨对小细节的处理则体现在了末尾部分的时间表上，他描述了如何证实两个关键的不在场证明，并提供了一份解释性的草图。

弗里曼·威尔斯·克罗夫茨1879年出生在都柏林，青年时期搬到了乌尔斯特。他的父亲是一名英国军医，服役期间客死他乡。后来其母再婚，嫁给了爱尔兰教会的一名副主教。克罗夫茨17岁时开始学习土木工程，之后在铁路工程领域继续深造，最终成为贝尔法斯特和北部各县铁路的总工程师。1919年，克罗夫茨开始被疾病困扰——为了消磨时间，他拿了一支铅笔和一个本子，开始写故事。

为了向狄更斯致敬，克罗夫茨将他的第一部小说命名为《双城迷案》，然后交给了柯林斯出版公司，阅读这本书稿的J.D.贝雷斯福德是当时著名的小说家和评论家，但人们对他的印象更多是来自他女儿创作的《好心的尖鼻怪》①。贝雷斯福德很喜欢这个故事，但要求克罗夫茨进行一些修改。后来，这本书经过修改后更名为《谜桶》，于1920年出版，上市后立即成为畅销书。故事的内容是，人们在一个本应装着葡萄酒的木桶里发现了锯末、金币和一具女性尸体，在木桶消失后，苏格兰场的伯恩利督察顺着一条线索跨越英吉利海峡展开调查。在《谜桶》问世后的20年间，其销量远远超过10万本，这是同期大多数侦探小说都无法企及的。

克罗夫茨自创作生涯之初，便展现出了工程师的精确性和自制力，这些特质对构建复杂的谜案来说非常宝贵。对铁路的热爱使他经常把列车时刻表作为调查罪犯不在场证明的重要线索——对于现代的乘客来说，他相信火车会准点运行的信念似乎很感人。克罗夫茨游历广泛，他的许多作品都以外国为背景；在许多读者还未走出英国的时候，这使得他的作品更具吸引力。克罗夫茨在前五本书中塑造了一系列督察的形象，1924年，法兰奇督察在《伟大

---

① 伊丽莎白·贝雷斯福德创作了《好心的尖鼻怪》（*The Wombles*）系列童书。

的法兰奇督察》一书中的出场更是达到了巅峰。

　　1929 年之前，克罗夫茨一直边写作边工作，但由于身体原因，他不得不退出工程界。他在北爱尔兰的最后一项重要工作，是主持一个关于反对《班恩河与内伊湖排水方案》的调查。次年，他发表了一篇缜密严谨的报告，驳斥了这些反对意见，十分符合他的风格。从那以后，克罗夫茨专注于写作，他和妻子搬到了萨里，并成了安东尼·伯克莱提议创建的"侦探俱乐部"的创始成员之一。克罗夫茨在俱乐部里表现活跃，结识了阿加莎·克里斯蒂、多萝西·L.塞耶斯和G.K.齐斯特顿等。

　　俱乐部的成员认为，侦探小说家应该"公平地"给出线索，给读者一个自己想出答案的机会。因此，有些小说家使用了各种各样的"线索指引"手法，比如英国的J.J.康宁顿、克罗夫茨和罗纳德·诺克斯以及美国的C.戴利·金。有些小说家还发出"给读者的挑战"，比如英国的伯克莱、米华德·肯尼迪和鲁伯特·佩尼以及美国的艾勒里·昆恩等。

　　随着伯克莱等侦探小说家愈加重视人物的塑造、幽默感和对犯罪心理学的探究，侦探故事不再只是单纯的智力比赛，不过复杂案件本身的魅力仍然是最大的看点。弗里曼·威尔斯·克罗夫茨便是设计精彩故事情节的高手，而《豕背山奇案》堪称这位娴熟匠人的巅峰之作。

英国警衔说明

————————

由于"侦探小说黄金时代"系列小说的故事发生地主要在英国，书中机警睿智的侦探也以英国警察为主，所以在读者阅读本书之前我们先对英国的旧时警衔和称呼做一些简略介绍，以便读者更好地理解小说背景。

英国的旧时警衔主要分为5等（从高到低）：

警察总监（Chief Constable）；

警司（Superintendent）／总警司（Chief Superintendent）；

督察（Inspector）／总督察（Chief Inspector）；

警长（Sergeant）；

警员（Constable）。

伦敦以外地区的警署还有以下几种职级（从高到低）：警察局长（Chief Constable）、警察局副局长（Deputy Chief Constable）、助理警察局长（Assistant Chief Constable）。

另外，对于担任刑事调查部门或其他某些特别部门职务的警务人员，一般会在他们的职级之前加有"侦探（Detectives）"前缀，本书中译为"警探"。此类警务人员由于职责性质特殊，所以一般不穿制服，而着便衣执行任务。

在警务人员的升迁或训练等临时过程中，他们的职级还会加有"实习（Trainee）""临时（Temporary）""代理（Acting）"的前缀。

目　录

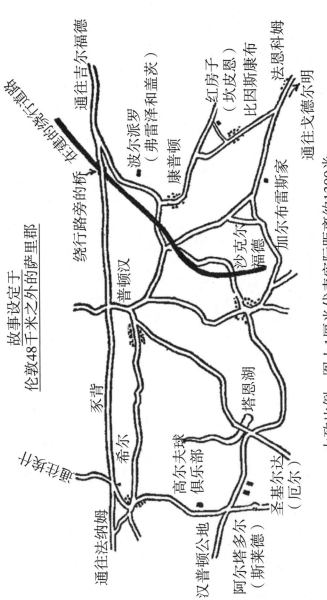

故事设定于
伦敦48千米之外的萨里郡

通往吉尔福德

正在维修中的道路

绕行路旁的桥

通往法纳姆

士特里

希尔

豕肯

普顿汉

高尔夫球
俱乐部

汉普顿公地

塔恩湖

圣基尔达
（厄尔）

阿尔塔多尔
（斯莱德）

波尔派罗
（弗雷泽和盖盖茨）

康普顿

红房子
（坎皮恩）

比因斯康布

沙克尔
福德

加尔布雷斯家

法恩科姆

通往戈德尔明

大致比例：图上1厘米代表实际距离约1300米

第一章

圣基尔达

"厄修拉！太好了，终于见到你了！"朱莉娅·厄尔靠近车门，迎接这名衣着讲究的高挑女性，对方走下火车，踏上萨里郡埃什小站的月台。

"朱莉娅！太棒了！"厄修拉和朱莉娅亲切地互吻脸颊问好，然后又转向朱莉娅身后的另一位女性。

"还有玛乔丽！我的天哪，玛乔丽，"——她们也互吻了脸颊——"我都忘了上次见你是什么时候！肯定自从博尔索弗一别就再没见过了。那是多少年前的事了？"

"别想了。你可没什么变化，厄修拉。我一下子就认出你了。"

"你也没怎么变，只有一点点变化。"厄修拉转而对朱莉娅说，"你过得怎么样，朱莉娅？"

一名行李员打断了她们重逢的叙旧，将厄修拉·斯通的两个行李箱从车厢搬到了等候的车中。

"你要坐哪里？"朱莉娅接着问，"和我一起坐前排，还是和玛乔丽一起坐后排？"

"噢，前排。我一直很喜欢这条路。这边的乡村太美了，不是吗，玛乔丽？"

"当然了，这里有这里的美。虽然我住的地方更秀丽，但萨里的景色更闲适宁静。"

"我忘了你所任职的总部在哪儿了，是在圣雷莫吗，玛乔丽？"

"在罗克布吕纳附近。你也许知道那里，蒙特卡洛那边。"

"我坐火车时经过了那里，挺喜欢那些海滩。"

与此同时，朱莉娅已经启动了莫里斯轿车，很快便朝着豕背山山脊驶去，映入眼帘的山脊好像南边的地平线。虽然朱莉娅·厄尔和退休的医生丈夫定居在萨里乡村的中心，但是他们距法纳姆仅6公里左右，距吉尔福德和戈德尔明则稍远一点，所以也不能说完全远离了城市。朱莉娅在附近交了很多朋友，但还是觉得很孤独。现在两位友人同时造访，她很久没有如此愉快了。

这两人中，玛乔丽·劳斯是朱莉娅尚未出嫁的妹妹，她们很久没有见面了。玛乔丽喜欢温暖的气候和阳光，偏爱神奇瑰丽的自然风光。冬天去埃及，春秋在里维埃拉度过，夏天则深入北方，来到瑞士或白云石山脉。玛乔丽是一个感性的人，总是把"亲爱的，这没什么"挂在嘴边。她以写作为生，会将情感倾注于华丽辞藻中。她写的伯爵和打字员之间简单的爱情故事颇有销量，稿酬丰厚，收入足够开销且尚有盈余。这份工作让她保持了头脑的敏锐和健康。

厄修拉·斯通和这对姐妹毫无血缘关系，但在学生时代，她们三人形影不离，毕业后也延续了这份亲密的关系。厄修拉还未婚，如今在巴斯过着平静的生活，在当地社区很有人缘儿。三人偶尔通过书信联系。在厄尔一家搬到现在的住处时，朱莉娅曾邀她去做客，不过那已经是四年前的事了。这次，玛乔丽要在英格兰待几周，朱莉娅便特地邀请厄修拉来叙叙旧。

她们驱车到达山顶后，朱莉娅小心地驶入吉尔福德-法纳姆高速公路，这条公路正是沿着豕背奇特狭长的山脊延伸的。车上的其他人本能地停止了谈话，观察着往来的车流。在车辆向西转的同时，她们的声音再次响起。

"给我讲讲你的事吧，厄修拉。"玛乔丽继续说道，"你现在住在巴斯吗？"

"哦，我在巴斯韦克山顶上有一所小屋，那里的地理位置很好。城镇就位于山谷中，在那里还能看到远处的群山。"

"你一个人都在做什么呢？"

厄修拉笑了笑。"在'我的医院'里忙呢！说是'我的医院'是因为我太喜欢那里的工作了。那是一所儿童医院，我担任名誉秘书。虽然在看到一些可怜的小家伙时，你可能会心如刀割，但是这份工作很棒。"

玛乔丽耸了耸肩，"比我的工作更有意义，但我做不到你那样。给我说说，你见过班廷一家吗？"随后话题便回到了学生时代。

虽然三位女士看起来都不像是已经35岁的人，但她们的外貌和举止还是有很大差别。厄修拉·斯通身材高挑，面部棱角分明：又窄又高的前额，细长的鹰钩鼻，朝前的尖下巴——这些特征共同构成了她的美貌。她身姿笔挺，衣着考究，确实是一个引人注意的人物。虽然举止古板，但却彬彬有礼、超凡脱俗，浑身散发着一种怀旧的气息。

朱莉娅·厄尔也是一位端庄的女性。她身材高挑，皮肤白皙，威风凛凛，衣着考究，是那种在街上回头率很高的美女。她的容貌和实际年龄至少相差十几岁。朱莉娅气场强大，让人们觉得，她从不会输给任何别人，遇到任何情况都能有效应对。她的脸上刻着坚韧，这显然是厄修拉脸上所没有的。

朱莉娅的妹妹玛乔丽·劳斯虽然没有绝美的容貌，也不那么讲究穿戴，但却给人一种更和善的印象。玛乔丽更瘦，也更娇小，脸上隐约显出一些皱纹。因为南方艳阳的照射，她的肤色更深，也更凸显出她逐渐灰白的发丝。她是三人中唯一戴眼镜的人，那双灵动的青灰色双眸透过镜片凝视着外面的世界。

她们从豕背转而南行，经过古老典雅的希尔镇，穿梭于汉普顿公地茂密的松树林中。在一个十字路口，她们向左转，驶过一片更加茂盛的橡树、山毛榉和白蜡树树林，还有不少白桦树、松树和茂密得几乎无法穿越的灌木丛。不久，朱莉娅开始减速。

"我们到了。"她一边说，一边将车开进一扇狭窄的门，门上写着"圣基尔达"。

一小段弯道将她们带到房子前，这是英格兰南部典型的现代乡村小屋，矮墙由紫砖砌成，房屋上层和房顶铺着复古式红瓦，窗户是钢架的。房子正面和两侧的树木被人清理掉了，留出了一个小花园的空间，四周都是树林。厄修拉上次来时就觉得这里虽小，却很迷人。现在，她又立刻感到了这种闲适宁静的魅力。

当时，最让厄修拉印象深刻的就是房屋的与世隔绝之感，现在更是如此，仿佛这里是世界上唯一的住所。

"噢，其实不是这样的，"朱莉娅对此评论道，"科洛内尔·达格尔就住在路的那头，他附近还住着福雷斯特一家。这一带有许多房屋，只不过被树挡住了，你们才看不见。"

厄修拉旅途奔波，非常疲惫。她在到达雷丁转车之前，都很顺利。后来因为搭乘本地的火车途经法恩伯勒，她对周围的乡村产生了兴趣，于是便一路走走停停。

厄修拉换好衣服下楼吃晚饭时，才见到房子的男主人厄尔医生。厄尔大约60岁，个子偏小，样貌平平，圆圆的脸总是很红，让人不禁怀疑他是不是得了心脏病。他早期一直都在戈德尔明生活和工作，直到6年前才离开戈德尔明来到了这里。赚了一点儿钱后，他不想继续行医而希望潜心研究，于是找到坎皮恩医生作为他的搭档，来处理那部分繁重的工作。厄尔本是为自己买下的圣基尔达，计划全身心地编写病菌培养方面的深奥理论著作。不过，他在搬过来之前出了意外，便去布莱顿休养了一段时间，在那里遇见了朱莉娅·劳斯，并和她结为夫妻。他既腼腆又友好地和厄修拉问好，不知为何，这让厄修拉觉得他是真心地欢迎自己到来。

"很高兴再次见到你，斯通小姐。"他微笑着说，"一路上还顺利吗？"

厄修拉表示一路安好，然后两人聊了起来。她上次来拜访时，就挺喜欢詹姆斯·厄尔这个人。厄修拉觉得他为人谦逊、腼腆，想尽自己所能让她玩得愉快。而且，虽然他对科学专著之外的书籍毫无兴趣，却出人意料地喜欢休闲类读物。厄修拉向他介绍了几本自己最喜欢的书，厄尔表现出了极大的兴趣，这让她很是享受。

"你最近在做什么呢，厄尔医生？"厄修拉问道。

"恐怕没做什么事，"厄尔笑道，"打打高尔夫球，写写文章，做做园艺，麻烦的是给几位病人看病——我本想摆脱他们，但没有成功——还读了几本书。你有没有读过……"他们似乎很自然地回到了4年前的关系。没多久，朱莉娅和玛乔丽就过来了，他们便一起去了餐厅。

晚饭期间，厄修拉有些遗憾地意识到，她在上次造访时的预感已经成真。当时，厄尔夫妇才搬到圣基尔达，他们结婚才几年时间。尽管两人都不再年轻，但也和新婚夫妇一样：詹姆斯·厄尔像个大男孩儿，朱莉娅显然对自己的新角色感到新奇和有趣，对她的大男孩儿表现出近乎母爱的关切；厄尔也对妻子十分宠爱。不过现在一切都变了。朱莉娅经常对他发号施令，似乎也不怎么关心他，而厄尔也没有站起来反驳。厄修拉想，从他们各自的性格来说，虽然这个结果是不可避免的，但着实令人担忧。这不是说朱莉娅反感厄尔，而是她似乎根本没有把丈夫纳入自己的人生计划中。厄尔看起来倒是没有不高兴，只是厄修拉认为他们已经错失了这段美好的伴侣关系。

夜晚在桥牌游戏中平淡过去了。当厄修拉上床休息时，她很高兴自己又来到这里。上次造访这个迷人的乡村时，她就十分愉快，相信未来两周也会如此。更令她高兴的是玛乔丽也来了。厄修拉对玛乔丽的喜爱一直胜过朱莉娅。朱莉娅总会在意面包的哪一面涂了黄油（过于敏感），而玛乔丽却会很高兴地与陌生人分享最后的面包边（乐善好施）。

第二天的天气似乎正好迎合了厄修拉愉悦的心情。这种迷人的秋日在英格兰东南部并不罕见。太阳温和地照耀着，带着舒适的暖意，绚丽多彩的秋叶反射出柔和的光线，树林散发出怡人的芳香。叽叽喳喳的鸟叫声打断了远处鸽子柔和的咕咕声。厄尔家的大黑猫慵懒地在属于它的草坪上伸展，简直是奢华悠然的典范，但它同时谨慎地注视着鸟儿，尾巴不时地重重落下，似乎在抗议鸟儿的存在。厄修拉非常享受看到的这一幕。不过，如果她能预见未来，恐怕会立刻逃离圣基尔达，远离这里的一切，一刻都不能多待。

正是从那天起，一系列事件接连发生，最终酿成恶果，让这群人陷入了不幸，也让整个小镇为之战栗。此刻，圣基尔达的主人和客人们都正忙于自己的事：厄尔去打高尔夫球，沿着去车站那条路步行约800米就能到俱乐部；玛乔丽回房间写作；朱莉娅正忙着做家务；厄修拉找了一把折叠式躺椅，把它放到花园一处荫凉的角落，开始读小说，但她没有真正读进去，阳光和空气让人昏昏欲睡，她闭上了眼，沉浸在宜人的满足中。

不一会儿，厄修拉感到后面有动静，她猜是朱莉娅。正准备称赞朱莉娅把家布置得如此完美，动静却没有了，厄修拉迷迷糊糊以为是自己搞错了。突然，她感到有个人影，于是睁开了眼睛。

一名年轻男子正向她俯过身来，当男子看清厄修拉的脸时也是一惊。两人的脸几乎贴在了一起，厄修拉意识到他是打算亲吻她，便以毫秒之差闪过了这个问候。这是一名又高又瘦的年轻男子，长了一张"兔子脸"，嘴巴前突，额头和下巴后缩。能明显看出他十分不安。

"抱歉，我还以为，"他嘀咕道，飞快地向后退去，"我以为你是"——他停了下来，接着说，"别人。"

"哦。"厄修拉冷淡地说。

"没错。"他故作镇定地说，"你也知道我只能看到你的脚，你的脸被椅背挡住了。然后那条红裙……"他又慌乱起来，"我是说……这是一场误会。实在抱歉。"

"没什么好抱歉的。"厄修拉斩钉截铁地说。

"没有，没有，当然没有，"他同意道。厄修拉真想给他一个耳光。"但是我把你吵醒了，我真不该那么做。顺便一提，我叫斯莱德，雷吉·斯莱德。呃，住在隔壁。"他朝着前边树木的方向稍微指了指，"请问你知道厄尔夫人在哪儿吗？"

"我不知道她在哪里。"厄修拉答道。

斯莱德拿出香烟盒，挑了一支烟，慢慢点上火。

"不知道？"他说，"我猜她在屋里，我其实有事找她。"他停了一下，将身体的重心放在一条腿上，又继续说，"我猜你是斯通女士？听说你要来。朱莉娅……我是说，厄尔夫人……一直很期待你的造访。"

厄修拉好奇这名年轻男子会是谁，他似乎和朱莉娅·厄尔很熟，厄修拉这才意识到他刚刚提到了很重要的一点，那就是她的裙子。朱莉娅的确有一条颜色很相似的裙子，昨天下午厄修拉在她的衣柜里见过。他们的关系一定相当亲近，毫无疑问，斯莱德刚才肯定是打算吻朱莉娅。更耐人寻味的是，斯莱德一定知道朱莉娅不会拒绝，不然他绝不敢去吻她。

"我想你能在屋里找到厄尔夫人。"厄修拉冷冷地说道，然后故意把书翻开。

但是这位年轻人完全没明白这个暗示。

"噢，斯通女士，"斯莱德一边说，一边环顾四周，像是在找坐的地方，"别生我的气了，再说我也道过歉了。我当真不知道是你。"

"我一点儿也不生气，请让我继续读我的书。"

"这就表示你很生气了。"他抱怨道，"那不是像……"

他停了下来，表情和语气突然变得热切起来，又说，"朱莉娅来了！"

当厄修拉看向斯莱德时，有些震惊。他现在的眼神无疑就和狗向主人摇尾巴时一样，充满了爱慕和崇拜。不管雷吉·斯莱德是何方神圣，有一件事是肯定的：他完完全全、难以自拔地爱上了朱莉娅·厄尔。

朱莉娅最初没有注意到斯莱德。她高兴地和厄修拉交谈，问她冷不冷，还说如果她冷，门厅里有毛毯。然后她蹙眉向那位访客瞥了一眼。

"你到底想干什么？"她不悦地问，"如果你来找我丈夫，他已经出门了。"

兔脸青年看上去十分沮丧，软心肠的厄修拉不禁为他感到难过。

"我只是，"斯莱德结结巴巴地说，"我……我已经……把宾利车开回来了。我刚刚去法纳姆就是为了这件事。车……嗯……车的状态很好。我在想，如果……"

"噢，你是来送詹姆斯去打高尔夫的？"朱莉娅嘲弄道，"他已经走了。"

"那么还有那本书。"这名青年拼命地恳求。

"噢，对了，给科洛内尔·达格尔的金融书。来，你跟我进去，我拿给你。厄修拉，你真的没事儿吗？"

"我现在就是在天堂。"厄修拉一脸享受地答道。接着，他们两人便进屋了。

厄修拉完全没有对这件事的发展感到意外，却觉得非常苦恼。朱莉娅没有骗得了她。厄修拉认为，朱莉娅肯定和这位青年调过情，而且刚刚也表示了默许的态度，雷吉·斯莱德现在很可能像刚才那样亲吻着朱莉娅，还可能因此获得朱莉娅的称赞。厄修拉没有讥讽的意思，她一贯以幽默、宽容的态度看待生活。自从和朱莉娅认识起，朱莉娅一直都是那样，她的生活中离不开男性的爱慕。不可否认，不管她去哪里都会获得这种爱慕。但是就厄修拉所知，没有人愿意和朱莉娅结婚，直到詹姆斯·厄尔的出现。男人随时都能调情，但当事情变得严肃起来时，总有障碍挡在婚姻前面。有时是现任妻子的存在，但通常是他们发现自己没钱。因为他们都知道，一个穷人的爱对朱莉娅没有意义。

听说朱莉娅结婚时，厄修拉着实大吃一惊。不论现在还是过去，她都很怀疑厄尔是不是用钱证明了他对朱莉娅的爱。厄尔虽然算不上富有，但也衣食无忧。抑或是朱莉娅觉得能控制住厄尔这种男人的脾气，而且自己可以不受任何约束，所以像是中奖了？

厄修拉突然为自己的想法感到羞愧。她不该这样看待招待自己的女主人——她的挚友，毕竟她们在学校共同度过了很长一段美好时光，而且她们的友谊一直延续到了现在。另外，朱莉娅虽然有这些小缺点，但是在其他方面确实很出色。在社交上，她很有魅力，而且性情温和，是不可多得的好伙伴。

不过，厄修拉仍然不由自主地为詹姆斯·厄尔感到十分难过。在他这个年纪，干了一辈子不称心的工作后，肯定想安定下来，有一个家。但是他似乎什么都没有得到。

厄修拉轻叹一口气，提醒自己别多管闲事。她继续读书，但是没读几页就又被打断了。这次是玛乔丽。

"我看到你在外面，"玛乔丽说，"觉得必须出来和你一起享受这一天的时光。国外可没有英格兰这种温和的阳光。在家里——或者说我每年这个时候的'家'——光线很强、很刺眼。"

玛乔丽带来了书写纸，却似乎不急于继续她的工作，两位女士随意地聊了起来。她们多年不见，有许许多多的秘密要交换。

聊天的内容最初是久别期间的各种经历，最后话题转向了当下。

"要知道，厄修拉，"玛乔丽凝视着厄修拉身后不远的地方，更隐秘地说，"我不是很放心朱莉娅和詹姆斯，恐怕事情并非我们所期望的那样美好。"

"怎么说，玛乔丽？"

玛乔丽不安地挪了挪，"我不是很清楚，"她回答，

"他们之间好像有一些不该有的压力。你什么都没注意到吗？"

"我觉得朱莉娅对厄尔医生有些专横。"厄修拉说，"记得昨晚吃饭时，他想去镇上见某个人，但是不行，他就是不能去，朱莉娅想让厄尔和我们一起去东格林斯特德。这样的话，在我们参观利瑟姆斯食品供应公司时，就能让他开车去苗圃买果汁甜酒了。我挺同情他的。果汁甜酒不是什么要紧事儿，如果他想去见朋友，为什么不能去呢？"

"不是那样的，詹姆斯对此并不介意。我其实知道他根本不在意自己能不能去见朋友。况且，"——玛乔丽停了下来，扫了一眼厄修拉——"詹姆斯并非你想象的那么温柔和善。有时他对朱莉娅也很粗鲁。我听过他那样说话——相当地粗鲁。我当时都惊呆了。"

厄修拉笑了笑，"真的吗？我可不相信。"

"确实是那样，但这也是朱莉娅应得的。"玛乔丽又顿了顿，然后靠近厄修拉，压低声音神秘地说，"那是朱莉娅的错。我也不敢说些什么，我的话她是不会听的。但是你不一样，她一直很重视你，你说什么她都会听。朱莉娅就是那样，她一直都是那样。她……嗯，她的身边总有男人，让詹姆斯生气的就是这点。"

"亲爱的玛乔丽，我能说什么呢？这不关我的事啊。

我猜你说的人是雷吉·斯莱德？"

玛乔丽盯着厄修拉，"天哪，厄修拉！你快吓死我了。你究竟是怎么知道的？"

"我在老年阶段变身成了一位侦探。"厄修拉笑道，"我见过那位先生了，他过来做了自我介绍，最初他以为我是朱莉娅。后来朱莉娅出来时，我从他的表情看出来的。"

"朱莉娅暗示他了吗？"

厄修拉立刻笑了出来，"我可不想用'暗示'这个词。"然后厄修拉模仿了朱莉娅和他打招呼的方式。

玛乔丽嘟哝道，"她不该那么做，"又抗议说，"詹姆斯虽然是那种性情温和的男人，但狗急了也会跳墙。我有时想，能让他不顾朱莉娅的反对而离开的事只能是去给别人看病吧。"

"他不是已经不给别人看病了吗？"

"确实是这样的，但是一些老病人坚持要让他来看病。另外，坎皮恩医生——就是他的搭档——偶尔也会找他咨询。就在我刚到的时候，老弗雷泽先生去世了，坎皮恩医生就让厄尔过去了两三次，我听到过他们讨论这件事。你知道我说的是谁吗？弗雷泽家的老弗雷泽先生，就是剧院售票处的那个人。"

"他是康普顿附近那所豪宅的主人？"

"没错。有着漂亮的地方和漂亮的房子。他们说弗雷泽先生留下了一大笔钱，绝大部分给了妻子，但也给了外甥盖茨先生不少，盖茨先生也住在那里。我并不是很关心他们的事。"

"噢，这么说你认识他们了？"

"见过，但是不熟。有一天他们来这里找詹姆斯，我见过他们。更确切地说，那位女士就像一根有礼貌的冰锥，而男士像一颗粗糙的钻石——形容词是重点。朱莉娅说盖茨先生在澳大利亚当过劳工，从他的声音就能听出来。"

"是见过世面的人？"

"也许吧，不过想必生活得很艰苦。人们都对他们还独自留在那所大房子里议论纷纷。不过，那是他们的事儿。我们刚才讨论的是詹姆斯和朱莉娅。厄修拉，我希望你能提醒一下朱莉娅，她肯定能听进你的话。"

厄修拉觉得朱莉娅连说话的机会都不会给她，但还是答应会尽自己所能，然后这个话题就结束了。

"坎皮恩医生竟然成了詹姆斯的助手，"厄修拉随即说道，"霍华德——也就是坎皮恩医生——还有他的妹妹们爱丽丝和弗洛，他们曾住在巴斯。我和他们很熟——至少和两位女士比较熟。"

玛乔丽点点头，"朱莉娅也是这么告诉我的。我听她谈起过爱丽丝·坎皮恩女士，她当时说要叫坎皮恩女士过来，还说你肯定很想见她。"

"朱莉娅真是太好了！我当然想见见她。"

"我也喜欢坎皮恩女士。"

"没错，爱丽丝是个不错的人。告诉我，玛乔丽——"随后她们又回到了老熟人的话题上。

这一天就这么平淡地过去了。午饭时厄尔没有出现，他在晚饭时回了家。一切似乎都很顺利，之后他们又玩了桥牌，然后早早睡下了。第二天，厄修拉觉得已经适应了这里，她要和老朋友们一起享受这两周的时光。

不过，厄修拉根本想不到接下来的几天会发生什么。

第二章

红房子

朱莉娅之前问爱丽丝·坎皮恩是否能到自己家来，但当时爱丽丝恰巧去不了。几天后，厄修拉趁着拜访朱莉娅和玛乔丽的这段时间，到杜金去看望她的这位老朋友，一起共进午餐。红房子坐落在比因斯康布的小村里，距离戈德尔明约3公里、离圣基尔达约8公里，没有直达的火车，但是途经圣基尔达的公交车会开到距红房子约800米的地方。厄修拉出发半个多小时后，到了红房子的门前，按响了门铃。

爱丽丝·坎皮恩见到厄修拉后，由衷地感到高兴。"真的很抱歉那天无法去圣基尔达，"她解释道，"我来了一些客人，又不能随便把他们打发走。但是现在反而更好了，因为能单独和你在一起。"

坎皮恩女士体型娇小，有点儿胖，圆脸，总是乐呵呵的。她性情温和，很健谈，是一个忠实的朋友。当厄修拉终于插上话时，她问了一下坎皮恩医生的情况。

"霍华德没见着你肯定会觉得遗憾。"爱丽丝说道，"他出去定期巡诊了，一般在戈德尔明吃午饭，但这对我来说更好。跟我说说自从上次见面后你都在做什么。我看看，那是多久之前了？哟，距你上次来这里肯定有4年了。厄尔一家在6年前搬到圣基尔达——2年后我们来了这里——我们搬到这里的那年，你去拜访了他们。"

坎皮恩医生和厄尔医生一样，搬到了比因斯康布的乡村，有手术的时候他就住在戈德尔明。

爱丽丝滔滔不绝，没有让对方回答的时间。厄修拉很喜欢这位朋友，她坐着，面露笑容，不时地插一两句话，但这不是为了打断对方说话，而是为了控制话题的走向。厄修拉听着，思绪有些缥缈，突然她意识到爱丽丝问了自己一个问题。

"你问我要待多久？"厄修拉重复道，"我想，会待到下周一。"

"那没几天了。弗洛周六回来，我是说你离开之前的那个周六。你可要等她回来后见见她。"

弗洛是坎皮恩家的老三。她和别人一起住在巴斯，是厄修拉的密友。

"弗洛！她真的要来？噢，那我肯定要见见她，不知多少年没见了。不过，我恐怕不能待太久，周二必须回家。"

"不管你有什么事，推掉它，"爱丽丝劝道，"没有你地球照样会转动。"

"不，我真的要回去。周日怎么样？我应该能在那天下午过来？"

"周日过来玩一整天，这样也好。"

"噢，那样不行，爱丽丝。我不能把最后一天都花在这里，而把朱莉娅晾在一边。我下午就过来。"

爱丽丝·坎皮恩抱怨了一会儿，然后计划那天她们要一起喝下午茶，享受晚上的时光，最后坎皮恩医生会把厄修拉送回圣基尔达。

"你得参观一下房子。"爱丽丝说，"你上次来时，我们还没有在这里安定下来。"

她们走遍了每一个房间，爱丽丝显然对这些房间感到十分自豪。尽管厄修拉私下认为这些家具都很普通，但还是适时赞赏了一番。厄修拉确实对爱丽丝的品位感到惊讶，但她告诉自己，只要爱丽丝满意，它们就充分起到了作用。

不过，这精致的新家具似乎是例外——一台嵌饰精美、雕刻细腻的收音电唱机，无论它放到哪个房间都是完美的点缀。厄修拉在看到它时惊喜地叫了出来。

"你去跟霍华德说这些吧，"爱丽丝答道，"这是他刚制作好的，奉为掌上明珠。如果你当面称赞它，他会觉得和你相见恨晚。"

"制作？"厄修拉震惊地重复道，"你不是说那个盒子是他做的吧？"

"全部都是纯手工制作，而且运作良好。它的音色也很棒，你听。"爱丽丝拨动了一个按钮，房间立刻充满了电影院里风琴悦动的旋律。

"如果他愿意展示的话，"爱丽丝继续说，"你应该去看看他的工作室。他有一双无所不能的巧手，当然也有好的工具。工作室的设备已经很完备了，没什么可添置的。"接着她又展示了几件坎皮恩的作品。厄修拉喜欢一切和机械相关的物品，她在心里暗记，下次来一定要看看工作室。

回顾往事，时间飞逝，夜晚到来了。她们想聊的内容连一半都没说完，爱丽丝就必须开车送客人搭乘开往圣基尔达的公交车了。

厄修拉很享受拜访厄尔一家的时光。她完全习惯了他们的生活方式，也非常喜欢自娱自乐的时间。上午，她会躺着读书，玛乔丽就会在一旁一页页地写下关于"爱与渴望"的最新篇章，朱莉娅则忙着家务。下午，她们通常四处探索，步行或者开车。詹姆斯·厄尔会在高尔夫球场待很长的时间，不过有时他会在书房里工作，或者在周边捣鼓一些稀奇古怪的事，用最休闲的方式来自我消遣。晚餐后，他们通常会玩玩桥牌。

目前为止，这次拜访还没有出现任何不和谐的事情。雷吉·斯莱德露了几次面，一般都是和朱莉娅一起神秘消失。尽管玛乔丽对厄修拉提出过请求，但是厄修拉还没有和朱莉娅谈过斯莱德的事，她觉得那样做既失礼又没用。朱莉娅又不是一个小女孩，是个和厄修拉年龄相仿的女性，没有别人的建议，她也知道自己在做什么、想进行到什么程度。厄修拉确实觉得干预这件事会让她失去这个朋友，她也不想做这种吃力又不讨好的事。

后来有一天，发生了一件微小却令人不安的意外事件，让厄修拉很是担心，也让她感觉到厄尔夫妻之间的关系比她想象中更糟。

这件事发生在厄修拉快结束拜访的时候。那天是周四，而她计划在下周一离开。当天早上，厄尔医生说他要去吉尔福德附近的米罗高尔夫球场打球，而且打完球后会留下玩桥牌，所以只来得及回来吃晚饭。自从厄修拉到这里以后，已经发生过两次这样的情况，大家都对此表示默认。早饭结束后不久，他就准备开车出发了。

随后厄修拉接到了一通电话，当时厄尔刚刚离开。电话那头是她多年不见的一位好朋友，她从南非去约克郡，途经伦敦，问厄修拉是否愿意和她共进午餐。

厄修拉当然愿意，那天下午她没有什么特别安排。不过，朱莉娅却后悔万分。要是对方早10分钟打来电话，詹姆斯就能载她去吉尔福德。现在厄修拉必须走到沙克尔福德路去坐公交车。当然，她也可以在戈德尔明坐火车，时间是充分的。厄修拉太不走运了——车已经被厄尔开走了……

厄修拉其实根本不介意。她让朱莉娅放心，说自己能赶回来吃晚饭，之后便出发了。

那天天气很好，一路上她都很享受。在伦敦滑铁卢站，她和朋友见了面，由于吃午饭时间尚早，于是她们决定先到处走走。她们到了马里波恩站，然后在回大理石拱门①的路上，那件事发生了。

当时她们正沿着西摩广场的西边步行，走到上乔治街附近时，一辆车从她们身后慢慢驶来。厄修拉随意地向车里瞥了一眼，立刻僵住了。

那是厄尔医生的车，车里坐着厄尔医生本人。一瞬间，厄修拉不敢相信自己的双眼，她几乎停下了脚步，一直盯着车看。不过厄修拉看得不错，毫无疑问，那就是厄尔·詹姆斯。

她就像做梦似的看着那辆车。车拐进她和同伴行走的

① 伦敦的标志性建筑之一，位于牛津街西端与海德公园相交处。

这条道路，在前面几步路远的地方停了下来。当车靠边停下时，厄修拉隐约注意到，一位女士就等在小道边并且走了过去。厄尔打开车门，女士上了车，然后车开走了，从上伯克利街向西驶去。车肯定在艾基维尔路的十字路口耽搁了一会儿，因为当厄修拉走到上伯克利街时，她正好瞥见那辆车朝西消失在康诺特街。

这个小插曲就发生在距厄修拉不到4米远的地方，她仔细打量了那个女人一番。厄修拉从未见过她，她年轻貌美，灰色的衣着很朴素，是古希腊式的风格。她看起来和厄尔很熟。

厄修拉盯着那辆逐渐消失的车，几乎没有听到朋友问"那是你认识的人吗"。詹姆斯·厄尔——那个温顺的小个子，那个毫无怨言地接受妻子的变幻无常、与自己有着腼腆的友谊、喜爱默默读书的人！这就是他的另一面！厄修拉无法想象他竟用这种方式报复朱莉娅。

当然，圣基尔达的男主人完全有理由开车到镇里和一位女士见面，并载她去任何她想去的地方。如果是那样，朱莉娅或其他任何人都不会有任何异议。但是，厄尔认为自己有必要隐瞒此事，而这就改变了此事的性质。他说自己这一天会在米罗高尔夫球场度过，让一次清白的会面变成了"私下的幽会"。除非他做了见不得人的事，否则根本没有编造故事的必要。

厄修拉没有对朱莉娅产生丝毫同情，这完全是朱莉娅应得的。同时，厄修拉也感到很遗憾。她对这种事并没有道德上的特殊顾虑，但经验告诉她，此类事态只会导致不幸。厄修拉希望人人都能幸福，所以当她看到潜在的幸福被错失时，感到很伤心。

不过，这件事和她无关。厄修拉将它抛到脑后，和朋友共享了午餐，送走了她之后回到滑铁卢站。在乘坐火车时，这件事又重回厄修拉脑中。她渐渐开始想，会不会是自己弄错了？这个怀疑确实存在一些漏洞。她记得有一次在切尔滕纳姆的音乐节上，好几个人过来和她聊天，称呼她为"奥利芬特女士"。那次经历既奇怪又让人困惑！也许这次也是类似的情况，那个男人和厄尔长得极为相似，但他不是厄尔。当然，从另一方面看，那辆车……

然后厄修拉想，她只是在让自己出丑罢了，在毫无实据的情况下建起这座不信任和怀疑的大厦。为什么厄尔就不能遇到和她同样的事呢？为什么他不能临时得到消息要去一趟镇上呢？

她觉得这就是谜团的解释，而且有些好奇：再见到厄尔时，他会怎么讲述这次行程的意外变化。

不过，当他们晚饭见面时，厄尔没有谈到这一天他是怎么度过的。厄修拉却偷偷摸摸地观察他，觉得他似乎坐立不安，就像在努力隐藏和抑制兴奋一样。厄修拉对这件事太好奇了，尽管她已经决定不去管它，但还是认为自己必须获取一些信息。

"厄尔医生，你今天打高尔夫球打得开心吗？"厄修拉在谈话出现空隙时问道。

无疑，厄尔吓了一跳，他停顿了一下，然后努力地说，"挺好的。我大胜了三轮，不过赢的次数比以前要少一些，我以后可不能再那样了。"

厄修拉伤心地确定了自己的猜测。厄尔说话的方式很不自然，他肯定撒了谎。确实，他平时直率的个性让他无法掩饰这点。

那么他就不是临时改变安排去了镇上。厄修拉的常识警告她不要去管这件事，但是好奇心却偏要这么做。

"我今天临时有了一个行程，"厄修拉接着话头说，"去了镇上，在那里吃了午饭。"

厄尔很明显不太自然，不过回答得也合乎情理，厄修拉却不相信其真实性。她很失望，努力将对话转向火车上的风景，然后他们围绕乡村进行了一番讨论。

之后再没发生任何插曲。周日到了，午饭后，厄修拉先搭乘戈德尔明的公交车，然后从沙克尔福德走到了红房子。又是美好的一天，温暖，充满了夏天的气息，就像在9月初一样。厄修拉急切地期待见到弗洛·坎皮恩。弗洛一直是她的挚友，她们已经12年没见了。弗洛是一位有钱老太太的陪护，那老太太是一位大旅行家，弗洛已经跟着她环游世界两次了，花几个月时间去了中国、日本、南太平洋诸岛及其他非热门旅游路线。

这是一次很愉快的会面，正如厄修拉预计的那样。弗洛·坎皮恩几乎没变，她们之间不存在什么含蓄的沉默，就像从未分开过一样。弗洛在旅途中增长了很多见识，她天生就擅长用有趣的方式讲述自己的经历。不过快乐的时光总是很短暂。

晚饭后不久，霍华德·坎皮恩走了进来。他高挑瘦弱，但既健康又强壮。坎皮恩比较安静，言行直率，有些孤僻，说不上精力充沛。不过，在厄修拉看来，他的性格中似乎潜藏着力量，她觉得坎皮恩在与亲密之人相处时一定会是个好男人。

他们聊了一会儿，厄修拉将话题转向收音电唱机。"爱丽丝告诉我是你做的，坎皮恩医生。我真心认为那是件精美的作品，是我见过的最好的一件了。"

坎皮恩的喜悦溢于言表，"斯通女士，你不来参观一下我的工作室吗？如果你感兴趣的话，我有一架不错的车床，你可能会想看看。"

工作室在室外，是一个从车库延伸出的小木屋。工作室不大，有充足的活动空间，极其干净整洁。里面放着几架机床，都很小，但被擦得锃亮；工作室的中间放着微型小圆锯和刨床；一架制榫机和一架立式钻床靠在一面墙上，车床则靠着另一面墙。坎皮恩医生耐心地解释了它们的功能，厄修拉还是不太明白车床的装置，但是她能看出那是一件精美的物件，对其做出了相应的赞赏。圆锯旁边是设备齐全的工作台，上面有几排锃亮的工具。

当他们到处参观时，坎皮恩从架子上拿起一个牛皮纸包裹。

"对了，"他说，"我都把这事儿给忘了。我觉得你可能会喜欢它。"

"我吗？坎皮恩医生，那是什么东西？"

他拆开了包裹。里面是形状怪异的三层板木块、小铰链和其他的小金属物件，还有各色花纹纸。

"这是玩偶屋。"他解释道，"是那种手艺人公司出售的小盒子，就在维丁顿街那里——N.W.3区。你只需要把每个部分粘起来就行了。这些是房子的组件，窗户、门等，这是贴在墙上的砖头图纸以及贴在房顶的瓦片图纸。本来是为了一名患者买的——一个6岁的小女孩，但没等我组装好，这个可怜的小家伙就去世了。我觉得你也许愿意把它放到你所在的医院里。"

厄修拉真诚地感谢道："噢，坎皮恩医生，你真是太好了！"她兴奋地说，"我非常喜欢。不过你能把它寄给我吗？恐怕我明天就要回家了。"

"没有必要，今天晚饭后我就能把它快速组装好。"

"你真的可以吗？在这么短的时间内？"

坎皮恩笑了笑，"上帝保佑，没错。这种组装没什么大不了的。我用的是一种能快速凝固的冷胶。晚饭后动工，你可以带着它离开。"他放下木块，指向制作了一半的框架。"你可能对这些东西也感兴趣。我想把它做成茶桌和蛋糕架的结合体，茶可以放在这里。"坎皮恩继续介绍这件物品，它可以折叠起来，显然这是他引以为傲的发明。

厄修拉很感兴趣，一直在谈这个组合器具，最后爱丽丝出来叫他们吃晚饭。

坎皮恩在吃饭时没说什么话。其实他和两位客人都没什么开口的机会，因为爱丽丝一直在滔滔不绝地讲话。厄修拉实在好奇她如何能一边吃东西，一边保持会话的进行，不过她谈的内容都既有趣又让人感到亲切。虽然厄修拉无法预计爱丽丝能聊多久，但是她很享受爱丽丝的谈话。

晚饭后，女士们回到客厅，坎皮恩则去工作室组装玩偶屋。在说到厄修拉要怎么回圣基尔达这件事上时，厄修拉和爱丽丝发生了争论。

"我不会让坎皮恩开车送我的。"厄修拉坚持道，"我能搭乘9点左右的那班公交车，这不是挺好的吗？"

"你可不能那样走。首先，那太早了；再说了，霍华德会开车送你。最初就是这样计划的。"

厄修拉不再坚持，于是她们又聊起天来。弗洛一直在谈老太太将进行的新旅行，她真是一位令人惊叹的老太太，年近70岁，却有着20岁少女的旅游愿望。她似乎想在离世前跨越安第斯山脉——这是她多年的愿望，现在终于要实现了。她打算直接去到阿根廷的布宜诺斯艾利斯，然后穿越大陆到智利的瓦尔帕莱索，沿海岸南上，返程途经巴拿马运河和纽约。

不久之后，坎皮恩医生进来了。他拿着组装完成的玩偶屋主体，不过窗户、居家设备和装饰纸还没装好。

"这样你就知道玩偶屋完成后大概是什么样子了，斯通女士。"他说，"你喜欢红顶砖房还是石板屋顶的石头房？两种装饰纸我都有。个人而言，我喜欢更明亮的颜色，但是在巴斯我就拿不准了。你喜欢哪一种呢？"

厄修拉对这个小建筑感到十分满意。"噢，它真华丽！"她激动地叫道，"孩子们肯定会很喜欢。坎皮恩医生，你真是个好人。"她转向其他人，"看看我要把什么带到医院去。你们俩觉得哪种好：亮色还是暗色？我猜是亮色。"

"你应该做一个红房子。"弗洛说，"让你记住这个玩偶屋是从哪儿来的。"这个建议得到了一致同意。

"别忘了,"坎皮恩说,走到门口时停顿了一下,"我等会儿会开车送你回去,不要尝试溜去坐公交车。"

"她已经试过了。"爱丽丝补充道,"她其实就想那么做,但我不会让她得逞的。我告诉她你会送她。"

"当然了。送你要不了多长的时间。"

"你们都是好人,真的。"坎皮恩走后,厄修拉说道。

"好了。"爱丽丝说,她从未错过任何机会来证明真理是站在自己的那一边,"你瞧,即使想坐公交,你也赶不上了。因为你需要现在就动身,而如果那样,你就不能带走玩偶屋了。"

厄修拉承认确实如此,然后利用这个话题来劝说爱丽丝和弗洛去巴斯拜访自己。"你们可以开车过来,"厄修拉恳求道,"只住一晚都行。我们可以去一些老地方散散步。"

她们都很愿意。爱丽丝保证尽量在夏天过去,弗洛要去的话也要等到从南美洲回来之后了。于是她们重新讨论起旅游来——路线、中途的停靠港和上岸观光——直到坎皮恩再次出现,这次他带来了玩偶屋的成品。

大家尽情地赞美了这个小房子,然后厄修拉说自己必须走了。

"我们都去送你。"爱丽丝说,"车子不大,但是也不成问题。来,弗洛,你用不着戴帽子。霍华德,把车开过来。厄修拉,你带全自己的东西了吗?"

爱丽丝就是这样的人,掌控全局和所有人的动向。不过没人介意,现在他们都挤进了医生的标准牌小轿车里,动身前往约8公里外的圣基尔达。

第三章

厄尔从家里消失

厄修拉和坎皮恩一行人出发时，稍有些冷，但是夜空晴朗，一轮弦月当空，将树木黑墨般的阴影洒在路上，却丝毫未能遮蔽最明亮的星星。没有一丝风，除了汽车的隆隆声，万籁俱寂。经过了如此美好的一天，这样的夜晚真是妙不可言。

坎皮恩开车很快，几分钟后他们驶入了圣基尔达的大门。随后，当厄修拉缓缓离开座位时，坎皮恩下了车并按响了门铃，朱莉娅将门打开。

"噢，是你，坎皮恩医生？"朱莉娅向他问好，她的声音尖利，似乎很焦虑。"詹姆斯和你一起的吗？"

"不是，厄尔夫人，我没有见过他。我只是送斯通女士回来，爱丽丝和弗洛也坐车来了。厄尔怎么了？"

"我不知道。"朱莉娅回答，"他出去了，或者是我觉得他肯定出去了。他没告诉任何人自己要出门，帽子都还在门厅里。"

"噢，"坎皮恩回答道，"他是去见达格尔或福雷斯特一家了吧。这是什么时候的事？"

一道阴影切断了从门厅里射出的光亮，玛乔丽出现了。

"是詹姆斯吗？"玛乔丽问。

"不是，"朱莉娅说，"是坎皮恩兄妹送厄修拉回来了。"

三位女士都下了车，听见了这番讨论。

"厄尔夫人，怎么了？"爱丽丝问，"出什么事了吗？"

"厄尔出门了，朱莉娅也不知道他在哪里，"坎皮恩解释道，"厄尔夫人，这是什么时候发生的事？"

"一个半小时前，8:40的时候。玛乔丽和我都记得准确时间。"

"具体发生了什么呢？把细节告诉我们。"

朱莉娅退回门厅，"你们不进来吗？"她邀请道，"各位都到客厅里来吧，请进。"她转向弗洛道，"门外太冷了。"

坎皮恩一行人慢慢走进屋内，站在厄尔夫人周围。

"厄尔什么都没说吗？就那么出门了？"坎皮恩医生问。

"我们没听见他出门。"朱莉娅继续说,"我来告诉你吧。当时我们都各自待着,他、玛乔丽和我。周日晚上露西不在,所以是我做的晚饭。我们像平常那样吃了晚饭,然后玛乔丽帮我洗餐具——我向来不喜欢把用过的餐具留给女佣来洗。晚餐大约是在8点,我记得是大约是8:30。"

"就是8:30。"玛乔丽插话道。

"没错。然后我们洗完餐具,玛乔丽去了客厅。下面由你来说吧,玛乔丽。"

玛乔丽接着道,"当我们快洗完餐具时,我记起在钢琴边见过一个用过的茶杯。班尼斯特一家来喝了茶,有人把这个杯子放到一旁,我们忘了将它收回。所以我进来拿这个杯子。詹姆斯当时正坐在火炉前的那把椅子上读《观察家报》,我特别注意到他穿了拖鞋。当我进去时他抬起头来,问我知不知道昨天在杜金发生了一起汽车事故。'那里是事故高发区,那个转角,'他说,'有一次我们都差点在那里去了天国。你看不见前方的路况,当时我们打算过街,一辆公交车突然冲了出来。'我低声说了几句话,然后把杯子拿到厨房清洗。我离开房间的时间应该不超过3分钟,最多3分钟。当我再进去时,接着聊那场事故,'是学校附近吗?就是我遇见贾妮·霍尔特的那个转角?'没人回答。然后我看了看四周,詹姆斯不见了。他的报纸放在椅子上,但人不见了。"

玛乔丽停顿了一下。"然后你是怎么做的？"坎皮恩问。

"我什么也没做。为什么要做点什么呢？最初我觉得奇怪，但没有太在意。我猜他上楼去了。但他再也没下来，朱莉娅——"

"我10分钟后再进去时，"朱莉娅打断道，"问詹姆斯在哪里，因为他只要一坐下来读报纸，一般就要等到读完才会挪地方。又过了一个半小时后，他还是没有现身，我又问，'詹姆斯到底去哪儿了呢？'最初我们以为他上楼去了，但是玛乔丽没有听见詹姆斯经过厨房那扇门的声音，你知道上楼时一般都能听见声响。但是，我们猜他上楼时肯定没有发出声音。时间继续流逝，他还是没有下楼，这时我有些不安，于是上楼察看。他不在楼上。我叫了他的名字，也四处看了看。之后我们认为他肯定出门了。不过我寻找后发现，他出门时穿的鞋子都在楼上，所有帽子也在门厅。如果他出了门，当时肯定没有戴帽子，而且还穿着他的拖鞋。我们又把这里翻了个遍，到处呼唤他的名字，但还是不见他的踪影。他不在车库里，不在温室里，也不在周围的任何地方。"

"是去给病人看病了吧，"坎皮恩提出猜想，"你确定没人打来电话吗？"

"非常确定。如果来了电话我们肯定会听见。况且，他还穿着拖鞋、没戴帽子！"

"他应该去找达格尔或福雷斯特一家了，就像我说的那样。"坎皮恩医生重复道，"现在给他们打个电话，让他们叫厄尔来接听。"

"好，就这么办，厄尔夫人，"爱丽丝大声道，"肯定就是这么一回事儿。你看，多么美好的夜晚，厄尔很可能没披外套、没戴帽子、穿着拖鞋出去走了走，很快就会回来。"

"我不想因为这件事而大惊小怪，"朱莉娅说，"詹姆斯会很生气的。你提的建议很好，坎皮恩医生。我这就去打电话。"

"我有一种不好的感觉。"朱莉娅离开房间后爱丽丝低声说，"我一直都觉得他的脸色不对劲，那种鲜艳的潮红色总和心脏方面的疾病有关。厄尔出门后，可能在某个地方摔倒了，再也站不起来。我们必须去找他，霍华德。"

坎皮恩医生显得有些不耐烦。"我亲爱的爱丽丝，"他抱怨道，"发发慈悲控制一下你的想象吧。一个人就不能在不惊动全国人民的情况下找邻居去消遣一下吗？他没事的，别这么大惊小怪。"

"采取合理的预防措施不是大惊小怪。"爱丽丝回对哥哥答道，"厄修拉，你还不明白吗？弗洛，你还不明白吗？我这不是在大惊小怪，这是*最*有可能出现的情况。没人会像他那样连招呼都不打就出门。你不会那样做，我不会那样做，就算霍华德也不会那样做。霍华德，你会吗？你会去——"

"他不在福雷斯特家。"门厅处传来朱莉娅的声音，"我再给科洛内尔·达格尔打电话试试。"

坎皮恩来到门厅，很可能是为了躲避妹妹的审问。其他人也慢慢跟了出来。

他们听到朱莉娅的说话声："请问是科洛内尔·达格尔吗？詹姆斯在不在你家呢？有人想在电话上和他谈谈。他出门了，我猜是去找你了。不在？好吧，没关系，谢谢。很抱歉打扰你了。"

"他没去过那里。"朱莉娅放下听筒，继续说道。

"他还可能去哪里呢？"坎皮恩问，"会不会去了高尔夫球俱乐部？"

"他绝不可能穿着拖鞋去俱乐部，"朱莉娅说，"但我还是打电话问问。"一会儿之后她又说，"没有，他没去过那里。"

"他可能去了附近的其他地方吗？"

"我觉得不会。"朱莉娅焦急地走回来，"不，我不明白这是怎么回事。坎皮恩医生，你是怎么想的？"

"我觉得没有担心的必要，厄尔夫人。厄尔出去散步了，夜景太美，比他预想中的更吸引人。不过，如果能让你安心一点的话，我们再去附近找找。当然，他有可能被什么东西绊住摔了一跤，或许无法走回家。你可以再仔细地找找家里，我去屋外看看。"

"我们分工并分头寻找不是更好吗？"爱丽丝提议，"你、朱莉娅和厄修拉可以负责屋内，其余的人帮霍华德负责屋外。你们觉得怎么样？"

大家都同意了，然后两个小组开始进行搜寻。朱莉娅现在很害怕，连厄修拉都开始担心厄尔是出了小意外。对厄修拉来说，爱丽丝的猜测确实有可能发生。而且，就算传来消息说厄尔处于昏迷中，甚至已经死亡，厄修拉都不会感到惊诧。她时常暗自想，厄尔很像得了心脏病的人。

厄修拉和朱莉娅仔细地搜查每一个房间。当搜寻结束时，她们翻遍了所有可疑的地方。厄尔绝对不在房子里。

随后她们披上厚厚的披肩，出门加入了其他人，一起进行搜寻。外出搜索的一组人没有任何发现——车库、汽车、电力小屋、温室、工具房和凉亭里都没有厄尔的踪迹，草坪和花园也是。

"趁我们在这里，"坎皮恩医生说（厄修拉明白他是在向朱莉娅进行说明），"或许还能去树林找找，那里有厄尔经常走的小径吗？"

"里面当然有小径，一般只是分布在荒地上的小路，不过詹姆斯是不会在晚上去的。他其实并不喜欢在晚上进树林，我经常听他这么说。"

"很少会有人喜欢那么做。"坎皮恩回答，"即便如此，也许因为今晚比较晴朗，他就忍不住进去了。我们还是去看看吧。"

坎皮恩把周围的树林分成不同的区域，并把大家分成两组，让每一组负责一个区域。他自己则负责公路。

"我觉得我们最好把车开上。"坎皮恩对自己的搭档厄修拉说，"我开慢一点，你搜查你那一侧的路，同时我来搜查另一侧。厄尔可能散步时突然晕眩，在路边休息。"

坎皮恩和厄修拉朝每个方向搜索了几公里，等他们回去后，得知在房屋周边的树林里没有任何发现。现在没人能假装自己一点都不担心了。

"现在是 11:30。"朱莉娅说，"詹姆斯是在 8:40 不见的，已经过了近 3 个小时。一定出了什么事，我很害怕，现在该怎么办？"

提问简单，回答却很难。大家都想到了警察，可没人愿意提议报警。

"以前发生过这样的事吗？"弗洛·坎皮恩问道，似乎在努力推迟那个不可避免的建议。

"从来没有。"朱莉娅说，"詹姆斯在这方面做得很好。他总是会说明自己什么时候走、什么时候回。如果无法按时回来，他总会打个电话。"

"我老是觉得他是去谁的家里了。"坎皮恩插话,"你想不出有谁可能会给他打电话吗,比如哪个有车的人?"

"没错,朱莉娅。"爱丽丝肯定地点点头,"那样的话整件事就说得通了。有哪个有车的人可能给他打电话呢?"

朱莉娅摇摇头。"没有人。"她说,"那根本说不通。詹姆斯不会不告诉我一声就坐车离开。况且,没有车来过。我当时在厨房,窗户开着,如果有车来我应该会听见声响。"

"也许你没有注意到有车来。"爱丽丝劝道。

"不,我会注意到的。今晚一切都很安静,我肯定会听到车的声响。玛乔丽也会这么认为的。"

"没错。"玛乔丽说,"没有车来过,有的话我也该听见,所以就是没有车来。"

"厄尔夫人,你晚上不关落地窗吗?"坎皮恩问,"你确定厄尔不见时,窗户是打开的吗?"

"没错,窗是打开的。那是我们首先确认的事情之一。当然,我们晚上会关上窗户,不过不一定是在晚饭时间。通常,窗户在晚上是打开的,但是詹姆斯总是在上床前关上它。"

坎皮恩紧张地清了清嗓子。

"我不想提出这个建议,厄尔夫人。"坎皮恩说,"但我觉得在这个情况下，我最好去找法纳姆警方。厄尔也许在黑暗中跌倒了，或许扭伤了脚踝无法回来，我们不能对这种可能性视而不见。假如发生了这类意外，警察能帮忙找人。大家觉得怎么样？"

"厄尔夫人，我觉得他应该去一趟。"爱丽丝立刻说，"大家应该都觉得要报警，不过没人愿意说出口。你觉得呢？"

朱莉娅似乎不愿采取如此极端的做法。"我不想让警察介入。"她说，"但是如果你们都认为应该这么做，那就这样办吧。厄修拉，你什么话都没说。你是怎么想的？"

厄修拉一时之间没有回答。基于她去伦敦时意外获得的信息，她在脑中早已逐渐产生了一个令人不快的猜想。厄尔会不会是自己离开了圣基尔达？他会不会预先制定了计划，偷偷溜去见那天车上的女人了呢？厄尔真如假想的那样抛弃妻子离开了吗？其他人并未想到这种解释，因为他们不知道厄修拉了解的信息。

不过，如果厄修拉是正确的——厄尔悄悄离开了，朱莉娅还会让警察介入吗？朱莉娅会不会不想公开这个家丑？她会不会宁愿宣称厄尔是因公离开？也许之后她会搬到一个谁都不认识她的地方生活。

厄修拉意识到她正在任凭自己胡思乱想。她没有确切的证据来证明自己的猜想，爱丽丝提出的心脏病的可能性更大。不过，厄修拉觉得自己应该在大家决定报警之前，把这个猜想告诉朱莉娅。她能找到和朱莉娅独处的机会吗？

"我觉得你应该再去他的房间里看看，再做决定。也许记事簿里有留言或者别的东西。"厄修拉站了起来，"来吧，朱莉娅，我来帮你。我们俩去就够了。"

爱丽丝和玛乔丽注视着她们，都没有说话，可怜的朱莉娅被带出了房间。她们走进厄尔的书房，厄修拉鼓起所有的勇气，关上门，转向她的朋友。

"亲爱的朱莉娅，"厄修拉说，"我把你从其他人身边支开来这里，是因为在决定报警前有件事你应该知道。"厄修拉迟疑了一下。尽管朱莉娅自己也有一些小缺点，但是要告诉她——她的丈夫可能出轨了，并不是件容易的事。很难告诉朱莉娅——厄尔无情地抛弃了她，留她一人面对残酷的命运。突然间，厄修拉发现自己错了——厄尔永远都不会那样做。如果他迷恋上了另一个女人，他也许会为此抛弃朱莉娅，但至少会留下一张纸条告诉妻子真相。

不过，对厄修拉而言，改变主意为时已晚。再说了，不管怎样朱莉娅都理应知道这件事。

"亲爱的，你在听了我必须告诉你的一番话后，恐怕会十分受伤和难过，但是我坚信你应该知道这件事。我不

是说这肯定和厄尔的失踪有关，但也不能排除可能性。我
上周三去伦敦时"——随后她用最简单和直接的方式描述
了自己的所见所闻。"朱莉娅，我是这样认为的，"厄修拉
继续说，"万一厄尔一时昏了头脑，他也许是去见那个女
人了。如果是那样，你还愿意让警方介入吗？我认为你在
做决定时应该考虑到这一点。"

朱莉娅的反应让厄修拉感到惊讶。

"亲爱的厄修拉，"朱莉娅说，"你肯定不想亲口告诉
我这件事！其实你不必介意，我早就料到会发生那种事。
我也不能怪厄尔。现在能告诉你了，我和厄尔私下谈过，
我们都觉得这场婚姻是一个错误。这不是我们任何一方的
错，只是我们不适合在一起。"她停顿了一下，突然坚定
地说，"如果他没有另寻归属的话，我可能都会的。"她再
次停顿，似乎在后悔自己的坦白，然后以更加确定的语气
说，"但是，你错了，事情不是你想的那样。如果他想去
另一个女人的身边，随时可以光明正大地过去。感谢你告
诉了我这些，但是你肯定想错了。我真正担心的是他的心
脏，担心他在外面突发了心脏病，没办法回来。我认为应
该报警，再更仔细地搜寻一次。"

厄修拉之前一直很担心，现在她终于长舒了一口气。
她认为将那件事告诉朱莉娅是她的义务，她尽到了这份可
怕的义务，而且没有失去自己的朋友。

"那么让坎皮恩医生马上去警察局，"厄修拉同意道，"如你觉得该那么做，我们就别再浪费时间了。"

厄修拉和朱莉娅回到其他人所在的地方。

"我们什么都没有找到。"朱莉娅告诉他们，"坎皮恩医生，如果你愿意的话，我想请你去通知警方。我刚刚也给厄修拉说过，詹姆斯的心脏不太好，他可能突然晕眩，没办法回来。但是你就别在这么晚的时间去法纳姆了，不如我们打电话报警？"

"我是觉得开车过去能更快地把警察载过来，不过当然，他们自己有车。好，我这就去打电话。"坎皮恩消失在门厅里，然后传来电话接通后坎皮恩低沉的声音。

"我也给玛格丽特打了电话。"坎皮恩很快就回来了，对他妹妹说。

"她是我们的用人，厄尔夫人，"爱丽丝解释道，"她不用等我们回去了。"

让人煎熬的几分钟过去后，人们听见汽车驶来的声音。车停在了门前，坎皮恩出了门，随后传来了低语声。接着，坎皮恩和两名警官一起进来，分别是警长和警员，进门时，警长敬了个礼。

"这位是厄尔夫人。"坎皮恩说，"这是过来帮助我们的希普善克斯警长。"

"坎皮恩医生已经把情况告诉我了，夫人。"希普善克斯开口道，"他说厄尔医生虽然没什么病，但是心脏不太好，你觉得他可能心脏病发作，无法自己回来，对吗？"

"这么说有些严重了。"朱莉娅回答，"我只是猜测他可能心脏病发作了，因为我想不出他消失的其他解释。我完全不知道发生了什么。"

"正是如此，夫人。"巡警睿智地点点头，"在我们进一步采取行动前，我要先跟你谈一谈。你能跟我去另一个房间吗？就你自己，夫人。"

坎皮恩走向前，"但是搜寻怎么办，警长？如果厄尔医生真的病发了，一分一秒都很珍贵。"

"我没有忘记这点，先生。"希普善克斯客气地回答，"如果我们能先弄清当前的情况，进展就会更顺利。夫人，能请你跟我来一趟吗？"

他们消失在房间里，一同前去的还有那名警员。

"他认为厄尔是自愿离开的。"坎皮恩解释道，"警长刚刚说，'你会知道厄尔没事的。他只是想换换环境。一两天后你就会收到厄尔寄给你的信。'"

"胡说八道。"爱丽丝尖锐地指出，"如果真是那样，他为什么不留下便条？另外，我也不觉得厄尔医生会那样做。再说了，他出门时为什么没有戴帽子、穿户外用的鞋呢？"

"我也是这么说的。"坎皮恩答道，"但希普善克斯似乎没被我说服。不论如何，警长已经来了。我想知道他会怎么做。"

大家还没来得及回答，警长又出现了。

"现在我们会对这里进行搜索。"警长说，"如果没有收获就暂时撤回，天亮后再立刻进行更仔细的搜查。先生，你能留下来帮帮忙我们吗？女士们可以去休息了，没有什么她们能做的事了。你的车里有手电筒吗？"

计划开始实施。警长和警员的动作既迅速又仔细，他们拿着强光电筒搜寻了房屋周围的整个区域，也沿着树林中的各条小径前进了相当长的距离。警长仔细调查了从落地窗那里延伸出的小径和大门旁的路，但是都没有厄尔或其他人的踪迹。就算厄尔凭空蒸发了，也不可能消失得这么彻底。

坎皮恩开车把妹妹们载回家时，已经接近凌晨2点了。他们除了等天亮以外没有其他事情可做。朱莉娅说自己不会休息，但是所有人都说熬夜干坐着也毫无用处。

第二天，坎皮恩在巡诊前又开车回到了圣基尔达，发现警长和3名警察已经开始了工作，但是他们的努力至今没有得到任何有价值的线索。厄尔就这么凭空消失了。

搜索几乎持续到了中午，之后希普善克斯警长搜集了屋内所有人的陈述，朱莉娅也同意他翻阅厄尔的资料。警长问过厄修拉是否怀疑过厄尔喜欢上了别的女人，或正在和别的女人交往。面对这个直接的问题，厄修拉十分不情愿地说出了自己在伦敦的所见所闻。希普善克斯问了事情的细节，但他并未对此多加猜测，这让厄修拉感到些许解脱。希普善克斯礼貌地感谢她提供了这些信息，然后就走了，并未表明自己的态度。

一天的时间缓缓过去，没有找到能解释厄尔失踪的任何信息。厄尔彻底地、完全地消失了——瞬间消失了。在某个时刻，他还坐在自己的椅子上，悠然地消磨夜晚的时光，一如既往，居家装扮；3分钟后，他就不见了。没人看到或听到他离开，他也没有留下踪迹，消失的原因和方式也让人毫无头绪，没有发现消失的动机，到处都找不到能解释这一切的线索。人间蒸发！这个词语似乎被赋予了新的意思，他们好像亲眼看见了这不可能之事的发生。

警长的预言也没能实现。厄尔没有寄来信件，消失当天和之后都没有。他们没有收到任何证明厄尔还活着的信息。朱莉娅确信他已经死了，还说不管丈夫做了什么，他都绝不会让她如此痛苦、心存疑惑。玛乔丽也持相同的观点，连厄修拉也不得不得出了同样的结论。厄修拉取消了自己的返程计划，决定留下来再陪朱莉娅几天。

这些女士不清楚警方进行了哪些工作。警长在午饭后回到了法纳姆，说他会把事情的进展告诉朱莉娅等人，但目前还没有任何来自他的消息。

　　两天后，他们发现警方确实没有碌碌无为，迎来了一名样貌和善、眼神锐利、身高中等偏低的人，他递过一张名片，上面印着"苏格兰场①刑事调查局，法兰奇督察"，还说他想问几个有关厄尔医生消失的问题。

　　对于房子里的住户来说，这个谜团将变得更加黑暗和邪恶。

---

① 即伦敦警察厅。

第四章

―――――

法兰奇督察接手案件

当日大约早上10点，约瑟夫·法兰奇督察在法纳姆站下了火车，迈步走向警局总部。他对这座小镇和当地警方都很熟悉，就在几年前，他们还因为伦敦东区某团伙在周边乡下制造的几起入室盗窃案而共事过。

自从年初法兰奇开始调查惠特尼斯扩建案后，他的生活就变得单调起来。虽然那个案件让他困惑和焦虑，但其实也挺享受的。那份工作和铁路有关，对法兰奇而言十分新奇有趣。他对扩建的技术性工作产生了兴趣，也喜欢进程缓慢的特点。另外，他发现多塞特人很亲切友好，旅馆也特别舒适。在破案的这几周时间里，他从镇上乏味的日常中得到了解脱。

法兰奇真的太喜欢这里了，就连无忧无虑的暑假到来时，他和妻子也还要去红教堂，和许多朋友增进了友谊，包括洛厄尔、布伦达·瓦内、现在的洛厄尔夫人、布拉格、阿什、迈耶斯及其余他在冬季认识的朋友。法兰奇还常在扩建地附近漫步，自上次造访以来，街上出现了许多变化，让他惊喜不已，连连称赞。

除了假期的休息之外，法兰奇从开始调查扩建案起就一直在伦敦工作。他在10先令纸币伪造案上花了漫长的4个月，当他和同事成功抓住造假犯时，已经流出了数千张假币。接下来，他去调查了一起发生在白教堂的谋杀案，十分肮脏的勾当，没什么特别的，需要的就是他的踏实、坚定，而非技巧和智力。后来的另一个案子，他找回了梅费尔①一所公寓价值2000英镑的失窃珠宝。现在他收到了指令，感到很高兴，似乎这样的情况会有所改变。

法兰奇抵达了警局，值班警员笑着向他敬礼，然后他马上被带到希夫警司的房间。

"你好啊，督察！你来了，"希夫向他问好，伸出的大手如爱波斯坦②的雕塑一般，"就像我常说的，来过法纳姆的人总会再回到这里。"

"警司，如果你遇到了麻烦，我很乐意过来帮一把。"法兰奇打趣地回复。他们两人已经是好朋友了，相互欣赏，相互尊重。

---

① 伦敦高级住宅区。
② 英国雕塑家，代表作包括《维纳斯》。

"噢,"希夫回答,"所以你以为是来教我们如何工作吗?为了避免误会,我先告诉你,这不是让你来的原因。你是来帮助协调苏格兰场的。我们会告诉你要做什么,然后你就可以开工了。"警司拿出一盒烟,"说真的,关注点应该放在扩建案上。我告诉你,这起案件不会让你很满意,看上去一切正常。但和局长讨论后,确实有一些疑点值得进一步进行调查。"

"是失踪案,对吗?"

"没错。失踪的是一名叫厄尔的男人。住在,或者说曾经住在6公里之外的乡下。希普善克斯警长在夜里被派去帮忙找他。没有任何线索,不过存在一定的疑点。我们让希普善克斯进来,他会具体告诉你的。"

希夫警司按铃叫来了警长,希普善克斯在看到法兰奇时也对他笑了笑,很热情地和他握了手。

"好了,警长,"希夫说,"督察对此案毫不了解。你来给他讲讲吧。要抽烟吗?"

大块头警长坐到椅子上,接过一支烟点燃,转向法兰奇。

"长官,大约在昨天深夜12:15,警局的一通电话将我从床上叫醒。坎皮恩医生——他住在距比因斯康布几公里远的戈德尔明——打电话说,"希普善克斯重复了整个故事,如何去到圣基尔达、晚上在那里展开的搜索、第二天回来以及进一步的信息搜集。"长官,"他递过几张打出的资料,"这些是相关人员的陈述,我尽可能收集起来了。"

希普善克斯讲得很好,法兰奇身临其境一般,想象出了整个过程。

"这些都很清楚,警长。"法兰奇说,"你核对过这些陈述吗?"

"大体核对了,长官。至少在我的能力范围内没有找到有出入的地方。"

法兰奇点了点头,希夫插话道,"你最好读读那些陈述,法兰奇,然后我们再来讨论。"

当这两个本地人谈论其他的事时,法兰奇开始阅读陈述。最后他示意自己已经读完了。

"那么,"希夫饶有兴趣地瞥了一眼,问道,"你是怎么看的?"

法兰奇基本上从不回答这类问题。在花时间认真分析事实,缜密思考,然后得出结论之前,他绝对不会发表意见。

"我不知道。"法兰奇谨慎地说,"乍看之下,我觉得这个厄尔是去镇上见他的情人了,但前提是这些陈述都是实话。"

"你不会说太过绝对的话,对吗?从整体上讲,这个案子没让你产生任何想法吗?"

"警司，你这是从哪个角度来问的呢？"

"你的意思是没有感觉到疑点吧。你想一想，这件事*可能*发生吗？这整个故事？首先，假设厄尔计划要消失。他会穿着室内用鞋、不戴帽子、不穿外套就离开吗？他会不说一声要去哪里就离开吗？他本可以编一个看似合理的故事再偷偷离开。而且更重要的是，他就不能正大光明地离开吗？比如说晚上要去别的地方？你懂我的意思了吗？"

"你是说他没有必要像这样把事情弄复杂？"

"这已经相当复杂了，本应该有简单得多的处理方法。从证人的讲述来看，厄尔选择了一种会让人产生疑问、导致调查发生的方式。他这么做立刻就会让人起疑，而他明明完全可以提前12或24个小时，甚至1周的时间开始行动，但为什么要这样做呢？他肯定明白留下的踪迹越新，就越可能被人跟踪的道理。"

法兰奇摁熄烟蒂，说出了自己的观点。

"当然，这么说有一定道理。"法兰奇承认，同时另外两人也各自灭了烟。

"假如我和你是厄尔，想重新开始生活，我们会怎么做呢？我们应该都会对厄尔夫人说：'我今天要去打高尔夫球'，或者'我去镇上一趟，不回来吃晚饭'。这会再给他12个小时的时间。看到差异了吗？厄尔如果是那样做的，现在可能已经神不知鬼不觉地跨越了英吉利海峡。但是如果他如陈述所说，就会在船上被人发现，因为我们早在周一就发布了他详细的样貌特征。"

法兰奇钦佩地对警司的论点表示赞同。他总是很愿意参与这类讨论，因为他发现在别人分析案子时，自己有时会受到启发。希夫越是深入地分析此案，法兰奇越是引导他发表意见，这样就能减少自己的准备工作。

"有很多证词都能支撑厄尔夫人的陈述。"法兰奇肯定地为警司进一步分析。

希夫摇了摇头，"法兰奇，就是没有这样的证词。你没发现吗？只有玛乔丽的证词。女佣不在，来做客的斯通女士去了坎皮恩家。"

法兰奇迟疑了，"你难道想说，"他最后开口道，"你怀疑是玛乔丽和朱莉娅两位女士让厄尔消失了？"

"我不是在怀疑任何人。"希夫回答，"不过等下。希普善克斯在上周一的早上过来时，我们就讨论过，考虑到了这几点。我当时让他再去一趟，仔细搜查一下那附近。刚刚他也是这么告诉你的，他应该还有一些信息没有说。"

希普善克斯一脸抗议地抬起头。

"是的，你没有全部告诉他。"警司强调道，"现在我来告诉你。首先，他去调查了你刚刚读过的陈述。厄尔夫人不情愿地承认了自己和丈夫经常存在分歧，女佣也说这对夫妻的关系通常很紧张——希普善克斯猜测这还是委婉的说辞。玛乔丽·劳斯女士说自己是一名小说家，很喜欢姐姐朱莉娅，当然还谈到了斯通女士从伦敦过来拜访的事。"

"劳斯女士是小说家这点和本案有关吗？"法兰奇问道，他第一次摸不透对方想说什么。

"可能没关系，但是你先别急着插话。接下来就是希普善克斯出于某些考虑没告诉你的内容，听完后你就知道先前我为什么那样说了。他得到厄尔夫人的允许，查看了厄尔的文件，发现了一份遗嘱。厄尔把所有财产都留给了妻子。"

希普善克斯对自己的疏忽感到十分窘迫，低声道了歉。法兰奇马上对此一笑置之，此举赢得了希普善克斯永远的忠诚。

"警司，我觉得这并不能说明什么。"法兰奇再次强调，"丈夫立下这种遗嘱很常见。"

"没错，不过有外遇的男人也经常更改那种遗嘱。"

法兰奇摇摇头，"我不明白你的意思。这难道不是说你确实在怀疑厄尔夫人吗？"

"不，我来告诉你，这意味着有太多的疑点，我们必须谨慎行事。"

"我同意这一点，但是，你不觉得这种故事发生的可能性很低，这些女士很可能是无辜的吗？她们肯定编造不出这些细节；而且如果真是她们，她们肯定会在很长的时间里对此事避而不谈，然后解释说厄尔几天前去了伦敦，没有按时回来。就像你刚刚说的那样，如果有人故意想让厄尔消失，她们就会等到厄尔的踪迹无从寻找后再报警。"

"这些我都知道。"希夫回答，"你说的也很可能是对的。但是，玛乔丽的作家背景*也许*在这时就派上了用场。如果她善于创造故事情节，可能就预料到了你的分析，于是故意装作担心，报警只是自保策略。如果她们找到能把人藏起来的好地方，那也是很好的自保策略。我不想再进一步猜测，这可能只是我在胡思乱想。我想说的是，这个案子值得调查。"

"我同意。"法兰奇再次说道。

"相反，"希夫继续说，"厄尔可能就是为了别的女人而抛弃了妻子，所以你和苏格兰场的联系就有用了，因为我们这儿没法核对这部分问题。"

"好的，警司，我会继续调查。我还想知道你们已经采取了哪些措施。你说过你们在监视往来英吉利海峡的船只，对吗？"

"没错，我们把厄尔的样貌特征告诉给了码头上的人，也通知给了各个车站。你最好去确认一下，也许能收集到更多的细节信息。我们做的就是这些。"

"你们还没调查厄尔的财务状况吗？"

"没有。"

"我想知道他近期是否提取过大量资金。"

"没错，这就取决于你了。如果你有任何需求，我都会尽量满足。好了，如果你还想和警长聊聊的话，就带他去别处谈吧。"

"走吧，警长。"法兰奇说，"主人送客了。我还有很多问题想问你。"法兰奇和希普善克斯来到了另一间屋子。"你对这起案件有什么想法？"

"长官，要我说的话，厄尔是去找伦敦的那个女人了。我不觉得厄尔夫人和她的妹妹杀了厄尔，不过可能性是有的。长官，说实话，我没有发现可以让她们藏尸体的地方。"

"没发现吗？我之前就觉得藏尸会比较困难。给我说说，你的搜查全面吗？有没有搜索树林的深处？"

"我仔细搜索了房屋周边，大概是边界栅栏外部90米左右的范围。长官，你知道这项工作进展比较慢。那里长着厚厚的灌木丛，人在里面行动不便。我顺着小径前进了800多米，那些女士不可能抬着一个人走那么远。"

"灌木丛里没有物体被拖动的痕迹吗？"

"长官，没有，我还特意找过。"

"屋里的车被人开出去过吗？"

"我觉得没有。我摸过汽车的散热器，是冷的。"

"那个叫坎皮恩的男人是谁？"

"他是戈德尔明的一位医生。失踪的厄尔医生实际上已经不再行医，但是坎皮恩也算是他的搭档。坎皮恩几年前找了另一名搭档，那人住在镇上，负责出夜诊，然后坎皮恩搬到了位于比因斯康布的乡下。有人告诉我他们的这种工作模式还挺奏效。"

法兰奇起身，"好了，警长，如果还有什么需要，我会来找你的。现在我要去现场看看。你能借给我一辆自行车吗？"

"没问题，长官。"

法兰奇愉快地骑自行车经过三兹来到了汉普顿公地。他对这片区域比较熟悉，不仅是因为他来过法纳姆，还因为他和夫人经常在周日去萨里的山地远足，路线一般是从利斯山到黑斯尔米尔。法兰奇越是探索这个乡村，就越能感受到它的魅力。他喜欢这里连绵不断的群山，绿树点缀着山脊的轮廓，一山背后隐约还有另一山，就像剧院里的重重帷幕；他喜欢这里古朴别致的村庄，露明木架结构的建筑，旧红色的屋顶，还有更古老的教堂。法兰奇喜欢沿着蜿蜒深嵌的小路前行，不过他最喜欢的还是到荒野中去，那里杳无人烟，未曾开垦，各处分布着粉紫色的欧石楠花、白桦树和松树，人们在这里漫步时，仿佛与世隔绝，如同荒岛探险。

法兰奇抵达圣基尔达后便开始了工作，熟悉起房屋及其周围的情况来。房子距马路20多米，中间被一条灌木带隔开。房子面朝法纳姆所在的方向，与马路平行。房屋所处位置孤立，立刻给法兰奇留下了深刻印象，厄修拉第一次来拜访时也有同感。这里三面环树，像厚厚的窗帘一样挡住了全部视线；从第四面看去，景色也受到灌木带的影响。临近房子的那部分树木被清理掉了，有小花园和草坪。

房屋虽小，五脏俱全。一楼是四个主要的房间。客厅相当大，位于一楼的前侧方，一扇方形的弓形窗对着房前的私人车道，一扇落地窗则对着马路，厄尔就是从这个房间里消失的；门厅对面是饭厅；饭厅后是一间小书房兼休闲室，这个房间只有厄尔会使用；一楼剩下的一角就是厨房，位于客厅后面。

法兰奇认真调查起客厅来。他先注意到了落地窗，窗上了锁，与那个周日晚上的状态一样。他还发现自己能在窗户不发出声响的情况下将其打开和关闭。因此，女士们当时可能没听见厄尔消失时的动静。

"当晚窗帘是拉上的吗？"法兰奇问。

"是拉上的吗，朱莉娅？"玛乔丽重复道，"没错，是拉上的。"她又接着说，"我记得落地窗的窗帘是拉上的，但是弓形窗的没拉。"

"是的。"朱莉娅确认道,"我们一般会拉上落地窗的窗帘,因为马路上的人能透过灌木看到一点室内的情况。但是没人能从前面看进来,所以我们很少拉上弓形窗的窗帘。"

法兰奇点点头。这样的话,如果有人想悄悄喊厄尔,就能先确认房间里没有其他人,再吸引他的注意力。

"厨房呢?"法兰奇继续问,"那里的窗帘拉上了吗?"

"没有,厨房的窗户向着屋后的树林。"

"当时只有客厅和厨房亮着灯吗?"

"还有门厅。"

"恐怕我得在屋里四处看看。请问我可以查看厄尔医生的文件吗?"

"你可以随意查看,需要我们的时候就说一声。"

法兰奇匆匆用过三明治午餐,然后开始仔细调查整个房子。他很快便肯定上周日晚厄尔不可能被藏在这里。斯通女士和劳斯姐妹都寻找过他,法兰奇认为不可能三人都参与了谋杀。如果厄尔是被这几位女士杀死的,那么在坎皮恩一行人于晚上10:10抵达之前,她们就在屋外处理好了尸体。

法兰奇没有浪费任何时间,又调查了房屋的周边和树林，没有任何发现。他觉得要是找出了希普善克斯没找到的线索，这就会是一起有预谋且有多名男性参与的案件。法兰奇接着来到厄尔的书房，开始查阅他的文件。

书房里没有保险箱，但是法兰奇在拉盖书桌的一个抽屉里发现了一个钢质公文箱，箱子的钥匙在另一个抽屉里。箱里放着那份遗书、厄尔的存折、支票簿、各类文件和14英镑10便士的纸币。

法兰奇查看了希普善克斯提供的和遗书相关的陈述，然后研究起了存折。存折上的最后一条记录是在2周前，法兰奇把它装进口袋，想去银行查看最新的记录。接着，他查阅起各类文件，不过没发现任何有用的信息。法兰奇的所有发现——从存折和其他地方获得的信息——都在他的意料之中，也都符合厄尔的身份地位。

法兰奇坐在书桌前，把房子里的所有人依次叫了进来，正式记录下他们的陈述。这不可避免地重复了希普善克斯做过的工作，不过法兰奇喜欢凡事从一开始就亲力亲为。法兰奇发现希普善克斯的记录没错，感到很满意，然后试着为自己挖出更多的信息。

法兰奇从朱莉娅着手。"夫人，这样的话，我必须考虑到各种可能性。首先就是厄尔是否是自愿消失的问题。你认为厄尔医生是自愿离开这里的吗？我也不想这么说，但是不能忽略这个可能性。"

"他肯定不是。"朱莉娅坚定地说，"如果他想走，肯定会穿室外用的鞋子，并戴上帽子，不是吗？而且，当晚他已经准备要休息了。"

"这有一定的道理，但是他会不会出于某种原因想悄悄离开，而你刚刚说的那些只是他的障眼法？"

"我觉得不会。厄尔医生不是那种人，他做事向来不遮遮掩掩。况且，他又有什么理由那样做呢？"

"其实我接下来就要问你这个问题，"法兰奇说，"你想不出厄尔那样做的动机吗？"

"完全想不出。"

"夫人，你很可能是对的。"法兰奇平静地说道，"给我说说，你最近有没有注意到厄尔医生有异常的行为？"

朱莉娅犹豫了一下，"我觉得有。"她的语气没有之前那么果断，"我觉得有几天他似乎心头有事儿，但是我确实不太确定。"

"他看起来焦虑吗？"

"是的，有些焦虑。"

"你最早是什么时候发现了这个变化呢？"

"我不知道，大概四五天之前吧。"

"周日那天他的表现比之前更明显吗？"

"不，我觉得没有。"

"你没有发现异常吗？"

"没有。"

法兰奇点点头。"接下来,"他继续说,"由于职责所需,恐怕我要提另一件不太让人感到愉快的事。你知道厄尔医生上周二去镇上见了一名女士吗?"

朱莉娅的脸色变得有些难看,"这有什么问题吗?"她反问道。

"他把这件事告诉你了吗?"

"他为什么要告诉我呢?他又不是小孩,我们都是成年人,为什么凡事都要告知对方呢?"

"他那天告诉你他是去打高尔夫球了吗?"

朱莉娅犹豫了,"这我倒是没问他。"她最后说。

"夫人,你可能是没问。"法兰奇神色凝重地说,"不过他告诉过你吗?"

"我不明白这和他的消失有什么联系?这件事和你又有什么关系?"

"夫人,那我就解释给你听。"法兰奇坚决中带着和善,"有人认为厄尔医生对妻子产生了厌倦,想离开这里,到别处开始新的生活。虽然我不知道那人有什么事实依据,但是我必须验证这个可能性,所以希望了解他当时是否告诉你他声称去打高尔夫而实际却和别的女人见了面,我们也许能从中发现他的动机。"

朱莉娅很不想回答这个问题,但最后她还是愤愤承认，自己完全不知道那个女人的事，而且那个周四的早上厄尔明确地说了自己是去打高尔夫，那天晚上也是相同的说辞。

法兰奇本想用更含蓄的方式提问，但他终究没这么做。因为他不仅急于得到直接的回答，还想观察朱莉娅面对这些问题时的反应。如果朱莉娅参与并谋杀了丈夫，她当然会利用好当前的形势，尤其是能说明厄尔是自愿离开的信息。

不过朱莉娅并没有尝试那样做，她只是表明了自己的观点：如果丈夫想去伦敦见其他的女人，他完全有权那样做，不必征求自己的意见，而且这件事和法兰奇无关。

"你和丈夫之前或最近发生过任何分歧或不愉快吗？"法兰奇继续问。

"从没发生过这种事！"朱莉娅尖锐地回答道，"如果你觉得厄尔医生是因为生活不快乐才出走的，那么你可以打消这个念头了。继续顺着这个方向调查只是浪费你和他人的时间。"

"我只是想把这点弄清楚。"法兰奇安慰对方道，"很好，这样就解决了一个问题。下一个问题和钱有关。有没有什么财务问题让厄尔医生感到焦虑不安呢？"

"我觉得没有，反正据我所知没有。不过我也说不准，因为厄尔医生在自己经营事业。你怎么不去银行问问？他们会告诉你想知道的事情。"

"夫人，我就是打算征求你的许可，这样银行主管才能告诉我这些信息。"

"好的，我不介意给你这个许可。"

"谢谢。接下来，我想知道厄尔医生在消失的前两天收到过哪些信件或信息。你能帮帮我吗？"

"这就爱莫能助了。我没注意到他收到过任何不寻常的信件，他也没提过这类事。你可以翻翻他的书桌。"

"夫人，我已经找过了，没有任何发现。"

"那我恐怕也帮不了你什么了。"

"他有没有收到过电报或电话留言呢？"

"据我所知没有。"

"那访客呢，夫人，你能帮我列出周五、周六和周日来过这里的所有人吗？"

"来找厄尔的人吗？"

"不管来找谁都列出来，麻烦你了。"

"那几天没人来找过厄尔，但是找我的人跟这件事又有什么关系？"

"夫人，我并不是怀疑他们和本案有关，这只是例行公事。如果我的报告里没有包含这项信息，上级会责怪我的。"

"那好吧，周五没有人来。你应该不会想知道送奶人和几个商店送货员来时的细节吧？那天我们去依斯特堡见了几个人，我丈夫开的车，因为我不喜欢开夜车。周六，"——她顿住了，思考了一下，或者说她明显思考了一下——"我觉得周六也没人来拜访。对了，斯莱德先生顺道来过，他就住在隔壁，拿来了之前说好要借给我的书。他就待了一两分钟。然后，周日那天坎皮恩兄妹来了，坎皮恩医生和两位坎皮恩女士。"

"好的，谢谢，夫人。我也听说他们来过。没有其他人了吗？"

"没有别人了。"

"最后一个问题。我记得你说过，厄尔医生消失前在读《观察家报》，你有那份报纸吗？"

"应该还在客厅里。"朱莉娅回答，"遵照警长的要求，所有房间都保持着原样。"

"我们能进去看看吗？"

他们进了客厅，发现那份报纸还放在厄尔坐过的椅子上。

"谢谢，厄尔夫人，目前我没有其他问题了。接下来我能和劳斯女士谈谈吗？"

面对玛乔丽，法兰奇把刚才问朱莉娅的问题几乎又重复了一遍。这是惯例，在他负责的所有案件中，他都会问所有涉案者相同的问题。这项工作当然单调乏味，但他相信在比较不同的叙述视角时，要么能揭穿谎言，要么会有新的发现。在本案中，这个方法也确实得到了验证。玛乔丽在无意之中向法兰奇提供了两条线索。

第一条线索希普善克斯也知道：这个家庭并不是很幸福。法兰奇像蚂蟥一样不肯放过玛乔丽的不慎发言，挖出所有信息后才罢手。追问结束后，他很确信厄尔夫妻已经不再相爱，只是在相互容忍中度日。

法兰奇问到近期的访客时，玛乔丽无意间提供了第二条线索。法兰奇立刻发现玛乔丽不喜欢雷吉·斯莱德这个人，他也近乎本能地抓住了这点。

斯莱德先生是谁？朱莉娅经常见他吗？噢，那么频繁吗？那么他多久来一次，比如说在过去2周里？7次？是来见厄尔夫人吗？嗯，他喜欢厄尔夫人？没错，那厄尔夫人喜欢他吗？不过如果厄尔夫人不喜欢他的话，她肯定不会见他那么多次吧？噢，如果是公事的话，他又是因何事而来呢？有一次是为了他的车子？噢，他有一辆车？嗯，嗯。没错。劳斯女士知道厄尔夫人坐斯莱德的车出去过吗？当然了，她没理由不知道。

法兰奇只是不停地抛出问题。

她去了吗？是的，什么时候呢？噢，上周四？厄尔医生去镇上那天？这种事在其他时候也发生过吗？是的，没错。

最后，法兰奇结束了调查，回到法纳姆，对自己的进展十分满意，他似乎至少能找出动机了。厄尔夫妻的家庭不幸福，厄尔和伦敦的女士有某种关系，雷吉·斯莱德很可能会给案子提供进一步的信息。

不过，厄尔是本案的谋划者还是受害者呢？法兰奇目前还无法回答这个根本的问题。他躺在旅馆的床上，深深意识到自己的麻烦才刚刚开始。

第五章

疑　团

第二天早上，法兰奇又骑车到来圣基尔达，继续他的讯问。这次的对象是厄修拉。

法兰奇一如既往地先重复问了那些问题，但是没能从厄修拉口中得到任何新的信息。

"你见过一位叫雷吉·斯莱德的先生吗？"法兰奇继续说道。

"是的，我遇到过他一次。"

"哦，只见过一次。斯通女士，你们是在哪里遇见的呢？"

"就在那边的花园。"

"厄尔夫人当时在场吗？"

"刚开始她不在，但是后来出现了。"

法兰奇让厄修拉详细描述了一下当时的情况，继续说："厄尔夫人和斯莱德先生是亲密的朋友吗？"

厄修拉表示对此一无所知。法兰奇的眉毛向上挑了挑。

"斯通女士，请记住这是一个严肃的话题。"他表情凝重地说，"你也许要去法庭宣誓自己说的一切是实话。这么说吧，你真的想说自己根本不知道他们之间相互抱有好感吗？"

厄修拉敌不过法兰奇，于是说出了那天在花园里发生的一切：她看到斯莱德惊讶的表情，朱莉娅对他的态度，还有玛乔丽后来的评论。法兰奇条理清晰地全部记录下来。然后厄修拉谈到去镇上遇见厄尔开车载着那名女士。

"斯通女士，"法兰奇写完后解释道，"我们会找到这名女士的。她也许能提供一些信息，解释厄尔医生的消失。你能尽可能详细地描述一下她的外貌吗？"

"说实话，她长相很普通，挺年轻的，我敢说年龄不超过30岁。我觉得她看起来既友善又聪明，鼻子长得很漂亮，又高又挺直，像是希腊鼻①，下巴圆圆的。我当时在侧面，没能看到她的整张脸。这就是我注意到的所有特征了。"

"你刚刚提供的信息很有价值。她的衣着是怎样的呢？"

"她戴了一顶灰色圆帽，前面别着红色饰针，是托克

---

① 这种鼻子的特征为鼻梁和前额几乎成一条直线。

无边帽，而不是缺了边的帽子。她穿着灰色的外套、鞋和长筒袜。"

"她看起来富有吗？"

"不，我倒觉得她很穷。"

法兰奇很满意，这份描述比他想象得更好。希腊鼻这个特征很重要，这条线索可能会派上用场；而"中等身高，深色的头发和眼睛"这种描述，全国就有三分之一的女性符合该特征。幸好是一名女性发现了她！男性也许会注意到灰色的服饰，但绝不会记住帽子的款式和上面的红色饰针。

"斯通女士，这太棒了。"法兰奇称赞道，"接下来，你能说说厄尔医生当天的穿着是什么样的吗？"

"跟他早上走时一样：戴着运动帽，穿着黄棕色大衣。"

法兰奇接着讯问了用人露西·帕尔，收获甚少，不过也让他更加肯定男女主人的关系常常很紧张。法兰奇注意到，用人完全站在厄尔那方，和朱莉娅相对。露西说，厄尔是一个友善又谦逊的人，总想把大事化小、小事化无，甚至愿意放弃自己的权力；而朱莉娅行为专横，盛气凌人，十分苛刻。露西显然认为厄尔和朱莉娅在一起日子并不好过，她还认为厄尔很清楚斯莱德的事情，还为此感到焦虑。

至此，证词的初步采集就结束了。法兰奇在进行下一项工作前，先确保自己按流程收集了所有的信息：关于厄尔和屋内其他人员的详细描述以及照片、厄尔的笔迹样本、他的友人名单，还有他经常做什么、喜欢去什么地方等情况。所有这些看似常识的细节信息（和之后查到的线索）在后来起到了重要的作用。法兰奇已经从厄尔的存折和遗书中得知了银行和事务律师的相关信息。

这一天过得很快，但是法兰奇在圣基尔达还有很多想做的事，于是他加快了速度。他去厄尔的卧室快速搜查了一番，毫无发现。不过，他在搜寻挂在墙上的大衣时，发现了一张纸片，觉得可能会派上用场。

纸片在一件黄棕色大衣——那也是现场唯一一件——右侧的口袋里，被揉成了一个小纸球，这显然是厄尔的无心之举。法兰奇小心地把纸球展开，那是一张略带黄色的薄纸，约6厘米长，2.5厘米宽，明显是从某种单据上撕下来的。纸片的顶端有一串印下的数字，不是铅字印刷，纸张还被戳破了，能识别出最后4个数字是1153。下面是一个日期的后半部分，有淡淡的铅笔印：当前的月份——10月，年份，但是日期被撕掉了。再下面是用黑笔重重写下的"*费用*"和一个小方格里的"*6便士*"。单据底部附近印刷着3行小字，如下：

主的全部

任何的责

应该照

这显然是对某项责任的说明。

这到底是什么呢？不是铁路衣帽间的凭证，因为取回寄存物时对方会收回凭证；不是什么表演的入场券，因为在进场时会把它交给主办方，而且这类票据通常会用更厚的纸张；是商店的收据吗？但看起来不像。

法兰奇只能想出停车收据这个可能性。大部分停车场停泊2小时的费用正是6便士，而且收据上也有序列号，通常由自动印章印制而成，都有日期，也有"车辆的风险由车主自己负责"的语句。此外，如果是停车收据的话，也能解释它为何被撕碎，揉成球，出现在外衣的侧兜里。在泊车时，厄尔可能随手将收据塞进了口袋——因为金额虽小，但也是开销的凭证。后来，也许厄尔撕碎了收据，还把纸片揉成一个个小球——人们在紧张或心不在焉时就容易出现这类行为。厄尔把手抽出衣袋时，很容易带出一些小纸球，最后只剩下法兰奇发现的这一个了。

法兰奇十分满意，把纸片夹进笔记本里。如果能找到那个停车场——他也坚信自己能找到——这会成为一条有价值的线索。这张收据很可能就是厄尔周四去伦敦时收到的。首先，10月已经过去了近三分之一，只有9号是周日，因此厄尔不太可能在这段时间内去过多个停车场。此外，纸屑是在黄棕色大衣里找到的，也就是厄尔周四穿的那件衣服，这条线索似乎更有价值。

法兰奇开始想怎样才能找到那个停车场，又想了想可能遇到的问题。他必须在案情变得更加扑朔迷离之前，继续在圣基尔达的侦查工作。

法兰奇记下了厄尔的车牌号和对车辆的描述：莫里斯-考利轿车，车牌PE2157。之后，他转向下一项任务。他的包里有一支强光灯，自带电源线和插头。法兰奇带着电灯挨个房间检查，每一寸地毯、垫子、椅子及其他家具，彻底搜索任何疑似血迹的痕迹。不过他一无所获。

有一件事让法兰奇很不解。朱莉娅说厄尔在写一本和医学有关的书，文件里找不出任何相关的内容。于是法兰奇就这一点再次询问了朱莉娅，发现她其实没有见过丈夫写的任何原稿。她理所应当地认为厄尔工作的时候就是在写书。因此，法兰奇必须强迫自己假设朱莉娅产生了误会。

一整天的工作后，法兰奇十分劳累。他骑车回到法纳姆时，已经快到晚上8点，终于吃完迟到的晚餐后，他在客厅里继续完成剩下的一两件任务。

他整理了笔记，改进了对厄尔的描述，简要形容了伦敦那位女士，并将两份描述和厄尔的照片发给了苏格兰场，列为寻找对象。随后，他转向那张停车收据。

斯通女士是在西摩广场看到厄尔和那位女士的，当时是中午12:30，他们正朝西行驶。厄尔在当晚7点或7点过几分时回到家里。根据这些能查出他可能去过的地方吗？

法兰奇陷入沉思，慢慢吸着烟斗。这些时间点和车当时正向西行驶的信息就是他掌握的所有线索，肯定不够！他要好好想想如何利用上述信息。

首先，厄尔和那名女士真的离开镇上了吗？法兰奇认为他们确实离开了，因为停车收据是纸质的，而他记得伦敦绝大多数停车场使用的都是一种薄薄的泊车卡。这些虽然并非确凿的证据，但确实将搜寻范围指向了伦敦以外。

然后回到时间的问题上。从中午12:30到晚上7:00一共6.5个小时，他们会在这段时间里做些什么呢？

法兰奇首先想到，厄尔在回家前应该把那位女士送回了伦敦。厄尔从伦敦返回圣基尔达大概会花1.5个小时，将它从6.5个小时中减去，还剩5个小时，在这段时间中，他从伦敦出发，去往某地，又返回伦敦。

那么餐饮呢？在这5个小时中，他们两人肯定用过午饭和下午茶。这些会花多长时间呢？

午餐至少花1小时，下午茶至少花半个小时，而且实际很可能用了更长的时间。假设餐饮共用了1.5个小时，那么刚才的5个小时就剩下3.5个小时。

法兰奇继续慢慢地吞吐烟气，突然想到了另一个点。他们应该是在酒店或餐厅用的餐。当然，厄尔也可能自己带了午餐和茶点，不过大部分上了年纪的男士都认为这样很麻烦，更喜欢在室内得体地用餐。从总体上讲，法兰奇认为酒店的可能性更大。不过，如果他们去了酒店，厄尔又为什么要付停车费呢？酒店和餐厅的客人都能免费泊车。因此，这是否意味着两人在午餐后又开车去了其他的地方呢？

法兰奇想了一会儿这种可能性，但似乎不能得到更多线索。于是他把这个想法置于一旁，开始考虑另一点。

厄尔既然付了停车费，那么停车的时间就很可能不少于1小时。这当然只是猜测，看看能得出什么信息。刚才的3.5个小时再减1小时，剩下2.5个小时。

如果法兰奇猜测正确，就只剩2.5个小时让厄尔从伦敦离开、再回到伦敦，也可以说单程大约花了一个多小时。这意味着泊车地点应位于以伦敦为中心、以1小时车程为半径的圆内。

在城郊繁忙的交通情况下开一个小时的车，行进距离不会超过48公里。这可能包括西边的温莎和梅登黑德，或是伦敦外围的马洛和亨利镇，又或者是位置更靠北或靠南的地方。法兰奇决定先调查一下上述地区，如果没有收获，再扩大调查范围。

最后，法兰奇又给苏格兰场写了一封信，请求把停车收据的附件发给以伦敦为中心、半径48公里内位于西北、正西和西南方向的所有警察局，请求警方找出出具该收据的停车场，并核实车牌号为PE2157的车辆在当日是否被记录。

法兰奇出门寄出了信件，觉得今天完成了许多工作，他在读了一会儿晚报后，便上床休息了。

第二天法兰奇又早早开始了工作。目前最紧急的是弄清楚厄尔的财务情况。银行刚开门，法兰奇就来到位于法纳姆的弗洛伊德银行，要求见经理。有了朱莉娅提供的授权信，经理克莱顿先生成了法兰奇重要的盟友，把自己知道的一切都告诉了法兰奇。

可惜的是，克莱顿提供的信息不多，但其中也有有价值的线索。厄尔的大部分资金都来自投资，少数仍来自出诊。自从厄尔在6年前将账户从戈德尔明转到这里后，他便有了红利和权证的定期收益。除了萧条期间普遍出现的贬值以外，最近厄尔的收入并无变化。他的支出也保持在一般水平。从财务情况上看，其实无法推测出厄尔是否有任何突发或异常的行为。他的活期存款账户上有100英镑，存单上还有700英镑。在正常情况下，他很快就会收到一笔数目不小的收益。如果厄尔计划要消失，那他很可能会在近期取走大笔现金，但是他根本没有那样做。

当然，这并不能证明厄尔没有将资金变现，法兰奇在搜查他的书桌时，发现了他和一名证券经纪人的多次交易记录，而银行提供的信息并未反映出这些交易。同时，这也不是决定性的证据，厄尔可能只是偷偷和别的经纪人办理了业务。不过，法兰奇不明白他为什么要那样做，因为如果将资金变了现，就不能通过办理银行业务来获利，雇谁都没用。

随后，法兰奇按照计划转向下一项任务。他坐公交车去往吉尔福德，再从那里去到米罗。他找到高尔夫球俱乐部的秘书，出示了自己的证件，询问了一些对一般人保密的信息：来自法纳姆镇汉普顿公地圣基尔达的詹姆斯·厄尔医生上周四是否来了高尔夫球场？

秘书认识厄尔，他虽然不是会员，但是经常以游客的身份来打高尔夫。秘书不知道当天他是否在场，但会想办法把弄清楚。秘书消失了一会儿，回来后说那天没人见过厄尔。他又说，厄尔医生要是来了高尔夫球场，肯定会有员工看到他。

目前为止，法兰奇采取的行动要么是例行公事，要么明显是情况所需。现在这些工作已经接近尾声，因此他认为是时候对案件进行初步分析了，这也许能确定最有价值的调查方向。于是法兰奇回到旅店，点燃屋里的壁炉，开始仔细分析当前的情况。

就法兰奇看来，这个谜团有三种可能的解释：一，厄尔自愿消失；二，他发生了意外；三，他被人绑架或杀害。

法兰奇认为发生意外的可能性最小，不过为了分析的全面性，他还是总结了一下自己的结论。

根据这个理论，厄尔有事离开了客厅落地窗边的座位，之后却在途中突发心脏病，或者摔倒受伤，没法自己回来，又或者是在路上被车撞倒了。

这些不幸的事件当然都可能发生，但是法兰奇把它们都否决了，因为它们无法解释厄尔消失的尸体。唯一的例外就是：厄尔被车撞倒后，可能被送到了医院。不过这只是理论上的可能性。如果肇事者停了车并将受害者送往医院，他应该会向警方报案。

上述情形唯一的问题在于：对树林进行搜查时，希普善克斯警长是否覆盖了足够大的范围？法兰奇意识到要和警长确认这一点，以决定是否有必要再组织进一步的搜查。

在发生意外这种可能性中，厄尔还可能失去了记忆。不过这似乎不太可能，因为他之前的健康状况并未表现出类似的苗头。

　　法兰奇其实不怎么相信意外理论，于是很快转向其他的可能性——他认为这是此次事件真正的核心：厄尔是自愿消失的吗？还是被人杀害了？

　　希夫在讨论这点时，法兰奇认为绑架或谋杀的理论比自愿消失更有说服力。因此，他从事件的细节看起，先分析了谋杀的可能性。

　　首先，没有明显的迹象表明厄尔打算要离开。那天晚上很冷，他却没带走外套和帽子。更不寻常的是，尽管厄尔一家平时穿着随意，连周日的晚餐①都不会盛装出席，但他也不会穿着薄薄的拖鞋在晚上出门。那是一双棕色软皮平底拖鞋，只适合在地毯或木地板上行走，很难想象厄尔会以这身打扮出门。

　　厄尔财务状况的调查结果有力地支撑了这个理论。"自愿消失"意味着要在新的地方重新开始生活，因此厄尔需要钱——一笔可观且固定的收入。不过法兰奇至今获得的证据显示厄尔并没有做这样的准备。

　　接着就是希夫警司提出的理论：如果厄尔计划消失，他应该会说自己会在某个时间回来，然后正大光明地离开。厄尔肯定知道，调查被推迟地越久，自己就越安全，在警局接到他的失踪报警前，他可能都到了西欧大陆甚至美国。所以他为什么要采取一个会打草惊蛇的计划呢？法

①　英国人习惯在周日去教堂后吃一顿丰盛的大餐。

兰奇不相信他会那样做。

最后是有关厄尔行为举止的问题。如果他想跨出如此具有革命性的一步——消失不见，那么他肯定会显示出不稳定情绪吧？相关的当事人都注意到厄尔在几天前比较消沉和烦恼，但是大家没有发现他在周日有过分的表现。当晚，厄尔完全把即将实施的计划隐藏起来了吗？和先前一样，法兰奇也不相信他会这样做。

那么暂时假设厄尔遭到了绑架或杀害，法兰奇能想出有犯罪动机的嫌疑人吗？

至少，这是一个简单的问题。厄尔的妻子朱莉娅·厄尔有双重动机，可能还有第三重。第一，如果朱莉娅真的对那个叫斯莱德的男人有意思，就不会让厄尔坏了他们的好事。第二点更有说服力，如果朱莉娅知道厄尔爱上了伦敦的那位女士——妻子总是会知道这种事情——她会怕厄尔为了这个陌生人而修改遗嘱。第三，朱莉娅可能已经受够了厄尔，连他的脸都不想看到。这些当然都是猜测，法兰奇没有把它们当真。

而且，如果朱莉娅有动机，她肯定有作案的机会。她当时和自己的妹妹独自在家，用人不在，客人厄修拉去了坎皮恩家。朱莉娅能轻易地将毒药或安眠药掺入晚饭，等厄尔中招后，就能把他搬到树林里，这样地毯或椅子上就不会留下任何痕迹，然后朱莉娅用重器杀死厄尔，并把尸体藏起来。朱莉娅·厄尔身强体壮，而丈夫却瘦小羸弱。

或者，如果朱莉娅没有杀人，有没有可能是斯莱德动的手呢？如果人们对斯莱德的描述正确，如果他真的深爱着朱莉娅，那他十有八九会为了朱莉娅杀死厄尔。另外，据法兰奇所知，斯莱德也有作案的机会。他会不会在那个周日的晚上走到窗前，看到客厅里独自一人的厄尔，把他叫了出来，打晕后带走，然后抛尸于树林中呢？

当然这些也只是猜测，但提供了一条必要的调查方向，现在法兰奇就是想找到这个方向。他注意到自己必须进一步了解斯莱德，调查他在那个周日晚上的动向。

这些就是谋杀的可能性了。接着，法兰奇开始分析厄尔自愿消失的可能性。

此时法兰奇惊讶地发现，用于支持谋杀的大部分论证都可以用于自愿消失这一可能性。于是他也按顺序梳理了一遍：

如果厄尔打算消失，他也许会试图制造出自己被谋杀的假象，从而掩饰真相。他离开时穿着拖鞋、没带外套和帽子可能就是出于这个考虑。为达到此目的，厄尔可能专门买了别的鞋子、大衣和帽子，并藏在附近，等他离开房屋后就能用上。

法兰奇仍然认为，厄尔在确保自己有一定收入之前不可能自愿离开。不过，他现在发现这笔收入不一定要依赖于法纳姆的弗洛伊德银行，厄尔很可能用假名在其他银行开了账户。不管怎样，这是另一个调查的方向。

希夫的观点也对自愿消失理论产生了一定影响。在报案这件事上，如果厄尔被人杀害，犯人（单人或多人）肯定不会在案发当晚报警。如果朱莉娅是犯人的话，她应该会等上十多天，等犯罪痕迹不再"新鲜"后，谎称厄尔去镇上待了一周。

接下来是厄尔的言行举止。厄尔肯定为某件事烦恼了好几天，这难道不意味着他在谋划如何消失吗？至少这比谋划自杀的可能性大！而且人们说厄尔在周日晚上很沉稳，这会不会正是他的有意之举？想让屋里的人都产生此错觉？

最后是动机，这个问题很好解决。厄尔在家庭里并不幸福，他的妻子脾气不好，又比较专横，已经不爱他了。此外，妻子还和别的男人打情骂俏，很可能已经爱上了他；厄尔自己也在别处找到了妻子无法给予的慰藉和理解。他有什么理由不去那里？这样能让妻子和他自己重新追求各自的幸福。

另外，针对谋杀理论，法兰奇现在有两点异议。第一点和玛乔丽·劳斯有关。如果朱莉娅是犯人，或者朱莉娅和斯莱德两人是共犯，那么玛乔丽呢？她也参与了作案吗？反正法兰奇很难相信她也是犯人。第二点是尸体的隐藏。不管朱莉娅和斯莱德是不是犯人，这个问题都存在。法兰奇不明白尸体是怎么被藏起来的。

法兰奇尝试从整体上斟酌所有的结果，却发现自己目前没有得到任何结论。深思之后，他得出了和希夫同样的结论：谋杀和自愿消失都有可能。

不过，法兰奇的调查并不是浪费时间。他不仅在头脑中明确了目前要解决的问题，还列出了有价值的、需进一步调查的事项。法兰奇又花了半个小时排出这些事项的重要性，然后他打着哈欠上床睡觉了。

第六章

调　查

　　法兰奇把厄尔消失前阅读的《观察家报》带了回去，但是至今还没有机会进行检查。虽然听起来不太可能，但是我们能想象，厄尔可能在读到报纸的某个内容后，想找邻居讨论，便马上出了门。第二天，法兰奇吃过早饭，花了半个小时浏览了厄尔当时阅读的两页报纸。不过，他在仔细研究后并没有什么发现。

　　按照昨晚的列表，法兰奇要在当地进行几项例行公事的调查，他想把这些任务托付给法纳姆的警方。法兰奇来到法纳姆警察局见希夫。

　　"警司，"法兰奇向希夫问好，"我正好路过，就顺便来看看，和你聊几句。我去了圣基尔达，进行了一些调查。"

　　"有什么发现吗？"希夫问道，后背靠向椅子，似乎做好了聊天的准备。

"目前没有什么重要发现，我主要在弄清案件的始末，发现还有一个男人和此案有关。"

"还有一个男人？"

"没错，是一个叫斯莱德的男人。他和朱莉娅的关系不一般，他好像在14天里就找过朱莉娅7次，还驾车和朱莉娅出去过好几次。其实，这个问题已经显而易见了。厄尔夫妻间的关系已经淡薄了，厄尔在追求一名伦敦的女性，厄尔夫人则在追求斯莱德。在我看来，不论是哪种情况，我们都能轻松地找出动机。"

"什么的动机？"希夫天真地问。

"案件的作案动机。"法兰奇回答，目光炯炯。

希夫咧嘴笑道，"那又是什么呢？"

法兰奇再次严肃起来。"我要是知道就好了，"他承认道，"我昨晚想了一下，结果根本无法确定厄尔是被谋杀了还是自愿消失了。在一定程度上，两种解释都说得通。我们还要收集大量信息才能弄清楚。"

"我也是这样想的。你注意到什么特殊的地方了吗？"

"有很多事实在两种可能性里都说得通。"法兰奇答道，将手臂撑在希夫的桌子上。"比如你提出的那点，厄尔消失后，他们很快报了警，而没有等到两周之后。还有其他类似的情况，不过其中最重要的两点却相互矛盾。一方面，厄尔似乎没有准备新生活所需的资金，如果事实确实如此，那么他肯定不是自愿消失。另一方面，如果他被人杀害，尸体又在哪儿呢？”

希夫点点头，没有回答。

“如果厄尔夫人、她的妹妹玛乔丽和斯莱德都参与了作案，”法兰奇继续说，“这种可能性就能成立。两名女士给厄尔下了药，再让斯莱德处理掉尸体。否则，我想不出其他的作案方式。”

“那意味着要进行大量的调查。”希夫说道。

“确实如此，其实我今天来就是为了此事。这些调查有的完全要在这里进行，由熟悉这里的人来负责就最好不过了。其余的调查我更擅长，比如寻找厄尔在伦敦见的那位女士。你能负责一些完全在本地进行的调查吗？”

“我就知道你是无事不登三宝殿。”希夫不快地说。

“任何事情都不简单。”法兰奇神秘地解释道。

“没错，不过既然有手下办事，又何必亲自出马呢？”

“不需要你亲自出马。”法兰奇指出，“尽管没人能比你做得更好。我只有一两个其他的小请求，比如沿路进行一两次调查之类的。”

“你说说看。”希夫无可奈何地示意法兰奇继续说下去。

法兰奇翻开笔记本，“我认为需要解决的第一个问题是：厄尔在那个周日的晚上离开该地区了吗？我大致列了几项可以进行的调查。"

"继续。"

"首先，厄尔是否在某条路上被人看到过？你的手下能找出周日晚上有谁可能出过门：巡警、医生、家庭佣工，还可能是出入过高尔夫俱乐部的人们。你进行本地的调查，我来安排通知，好吗？"

"好。"希夫回答着，同时记下笔记。

"其次，"法兰奇继续道，"他是否上过任何车辆？我觉得可以找该地区的公交司机、私家车主和专职司机问问。"

希夫又记下笔记。

"然后就是火车站了。这是一项大工程，车站的数量太多了！你瞧，我们必须覆盖以厄尔最长步行距离为半径的区域。当然，大车站的可能性更大，我觉得吉尔福德最有可能。厄尔在法纳姆站可能会被人认出来，对吗？"

"也可能不会，我知道厄尔通常驾车出行。总之，我们会尽力而为。"

"很好。"法兰奇同意道，"然后是自行车的问题。厄尔有自行车吗？能租到或借到自行车吗？你能调查一下吗？"

"没问题。"

"我会负责调查厄尔的财务情况和警方的通知。你来安排码头的监视和全国范围内的调查，我已经向各警局发送了厄尔更完整的描述和他的照片。下一个要点在于斯莱德。你能给我讲讲他的情况吗？"

"你把这叫作分工？"

法兰奇不安地抬起头，"你觉得我负责的部分太多了吗？"

"我还以为工作全被我包了呢。"

"伦敦的那位女士，"法兰奇使出了杀手锏，"我打算把她找出来，不过，如果你不知道该怎么完成刚刚那几件小任务，我就留下来把它们做好。"

"所有的任务你都提到吗？"

"都提到了。"法兰奇答道，"警司，你还能想到其他的调查线索吗？"

"不能，你不也是吗？你已经考虑得足够周全了。你现在就要回镇上吗？"

"我要去和斯莱德谈谈。警司，你还没有回答关于斯莱德的那个问题。你能给我讲讲他的情况吗？"

希夫按下一个按钮，"我也不了解他，但是布莱克警员就住在那一片。我们把他叫进来，他也许能帮你的忙。"

结果警员没帮上什么忙。

这名警员的父亲有一座小农场，就位于科洛内尔·达格尔的房子——阿尔塔多尔——附近，在树林的边界地带。斯莱德是达格尔夫人的弟弟，他对农业没什么兴趣，却是鉴马的好手，不过仅此而已。他参加了全国所有的赛马大会，据说输了一大笔钱。斯莱德、比因斯康布的坎皮恩医生和康普顿附近波尔佩罗的盖茨先生是好朋友，都喜欢赌博，都囊中羞涩。

"斯莱德像是会犯罪的人吗？

"噢，这方面呀，虽然斯莱德打牌有时会出老千，但我不相信他会犯下什么重罪。

"没错，那是我的猜测，其实我从没见过斯莱德打牌。

"是的，长官，我知道应该只陈述自己确定的事实。"

这些信息并没有多少价值，但是在某种程度上，却让法兰奇为即将进行的谈话做好了准备。法兰奇决定先去圣基尔达，于是跟警员一起走出希夫的房间。

法兰奇又享受了一次去汉普顿公地的骑行，沿途欣赏了萨里优美的风景。一年中的这个时节，天气好得出奇，阳光温暖，松树散发出盛夏的芳香。其实，如果不看正在变颜色的叶片，这仿佛就是盛夏。鸟儿随处可见，法兰奇在骑车时还惊动了兔子。

抵达圣基尔达后，法兰奇去了车库。他问过希普善克斯车周日晚上是否被开出去过，希普善克斯说他觉得没有，因为散热器是冷的。当时法兰奇就想，要冷却散热器很简单，把里面的水换一换就行了。法兰奇打开水嘴，看里面的水流出来，是一种棕色、满是锈迹的水，不像是最近才换的。所以希普善克斯的证据没有问题，车没有被开出去。

除了散热器的水，法兰奇之前还忽略了一项检查。他让朱莉娅将车沿路开出去，再开回来，把车停在大门口，然后再次发动引擎。同时他在厨房倾听，车辆的声音十分清晰，因此，周日晚上没有车能在不被朱莉娅和玛乔丽发现的情况下停下或者重新启动，法兰奇对这个结果很满意。

法兰奇也借机询问了朱莉娅有关斯莱德的事情。朱莉娅并不想谈，所以他没能获得多少信息。

"在厄尔消失之前，你最后一次见到斯莱德是什么时候呢？"法兰奇问道。

"周六午饭之后。"

"在哪里呢，夫人？"

"在哪里？"

"没错，在哪里？"

"我不明白这和案件有什么关系，和你又有什么关系。如果你一定要知道的话，就在这里，客厅。"

"谢谢。当时有其他人在场吗？"

朱莉娅短暂犹豫了一下，"在我们见面时吗？"她说道，"没有。"

法兰奇不明白她为什么会说"我们见面时"，因此他试探道，"不一定是在你们见面的时候，当天有其他人看到斯莱德先生了吗？"

朱莉娅再次犹豫了，但和之前一样，犹豫只是一闪而过。法兰奇猜测，她是在考虑是否说出事实，很快她就有了决定，要实话实说。"我丈夫看到了他一会儿。"

"是吗？"法兰奇说，"具体是什么时候？"

"我觉得这简直是浪费时间，"朱莉娅不满地说道，"不过，既然是十分重要的信息，我就告诉你吧，斯莱德先生来时，我的丈夫就在客厅。我进来时，他们正在交谈，不过我丈夫很快就离开了客厅。你想知道的就是这些吗？"

"差不多就是这些，夫人。最后，你能再告诉我当你进去时他们在谈些什么吗？"

"我不知道他们在谈什么，我可没有偷听别人谈话的习惯。"

"你进客厅时肯定会无意中听到些什么。我不是想知道整个谈话的内容，只是想知道你无意听到的那部分。"

"我不知道他们当时在讨论什么。"朱莉娅冷漠地说，显然很生气，"我一进门他们就停止交谈了。"

鉴于朱莉娅的态度，法兰奇猜测她其实听到了一些内容，但不愿意说出来。他决定暂时放过这个问题，相信之后可能会更容易得到答案。法兰奇点了点头。

"那么，夫人，在那之后你又在何时见到了斯莱德先生呢？"

朱莉娅似乎松了一口气，"周一。他听说我丈夫失踪了，于是来帮忙。"

"你在周日没见到他吗？"

"没有。我之前的回答也表明了这点。"

"在进行这样的问答时，很容易产生误解。"法兰奇平静地说，"非常感谢，夫人。我想问的就是这些。"

接着，法兰奇来到厨房。之前他记录露西的陈述时非常客气，所以，当看到他进来时，露西露出了笑容。

"露西。"法兰奇也露出大大的微笑，"我又来打扰你了。你能给我一杯水吗？我有点口渴。"

"我来给你一瓶啤酒吧，"她答道，"马上就好。"

"不、不，谢谢。啤酒就算了，一杯水就行了。你的好意我心领了。"

露西打开水龙头先放了几秒，解释说这能让水冷下来。在她接水的同时，法兰奇继续和她唠着家常。法兰奇抿了几口水，然后转向露西，以一种更严肃的语气说："露西，我想知道厄尔医生和斯莱德先生在上周六发生了什么不快。"

这是厚颜无耻的虚张声势，但这也是法兰奇根据朱莉娅的举止做出的合理策略。不管这到底是不是虚张声势，它确实奏了效。露西惊讶地盯着法兰奇。

"你是怎么知道的？"她问道，神情中透着惊叹。

"噢，"法兰奇说，"我什么都知道。你可能在法院出庭时会被问到这个问题，我想确认一下你会怎么说。到时你就从头说起，乖乖地把今天所讲的重复一遍，之后他们就不会再来找你麻烦了。当时你带斯莱德先生进客厅时，里面只有厄尔医生一个人吗？是这样的吗？"

法兰奇拿出笔记本，在新的一页上写下"10月8日厄尔医生和斯莱德先生间的不快，露西·帕尔的证词"，让露西不再感到尴尬。"好了，露西，请说吧。"法兰奇鼓励她开口。

结果露西也没提供多少信息。当时斯莱德似乎是来找朱莉娅，露西不知道厄尔在客厅，于是把斯莱德带了过去。她知道厄尔不喜欢斯莱德的造访，也一直尽量不让两人见面。当露西打开客厅房门时，她并没有注意到厄尔。"瞧瞧，*你来干什么？*"当厄尔不悦的声音传来时，她都震惊了，斯莱德似乎也大吃一惊，最初并没有回应。不过露西在关门之前听到，斯莱德结结巴巴地说自己是来还厄尔夫人之前借给他的书。露西没能立刻迈开腿回厨房，因此听到厄尔提高了音量，同样不快地回答道："你把书放在那儿吧，然后给我出去。"此时，斯莱德显然发怒了，露西听到他愤怒地说着什么。露西十分紧张，想继续听下去，但听到楼梯那边传来朱莉娅的脚步声，于是逃回了厨房。露西在厨房里听不清说话的内容，不过有一段时间说话的声音比较大，然后门被打开，厄尔去了楼上。等到晚饭时，这些不快似乎都已消失，朱莉娅和厄尔看起来都很正常。斯莱德总共在屋里待了约半个小时。

法兰奇忍住内心的窃喜，厄尔和朱莉娅在不同情况下遇见斯莱德时，第一句话都是"你来干什么？"法兰奇意识到了此事的重要性。厄尔和斯莱德之间的争吵也许是压垮骆驼的最后一根稻草，进而引发了这次灾祸。法兰奇又问了几个问题，然后谢过露西离开了。

沿路朝法纳姆的方向走一小段就是达格尔家，房屋门牌上写着"阿尔塔多尔"。这座房子比圣基尔达更大，建成时间也明显更早。庭院陈设雅致，受到悉心照料，连草都长得很好。法兰奇后来得知，能在沙地上种出这种草已经很了不起了。和圣基尔达一样，这里也是三面环树，房屋的第四面邻接道路，中间被灌木隔开。

两座房屋仅由一道粗制的栅栏隔开，栅栏的木桩间距较大，由两条铁丝相连，法兰奇见此觉得很有趣。这道栅栏穿过了树林，它当然对人起不到任何阻碍作用，即使人拿着重物穿过时也不会受到影响。

　　法兰奇走到门前，要求见斯莱德，并递过一张简单的名片，上面只写着"约瑟夫·法兰奇先生"。然后，有人把他带到一间小客厅里让他稍等片刻。

第七章

斯莱德

斯莱德并没有马上出现。法兰奇在这个小房间里坐了
20分钟，越来越没有耐心。然后门被打开，斯莱德悠闲地
走进来。

"抱歉让你久等了，"他低声说，"你有事找我吗？"

"没错，先生。不过在我道明来意之前，我先自我介
绍一下。"法兰奇递上自己的证件。

"我知道你是谁。"弗莱德回复道，几乎没看那证件，
"你是苏格兰场的人。我从隔壁邻居那里听说过你。"

"那么，"法兰奇说，"你肯定知道我的工作是什么了。
我正在调查厄尔医生失踪一案，今天来是想找你收集一些
有用的信息。"

"我什么都不知道，恐怕帮不了你。"

"先生，也许你无意之中掌握了一些信息，我就是想

找出这样的线索。"

"那么，你想知道什么就问吧。"法兰奇采纳了这条好建议，开始有条不紊地询问斯莱德一些问题，希望能有所启发。

斯莱德说，这座房子属于他的姐夫科洛内尔·达格尔，他是一位退休军官，曾经在一些小公司里担任过挂名董事。家里没有小孩，斯莱德和这对夫妻住在一起。虽然斯莱德没有明说，但是法兰奇推断，达格尔一家并不是很富裕，斯莱德的入住给他们增添了一定收入，这让他们很高兴。斯莱德自己有"一些积蓄"，但没有任何工作，对马很感兴趣，会参加重要的赛马比赛，也是几个猎狐队的成员。达格尔夫妻大约在两年前搬到了这里，斯莱德从那时起就认识厄尔一家。没错，斯莱德喜欢厄尔夫人，她一直待他不错，而且他们的关系没有半点特殊和不得体。斯莱德对厄尔的事情不太关心，不是因为他不喜欢厄尔，只是因为他们之间没什么交集。

在厄尔消失之前，斯莱德在周四和周六见过朱莉娅·厄尔。周四，斯莱德开着自己的改装宾利车和朱莉娅一起去兜了风，就在阿伦德尔和博格诺特附近。周六，斯莱德只是去看看朱莉娅在兜风后身体怎么样。

没错，他周六去拜访时见到了厄尔。不，没发生任何不愉快。他和厄尔虽然互不关心，但是他们彼此总是很客气。

"当时厄尔先生问了你来拜访的理由吗？"随着讯问的进行，斯莱德明显变得越来越紧张。"问了。"他停顿了一下说道，"这有什么问题吗？"

"没什么问题。"法兰奇说，"他当时是否让你离开？"

斯莱德显然非常不想回答这个问题，"我不知道你到底想说什么，"他抱怨道，"你是在指控我绑架了厄尔先生吗？"

"别傻了，斯莱德先生。"法兰奇回答，"我丝毫没有指控你的意思。如果有的话，我也会先告知你，你所说的任何话都可能成为呈堂证供。不过，你得把自己知道的一切告诉我，否则就要去一趟警局了。"

"如果我不想说的话，你也逼不了我。"

"没错，但前提是你不是嫌疑人。如果这是一起潜在的谋杀案，而你隐瞒了事实，我们其实并非你想象得那么束手无策。别再浪费我们两人的时间了，厄尔先生当时是否让你离开了？"

虽然斯莱德不愿意承认，但显然意识到了事情的重要性。他气鼓鼓地承认当时厄尔确实让他离开，而且他答道，如果朱莉娅让他走的话他就走。随后，朱莉娅也进来了，想知道出了什么事，还问厄尔知不知道斯莱德是她的客人。厄尔厌恶地答道，"你的客人，是吗？我希望你以他为荣。"然后离开了客厅。朱莉娅然后告诉斯莱德不要在意厄尔的话，厄尔有时会发脾气，不过很快就会冷静下来。

法兰奇然后谈到周日晚上的情况，问从8:45到第二天早上这段时间斯莱德在哪里。

斯莱德似乎才意识到这些问题也许比他想象得更重要。他的愠怒一下子就消失了，取而代之的是焦虑，而且显然想讨好法兰奇。

"我当时在哪儿？"斯莱德重复道，"我一直都在床上。"

"晚上8:40就上床了吗？"

"我那天晚上8:30就上床了。我不太舒服，受了寒或得了什么病。"

"那晚你吃晚饭了吗？"

"我吃了，至少去了饭厅，不过没吃多少东西。"

"你第二天身体好些了吗？"

"没有，第二天我到了中午才起床。"

"你上床后，有人来看望你吗？"

"那天晚上没有人来。第二天早上我没去吃早饭，我姐姐埃尔米纳，也就是达格尔夫人，来查看过我的情况。"

"那么，"法兰奇说，"从周日晚上8:30到周一早餐时间之间，你都是一个人。你说你一直在自己的房间里，有什么证据吗？"

　　斯莱德明显变得更加担忧，但是立刻装作十分愤慨，这可能是因为他觉得这种反应比较明智，也可能是出于自尊。

　　"我为什么要拿出证据？"斯莱德挑衅般地问道，"我很不喜欢你的语气。如果你在指控我犯了什么罪，你已经说了我有权不回答你的问题；如果你没在指控，我就拒绝回答这些问题。"

　　"斯莱德先生。"法兰奇平静地答道，"你那样做毫无意义。这可能是一起谋杀案，谋杀案的所有相关人员都必须说明自己在案发时的动向。你已经告诉我你当时在床上，这很好。我并不是在否认你的话，我只是想要证据。你好好想想吧，肯定会明白这个道理的。"

　　"我拿不出证据。"

　　于是，法兰奇用自己的方式对此进行了极其仔细的调查，查看了斯莱德的卧室和整个房屋的状况，讯问了用人们和达格尔夫人。用人们没能告诉他什么线索，但是达格尔夫人证明了斯莱德的证词大部分属实。

　　达格尔夫人说，她的弟弟周日一整天都无精打采的，他基本没吃什么午饭，下午一直坐在火炉前的椅子上，晚饭也没怎么吃，饭后马上就去睡觉了。第二天早上，他没来吃早饭，达格尔夫人就去了他的房间，发现他有点发烧。他起床吃了午饭，渐渐恢复了元气，但是有三四天他的身体状态都不好。

这些调查都很顺利，却没有解决重要的问题。不过法兰奇还是对这次调查的结果很满意：在8:30之后的任何时间里，斯莱德都可以偷偷溜出房子，再偷偷回去；但相反，也没有任何证据显示他有过上述行为。

法兰奇思考，假设斯莱德离开过房子，假设他实施了谋杀，不论是单人作案还是和朱莉娅同谋，在上述情形中，对他而言最为重要的一环是什么？

无疑是藏尸。怎样才能把尸体藏起来呢？

法兰奇发现，答案很大程度上取决于斯莱德是否能把他的车开走。一方面，如果他能开车，尸体可能被藏在半径为160公里范围内的任何地方。另一方面，如果他不能开车，尸体就肯定被藏在了附近。法兰奇想从这些思路中找出线索。

法兰奇走出房子，在院子里到处走了走。这里显然以前养过马，曾有过一片安置马厩、马车房和干草棚的区域。不过，现在马车房被改造成了车库，其顶层成了司机夫妻的住所。

车库里有3辆车，一辆大型戴姆勒、一辆莫里斯轻型轿车，还有一辆斯莱德的运动型轿车。司机贝茨正在给那辆保养良好的老宾利车抛光，法兰奇向他道了一声早安。

"你把这几辆车保养得太好了，我真佩服你。"法兰奇继续说，"你能告诉我用的是什么材料吗？"

这是法兰奇最喜欢用的策略。丰富的经验告诉他，对特定类型的人来说，明智的几句夸奖就能顺利从他们口中得到信息。由于法兰奇处世机敏，他和贝茨之间的生疏感很快便消失了。他们谈论了如何给车抛光，其实法兰奇对这个领域一无所知，但在谈话最后他真的学到了几招。随后，他转向正题，向贝茨解释了自己是谁，还说明他正在向街坊四邻寻求帮助。法兰奇没有期待贝茨先生能提供什么线索，只是想碰碰运气。

贝茨先生也确实没能给出什么信息。

"没事。"法兰奇说，"我本来也没抱太大的希望。不过，也许你能帮到更大的忙。我正在调查周日晚上是否有人见过厄尔医生。虽然你可能没亲眼见过他，但也许知道其他见过他的人。你懂我的意思吗？"

贝茨谨慎地表示同意。

"很好。"法兰奇说，"那你应该不会介意告诉我你周日晚上是怎么过的，就从8:30说起吧。"

贝茨一点都不介意。那晚他在位于车库楼顶的家中，与妻子和小儿子在一起。

法兰奇其实心里很高兴，但他还是故作失望。

"我猜，"法兰奇接着说，"你在周日晚上一般没什么工作吧？主人通常不会在那个时间出去吧？"

贝茨再次表示同意。

"上周日晚，有车被开出去过吗？"

"那晚没有任何车辆被开动过。"

"你为什么这么肯定呢？"法兰奇执意道，"我不是在质疑你，我只是想弄清楚你是怎么知道的。"

"因为我没有听到车辆的声音。"贝茨回答，稍微显得不耐烦，"我在客厅里就能听见车库门打开的声音，屋里任何一个地方都能听到。还有汽车的发动，为什么？因为那声音大到连死人都能吵醒。如果听到有人在车库附近，我会立刻下去查看。"

"我也是这么想的。那么你的妻子呢？她也没听见任何声响吗？"

贝茨有点同情这名警官，"你还是亲自问她吧。嘿！"他朝楼梯喊道，"过来，玛丽亚，这位先生想问你一个问题。你能上来吗？"

"谢谢。"法兰奇说。

贝茨夫人是一位亲切、看起来可靠的女性，法兰奇凭直觉认为她是可信的。贝茨夫人证实了丈夫的陈述，她很肯定周日没有车被开动过。

"很好，"法兰奇说，"非常感谢。"

这似乎足够令人确信了，但法兰奇还是检查了一下车辆。如果车被人用过，或许里面会留下什么痕迹，不过法兰奇毫无收获。

那么，如果斯莱德是犯人，而且没有用车，尸体就肯定被藏在了附近。杀人犯到底把尸体藏到了哪里？

墓地、某个石堆底下、枯枝落叶下面、海里、河流深处、废弃的矿井、采石坑、洞穴、岩洞、井……通常都会是藏尸的地点。

萨里这片公地里几乎没有石堆；除了塔恩湖之外没有其他水域，而它位于圣基尔达约两公里之外的私人领地里；没有矿井、采石坑、洞穴或岩洞，只有几口井。不过，那里有很多狗，它们很快就会发现有尸体被藏在枯枝落叶下面。法兰奇断定，如果尸体被藏在了附近，那就肯定被埋起来了。

要埋藏尸体肯定需要铲子，这会是一个调查的方向吗？

法兰奇走进花园，四处溜达，遇到园丁正在给一处新整理的苗床翻土。

"你的玫瑰种得真好，"法兰奇开口道，又使用了应对司机时的策略，"对这个时节来说，你可是呈现了一场华丽的展览啊。"

园丁立刻上了钩，然后滔滔不绝地聊了起来。

法兰奇道明自己的来意后说，"厄尔医生那晚可能被谋杀了，"他继续道，"如果事实如此，那么凶手可能将尸体埋了起来。我想知道凶手可能从哪里找到铲子，你能帮帮我吗？"

园丁没什么头绪。

"晚上你都把自己的工具放在哪儿了？"法兰奇继续问。

"放在工具间里，就是月桂树后面的那个小房子。"

"我想去看看。"

那是一间坚固的砖瓦房，房子在厄尔消失的那个周末上了锁，不过是普通的门外锁，很容易弄到钥匙。见此，法兰奇很是满意。

"你在周一早上是否注意到有工具被弄乱了呢？"

没有。据园丁所知，工具都没被人碰过。

"很好。"法兰奇说，"我要检测一下这些铲子上的指纹，也要提取你的指纹，因为我只对你之外的人的指纹感兴趣。"

检测结果没有任何帮助。铲子上只发现了园丁的指纹，其铲刃上也没检测出能称之为线索的物质。

法兰奇走回圣基尔达，给希夫警司打了一个电话，问他是否能增派人手协助在树林里进行更大范围的搜查。

希夫同意派人，很快，希普善克斯警长和3名警员乘警车来了。他们立刻着手工作，排成一排，两两间隔约

6米，在树林里来回搜查，每次都会覆盖一片区域。临近黄昏时，他们完成了搜寻。法兰奇十分确信詹姆斯·厄尔的尸体没有被藏在他家附近。

显然，也没有车辆载着尸体移动过。嫌疑人能使用的4辆车都未被开动过；如果嫌疑人借了别人的车，希夫在讯问中肯定会发现这个事实。看样子尸体确实无法被藏起来，换句话说，厄尔没有遭人杀害。

法兰奇认为绑架的可能性极低，于是回到自愿消失的可能性上。有了这些发现，就更有必要找到厄尔在伦敦见的女士了。如果能弄清她的身份，整个事件的真相也许就能水落石出。法兰奇认为不一定要找到这位女士或者厄尔本人，只要能证明他们是一起离开的，就能结束本案的调查。

法兰奇已经得出了上述结论，所以当法纳姆警局将来自苏格兰场的信息转告给他时，法兰奇感到欣喜万分，这条信息如下："车牌号为PE2157的车辆在本月6号（周四）停泊于斯泰恩斯的哈罗威停车场。"

法兰奇已经有一段时间没有觉得这么高兴了，他搭乘夜班火车回到镇上。明天是周日，他会在周一早上跟进这条线索。

第八章

来自伦敦的女士

这几天的天气都不错，周一的早上太阳散发着温和的光芒，与此同时，法兰奇动身前往了斯泰恩斯。乘火车出行给人一种一日游的感觉。法兰奇想到之前在白教堂工作时的情况，为自己的好运感到高兴。离开伦敦肮脏可怕的街道，来到这个美丽恬静的乡村是值得的。

随着火车缓缓启动，法兰奇在脑中把本阶段调查已知的信息梳理了一遍。10月6日，周四，厄尔于上午10点左右离开了圣基尔达；中午12:30，厄修拉·斯通看到他在西摩广场接走了一位女士，然后开车向西驶过艾基维尔路；晚上7点左右，厄尔回了家。情况就是这样，并没有多少线索。不过法兰奇对斯泰恩斯的进展很满意，因为这证明了他的推断——厄尔驾车驶离伦敦的距离——是正确的，他很期待去验证自己的其他结论。

法兰奇抵达了这座古老的小镇，来到当地警局，一方面是要感谢当地警方对他的帮助，另一方面是想了解哈罗威停车场的位置。5分钟后，法兰奇来到了那个停车场。

"早上好，"他向那里的工作人员问好，"我是苏格兰场的警察。上周四有一辆车停在这里，是你告诉警方这条信息的吗？"

"是的，长官。"

"好的。"法兰奇说，同时从记事本里取出从厄尔大衣口袋里找到的碎片，"这是你们使用的单据吗？"

"没错，长官。"对方答道，并把本子交给法兰奇查看。毫无疑问，碎片就来自这里，当这名工作人员神奇地翻出印有车牌号PE2157的那页复写纸时，法兰奇欣喜地点点头，至少这起案件的一个谜团已经解开了。

法兰奇提前准备了一些肖像照，其中是他筛选过的几张与厄尔长相相似的照片。他把照片拿给工作人员，对方毫不迟疑地挑出了厄尔的照片，法兰奇感到十分满意。

"那辆车是什么时候开进来的？"法兰奇问道。

"长官，你从收据上就能看出来，"对方回答，"1:15。"

"他当时是一个人吗？"

"不，长官。还有一位女士和他在一起。"

"你能描述一下她吗？"

工作人员迟疑了一下，"我恐怕做不到，长官。"他慢慢说，"你瞧，我当时只和那位先生有过对话，没有和她说过话。我在填写收据时，她下了车，我连她的样子都没看清楚。"

"没关系。"法兰奇说，"他们下车后，我猜是那位先生付的停车费。接着发生了什么呢？"

"没发生别的事了，长官。然后他们就走了。"

"他们没问过你什么问题吗？也没说什么？"

"没有，长官。"

"他们是朝哪个方向走的？"

"那边，长官，沿着那条路。"

"那条路通向什么地方呢？"

"只能通往镇上、火车站和酒店。"

"好的。如果要吃午饭，像他们那种人一般会去哪里呢？"

"长官，我觉得会去女王酒店或者罗姆尼酒店，它们是这里最好的两家酒店。"

"好。"法兰奇又说，"他们又是什么时候回来的呢？"

"那位先生是一个人回来的，长官。我再没见过那位女士。那位先生回来时大约是……大约是5:45，我不是很确定。"

"从哪个方向回来？"

"和他离开时的方向相同。"

"我了解了。好，非常感谢。能把你的住址告诉我吗？如果出现其他问题，可能还需要你的帮助。顺便一提，他们当时的心情怎么样？看起来正常吗？"

"挺正常的，长官。"

他们到达停车场的时间恰好符合厄修拉·斯通在伦敦看到厄尔的时间，厄尔和那位女士肯定是直接去了斯泰恩斯。不过，法兰奇在分析时遇到了一个问题。他们为什么把车停在镇上的停车场里？他们肯定是在别处吃的午饭，而人们一般会把车停在吃饭的地方。或许他们的这个行为背后有某种考虑，只是法兰奇现在还不清楚而已。

但是，他们肯定一起吃了午饭，这点很明确。法兰奇回到镇上，开始排查酒店。

结果旗开得胜。餐厅领班看到厄尔的照片后，记起他曾在调查日期的那几天来这里吃过午饭、喝过下午茶。与厄尔同行的还有一位女士，他们去的是包间。领班叫来当时负责的服务员。

这名服务员也认出了厄尔的照片。不仅如此，他当时还注意到了那位女士，对她进行了较为全面的描述。她是一位很有魅力的女性，服务员猜测年龄在30岁左右。

"你听到他们的名字了吗？他们怎么称呼对方？"法兰奇问道。

服务员摇摇头，"他们当时在商量什么，谈得还挺认真，但我没听见具体的内容。当我走进时，他们没有再说话。"

有一点很有趣，而且引人深思——这两人似乎很紧张，一直在避免被人看到在一起。厄尔在快到1:30的时候独自进入酒店，当他点餐时，那位女士也跟着进来了。点餐结束之前，她一直在休息室等待。随后她跟着厄尔去了包间，两人保持着一定距离。他们走时也是这般分开行动，厄尔离开的时间稍微早于那位女士。他们在5点左右回来，又逐一进入包间，喝了下午茶，在5:30左右以相同的方式离开。

由此，法兰奇明白了他们使用公共停车场的原因：显然是害怕被人看到他们在一起。不过，他们在酒店被人看到在一起的概率当然比在镇上停车场被看到要大。

之后，他们一起离开了酒店，两人在5:30 ~ 5:45之间分开，厄尔独自回到自己的车上。那位女士到哪里去了呢？

法兰奇认为，如果厄尔5:30在斯泰恩斯，7点左右回到了家，那么他就来不及开车去往伦敦。因此，如果那位女士回了伦敦，肯定是自己回去的。5:30 ~ 5:45期间有火车或者公交车吗？

法兰奇在休息室找到了一份车次时间表。有两班火车5:45出发开往伦敦，一班沿南伦敦线于6:16抵达滑铁卢站，另一班沿大西部铁路线于6:27抵达帕丁顿站。公交车的出发时间分别为5:30和6:00。

"这里距镇上的两个火车站有多远？"法兰奇问服务员。

"都要步行7或8分钟，长官。"

"车站距哈罗威停车场又有多远呢？"

"从南伦敦车站过去的话，距离差不多一样；从大西部铁路线的车站过去大概是之前一半的距离。"

那位女士搭乘火车的话，时间就刚好合适。5:30离开酒店，5:37或5:38抵达火车站，然后买票上车，5:45火车出发，5:50左右厄尔抵达停车场。而公交车的时间就没有这么合适了。

不过那位女士搭乘的又是哪班火车呢？如果她要回到厄尔接她的地方，肯定是大西部铁路线。滑铁卢站距西摩广场很远，帕丁顿站相对更近。从便利程度和经济角度上看，也应该是帕丁顿，而且她去车站的时间也有限。于是法兰奇决定会先调查大西部铁路线，如果失败了，再调查南伦敦线。

法兰奇走到火车站，找到站长询问本月6号（周四）是否有一位女士只身搭乘5:45的火车前往伦敦，请求站长帮忙查明。

站长十分礼貌地对他的想法表示了"嘲笑"。这位督察为什么认为他能做到这一点呢？站长没有旅客名单，而且都过了这么久，很可能没人还记得那位女士，尤其是在没有她的照片的情况下。

"总之，我们先问问售票员吧。"法兰奇说。当没有特殊线索出现时，他都会采取常规的调查方式。

售票员记不得每一位顾客的长相，但是将所有车票的销售记录在了本子上。那列开往帕丁顿的火车共售出6张头等车厢和23张三等车厢车票，都是往返票；还有1张头等车厢和2张3等车厢的单程票。得知有单程票，法兰奇心跳加速。

"一般售出的单程票多吗？"他问。

"很少。"售票员回答道，"大部分都是往返票，而且当日往返的较多。"

虽然法兰奇不能证明那位女士乘坐了5:45的火车，但他在权衡了不同的可能性后，认为这种可能性最大——不过也仅此而已。如果她坐了那班火车，法兰奇就可能在帕丁顿发现她的踪迹。总之，值得去试试看。

法兰奇搭乘接下来的那班火车前往帕丁顿，开始了单调乏味的调查。帕丁顿没有直接开往西摩广场的车，两地相距虽然不远，但那位女士还是可能选择了出租车。很好，去问问出租车司机。这是一条合理的线索，只不过调查要花很长时间。

　　法兰奇工作了一整个下午，一个个地询问司机，但毫无结果，可他却没有感到失望，因为这类模糊不清的线索很少能得出线索。即便如此，第二天早上法兰奇仍然没有放弃，他要继续完成火车站所有职员的讯问。如果还没有发现，他就会通过苏格兰场向所有司机发出通告，寻找这位女士。如果仍然没有结果，就该转向调查其他线索了。

　　第三天，法兰奇仍在调查，他已经到了连看见出租车司机都会难受的程度。那天下午，法兰奇得知了一条消息，让他的疲惫一扫而空。一位男司机记得在法兰奇提到的那段时间里搭载过一名女性。他不记得对方是否戴着灰色的帽子，但觉得她穿着灰色的大衣。

　　"你把她载到了哪里？"法兰奇问。

　　"布莱恩斯顿广场，"司机答道，"但我不记得那天是几号。"

　　法兰奇激动起来，这次漫长的调查似乎会正中要害！布莱恩斯顿广场就在西摩广场的后面！

　　"请你试着找找那个地方吧。"法兰奇一边说，一边上了车。

　　在布莱恩斯顿广场，司机突然靠边停了车，"就在这个街区，"他说，"但我想不起来是哪间房子。"

　　法兰奇给了他一点时间思考，然后说，"好吧，如果你想不起来，那就帮我把范围缩小一点吧，分别沿着两个方向走走，确定出那间房子所在的范围。"

这种方法更加成功，法兰奇下了出租车，相信那位神秘的女士就在这9间房子之中。

他又采用了和之前相似的调查方式，开始一间一间地进行排查，寻找一位在本月6号中午12:30～下午6:30之间外出过、有着希腊鼻、身着灰色大衣、并头戴灰色帽子的女士。

当法兰奇来到第5座房子，即位于中间的129B号时，他有了重大发现，不禁惊叹出租车司机的猜测是多么可靠。出来应门的是一名女佣。

"我是苏格兰场的警官，"法兰奇自我介绍后简述了案情，"我想向你询问一位女士的信息——"

女佣瞪大了眼睛，"这是怎么回事？"她打断了法兰奇的话，"怎么又来了一个！又出了什么事吗？先前那个人明明已经问过了。"

现在轮到法兰奇瞪眼了，"我不明白你的意思，"他说，"'那个人'是谁？"

"什么？就是那位警官，"女佣说道，"他叫坦纳督察，之前问过我们很多问题。"

这可是意料之外的事。法兰奇的老朋友坦纳也在调查这起案件！或者是别的案子？法兰奇将惊讶收敛起来。

"我明白了，我对此事并不知情。"他解释道，"你能告诉我吗？这里发生了什么事情？"

女佣甩了甩头，"我看你也是来自苏格兰场，还以为你已经知道了。"她失礼地说，见法兰奇没有回答，又继续道，"是南基韦尔，那个护士。她走了。"

"护士？走了？我完全不知道这件事，显然我调查的是另一起案子。你说她'走了'是什么意思？辞职了吗？"

"就是走了的意思，"女佣回答，"你想说辞职就是辞职吧。她就是走了，没人知道她去了哪里。"

"噢，"法兰奇马上兴奋起来，"你是说她不见了？"

"你想怎么说就怎么说吧。我把这叫作'走了'，也会继续这么说。"

"你说的这些让我感到很意外，"法兰奇说出实话，"南基韦尔护士的长相是什么样的呢？"

女佣同情地看着法兰奇，"怎么？她就是一个长相一般的人，"她回答道，"我猜有的人会觉得她很漂亮，但我从来不这样认为。要我说的话，她太爱打扮了。如果你是护士，就该穿护士服。但是她每次出门时都把自己打扮得很时尚，真是时尚过头了！"她那距离很近的双眼隐约流露出嫉妒之情。

"其实，"法兰奇隐秘地说，"我也这么觉得。她那天出门时是什么样的打扮？"

"正像你刚刚说的那样，着装基本是灰色。灰色的大衣，配有红色饰针的灰色帽子，灰色的鞋子和袜子，灰色的包。嗬，"她愤恨道，"完全是护士'该有'的模样。"

"听起来'确实'像个护士，"法兰奇故意迎合道，"你能告诉我她在6号——也就是上周四的下午——出过门吗？"

女佣点点头，"有过那么一次，"她答道。

"是在什么时间段呢？"

"她那天大部分的时间都在外面，从中午12:30 ~ 下午6:30，而我却得像罪人一样工作。她在这里待了没多久就想请假；别人可不一样，都在负责地工作，没有到处闲逛。我们又不是白拿钱的。"

"嗯，"法兰奇安慰道，"可能让她待在家里会更好吧。她是什么时候来的？"

"3周前的周六，"女佣想了一会儿答道，"准将在那个周五病了，周六就找来了一名护士。"

"准将现在怎么样了？"

"情况不怎么好，但是大家都觉得他能挺过来。"

"顺便问问，他叫什么名字呢？"

"奥姆斯比·哈泽德爵士，就是那位圣米迦勒及圣乔治勋章和金十字英勇勋章的获得者。"

"啊，没错。"法兰奇说道，他之前从未听说过这个名字，"请问，南基韦尔护士是什么时候不见的呢？"

"上周日。"

法兰奇听到后变得更兴奋、也更有兴趣了。

"上周日，她在午饭后出了门。我猜那天该她休息——虽然周四之后，大家都觉得她不会马上又想请假。"女佣轻蔑地说，"她在午饭后出了门，就再没回来。就这么把夫人留下了，夫人那天下午和晚上都陪着准将，第二天早上，她打电话给养老院，让他们重新派了一个护士来。"

"然后你再也没有听到有关南基韦尔护士的消息？"

"没有。"

"是谁向苏格兰场报的案呢？"

"问一个更简单的问题吧。我怎么知道是谁报的案？坦纳督察就那么来了，问了一堆愚蠢的问题，他真是想到什么就问什么。"

"就像我这样？"法兰奇说。

女佣闷闷不乐地看着他，似乎不确定这是否是玩笑。

"我猜还是你最了解自己的工作是什么。"她最后答道。

"希望如此。"法兰奇说，"但有时我也不确定是不是这样。好了，女士，很感谢你告诉了我这一切。调查目前就到这里，再见。"他微笑着举帽示意。女佣一脸闷闷不乐，十分困惑，仿佛法兰奇是她见过的最奇怪的警察。

法兰奇乘公交车回到苏格兰场，对这项新进展感到十分高兴。现在能基本确定法纳姆这起案件到底是怎么一回事了。厄尔和这名护士一起离开了：周四，他们见面商定了计划；周日，他们实施了计划。现在，法兰奇已经找出了这个女人，应该不难取得证据，一旦找到证据就能结案。

法兰奇当时还是没控制住自己，向准将奥姆斯比·哈泽德爵士不太友好的女佣提了一堆问题，但他还是希望没有对这名护士进行任何调查的必要。负责这个案子的是坦纳，法兰奇很了解他。如果是坦纳在查案，就不会遗漏任何线索，能找到的信息他都会找出来。

法兰奇轻快的步伐中透着急切，他跑着上了楼，走进坦纳的房间。幸运女神再次降临，坦纳就坐在桌前写着什么。

"你好啊，老伙计。什么风把你吹来了？"坦纳抬起头来，向法兰奇问好，"你不是在法纳姆吗？"

"我的确去了法纳姆，"法兰奇承认道，"发现你在偷碰我的案子，所以就来了。"

"这确实是我的爱好。"坦纳一边说道，一边向后靠，放下了笔，"但我才不会隔着老远的距离去插手你的小案子。你遇到什么麻烦了？"

"你听过南基韦尔这个名字吗？"法兰奇问，兴奋地大步踱来踱去，"你听过，听过对吧？她是我的。"

"老天爷！"坦纳一脸惊讶，"你不要自己的夫人了吗？"

"本月9号，那个周日的晚上，"法兰奇无视了对方的问题，继续说，"詹姆斯·厄尔失踪了。他住在圣基尔达，位于法纳姆附近的汉普顿公地。同一天晚上，南基韦尔护士也失踪了，她受雇于布莱恩斯顿广场129B号的住户。本月6号，周四，即案发3天前，詹姆斯·厄尔医生和南基韦尔护士在斯泰恩斯秘密见了面，交谈了很长时间。现在，你知道我遇到什么麻烦了吗？"

"老天爷！"坦纳又说道，"法兰奇，这非常有趣。"

"当然有趣了！这可是我的案子。"

坦纳从口袋里拿出一包烟，递给法兰奇，"再给我讲讲。"他邀请道。

"这是我的台词。"法兰奇拿出打火机，却没能点燃，他咒骂了一句，然后擦燃了一根火柴，"这该死的打火机总是没油"。坦纳问他为什么不偶尔加点油进去，法兰奇没注意到他的提问。"坦纳，你才该给我好好讲讲。我已经说完我的案子了，我想了解的是这名护士，在她身上发生了什么？"

"我觉得已婚男人不该对护士感兴趣，这可不合礼法。"坦纳严肃道，"我们知道的信息也不多，我给你讲讲吧。"他转身从书架上取下一册活页本，"她的名字，"坦纳继续道，"叫海伦·南基韦尔，来自雷德鲁斯附近的小村康沃尔。她今年30岁，接受过医学培训——这里的细节就不说了。2年前她成奥斯汀修女养老院的员工，地点位于伦敦切尔西街区雷德希尔路的圣乔治大道25号。她是一名优秀的护士，能胜任自己的工作，挺聪明的一个人，病人和同事都喜欢她。她没遇到过什么麻烦事；奥斯汀女士说她没有'不受欢迎的朋友'；她是一个有着光明未来的护士，不知道你能否明白我的意思。她是世界上最不可能和年老的医生闹矛盾的那种人。她有时在养老院工作，但一般都是出外勤。奥斯汀女士将她视为手下最优秀的护士，并让她负责看护重要的病患。"

法兰奇暗自发笑，不愧是坦纳。法兰奇知道，如果案件由坦纳负责，肯定会做好所有的准备工作。

"一周前的今天，也就是周四的早上，"坦纳继续说，"养老院打来一通电话，称他们有一名护士失踪了，想让我们派人去调查。当时我不像别人那样手上有七八个案子要办，所以就被派了过去。我和奥斯汀女士见了面，她看起来是个很善良的人。她告诉我，上个月24号，也就是3周前的周六，克拉克医生打来了电话——他的地址和行医资格证明见后——称哈泽德准将生病了，要求立刻派一名护士去布莱恩斯顿广场129B号。南基韦尔当时刚完成了上一份任务，所以派了她去。他们提交了例行报告，似乎一切都进展得很顺利。我见过克拉克医生，他对南基韦尔的各个方面都很满意。"

"她是护士的典范。"法兰奇说。

"总之，就是典范。"坦纳赞同道，"不过，这个女人身上似乎仍有一些不太对劲的地方。发生了一些不寻常的事情，而且不太好解释。第一件事发生在她去布莱恩斯顿广场工作了5天之后，那天有什么事让她心烦意乱。在那之后，她好像一直都有些消沉或不安，其实没什么特别的事，这个女人却显得整日忧心忡忡。当然，我查过是什么事让她不安，最后的结论是一封信——至少和这封信有关，我也没找到其他的原因。女佣认为当天南基韦尔收到了一封信，可惜的是女佣并不肯定。我去找了那封信，但没能找到。"

"她在失踪之前都很消沉吗？"

"不，"坦纳答道，"并非如此。本月6号，也就是上周四，南基韦尔因有要紧的私事请了假。她在12:30离开了房子，在6:30左右回来。我不知道她去了哪里，但你刚刚说她是去斯泰恩斯见厄尔医生了。不管怎样，这次见面解决了她的烦恼，或者解决了部分烦恼。哈泽德夫人说她注意到，在那之后，南基韦尔的消沉和担忧得到了缓解，取而代之的是兴奋。她似乎有些亢奋，像在期待某件事的发生。当然，这也许是哈泽德夫人的无稽之谈，不过她确实是这样认为的。南基韦尔的这种兴奋状态一直持续到上周日，那天她吃完午饭后走了——离开养老院。"

法兰奇又拿出一支烟。

"要解释这点似乎没那么难，"他建议道，"南基韦尔和厄尔相爱了。那天，她收到了厄尔的信，他提出要一起私奔到别的地方。南基韦尔还没能做出决定，于是很焦虑。周四，她和厄尔在斯泰恩斯见面，做了具体的安排，因此不再焦虑，而是兴奋地期待着即将发生的事情。"

坦纳点了点头。"也许你说得对，"他承认道，"我没有考虑到这点，因为不知道还存在厄尔医生这么个人。还有一点，客厅的女佣认为周三下午6点左右，南基韦尔接到了一通电话，那名女佣说听到了一个男人的声音。顺便一提，她可不是什么好人，显然是想偷听电话内容，但只听到南基韦尔说：'我会安排好，12:30。'这明显指的是第二天的见面。你现在肯定能查出打来电话的人是不是厄尔。"

"没错。"

"还有几点信息，"坦纳继续道，"那周，在南基韦尔消失前的某一天——女佣记不清具体是哪天，说可能是周四——她收到了一封看起来很正式的商业信函。女佣不知道里面是什么，但觉得肯定是什么重要的东西，因为南基韦尔似乎很急切地想拿到它。然后，周六晚上，就在晚饭前，又收到了一份给南基韦尔的电报。你也许能追查到它，如果是厄尔周六发来的话验证起来就更简单了。"

"也许可以查到。"法兰奇同意道，"你还没有调查这些线索吗？"

"没有，我发布了南基韦尔的样貌特征，总督察说先试试这种方法。你现在就应该能开始调查吧？"

"应该是吧。不过我们最好先见见总督察，对吗？"

"没错，但是最后肯定也是交给你去做。"

法兰奇捻熄烟头，"先来看看这件事的来龙去脉有没有理清。"他说道，"南基韦尔去布莱恩斯顿广场的一户人家当护士，她刚去的时候有些消沉，这个状态持续了5天，然后她因为一封信变得忧心如焚——这是你的想法，还未得到证实。周四，来了一封给她的商业信函，她十分急切地取走了信。第二周周三的晚上，她接到一通电话，可能是厄尔医生打来的，她当时的回复是'我会安排好，12:30'；第二天，即周四下午，她和厄尔一起待在斯泰恩斯；周六晚上，她收到一份电报；该周周日，她和厄尔都不见了。这没错吧？"

"事件的顺序应该就是这样。"坦纳赞同道。

"你对此有什么看法呢？"

"有什么看法？我觉得这是一起有计划的案件，两人打算一起出走，到更适宜的地方生活。"

法兰奇点点头，"厄尔有这么做的动机，他的家庭不幸福，妻子脾气不好，还在追求别的男人等。我们去见总督察吧，然后我就能着手调查了。"

10分钟后，坦纳正式退出了此案接下来的调查，并把自己收集的资料给了法兰奇。

第九章

再访法纳姆

去苏格兰场查看是否有新线索后，法兰奇疲惫地踏上了回家的旅程。案子在过去两天中取得了实际的进展，他也因此感到很高兴。法兰奇知道这主要得益于自己的办案能力和坚定的意志，但也承认其中不乏运气的成分。他的线索发挥了作用：如果没有找到那片停车收据的碎纸，他就不知道要如何找出那名护士。而且，如果南基韦尔没在帕丁顿乘出租车的话，这条线索也会就此终止。假如法兰奇知道她是一名护士，就肯定能找到她，但是他当时并不知道这条重要的线索。法兰奇对这一切都感到十分满意。

法兰奇基本能确定厄尔和南基韦尔女士决定要在一起，去新的地方开始新的生活。他很快就理解了厄尔医生做出这个决定的原因。厄尔的职业生涯已经结束，或许他最渴望的就是安宁和愉快的陪伴，不过他的家庭却似乎无法满足这两点。南基韦尔的动机也比较明显。她无疑想获得安全感，护士的生活又苦又不稳定。一旦得了大病，生活就没了任何盼头。厄尔给了她一笔可观的钱——不论他们之间达成了什么协定，几乎都能肯定会有这一条——这就意味着安全感，或者说，这种生活能获得的安全感。她也不会失去许多年的自由，因为厄尔最长只能活到她的中年时期。这其实对她来说回报颇丰，损失也很少。

这个理论的可能性虽大，却未被证实。在该理论或其他理论铁板钉钉之前，法兰奇都会把这个案子继续查下去。他相信再进行一点调查就能结案。

第二天早上，法兰奇早早开始了工作。他首先去了布莱恩斯顿广场的那户人家，请求见哈泽德夫人。

法兰奇并不期待能从她身上得到多少信息，这个预期也得到了验证。其实，哈泽德夫人没告诉他什么，她挺喜欢南基韦尔护士，觉得她工作效率高，交谈起来也亲切，在养老院里从未惹过什么麻烦。哈泽德夫人的丈夫——那位准将——也挺喜欢她。

所以当南基韦尔在那个周日的晚上没有出现时，他们猜她是没赶上火车。哈泽德夫人一直陪着丈夫，直到负责晚班的护士出现。他们都以为这名缺勤的护士第二天会来，所以当发现事实并非如此后，他们便给养老院打了电话，要求立刻再派一名护士来，当然，也知道护士长打电话报了警。

很明显，坦纳收集的所有信息都来自那位名叫格拉迪斯的女佣。她很讨厌南基韦尔，还嫉妒地监视着她的一言一行。法兰奇和格拉迪斯谈了很久，但并未发现什么新线索。法兰奇也查看了南基韦尔女士使用的房间，但既然坦纳已经调查过了，他也就没在那里花太多的时间。

法兰奇离开布莱恩斯顿广场，动身前往位于切尔西的养老院。养老院的负责人奥斯汀修女立刻和他见了面。正如坦纳报告的那样，她看起来是一位干练、和蔼的女性。奥斯汀发自内心地为这位失踪的护士难过，还焦急地问法兰奇苏格兰场的调查是否有所进展。当法兰奇试探性地提出她可能和一位医生私奔了时，修女觉得荒唐极了，说南基韦尔护士不是那种女人，她更可能是发生了意外。实际上，这是奥斯汀修女对南基韦尔消失的唯一可能解释。

之后，修女把对坦纳说的一切告诉了法兰奇。这在法兰奇的预料之中，他也不会因为没有从她那里获得更多的证词而感到失望。法兰奇向修女要了一份南基韦尔护士最近参与工作的列表，并未强调其重要性。

"她的上一份工作，"修女回答，"时间比较长，有12周的时间。地点在吉尔福德附近的康普顿，那是一个不错的地方。服务对象是弗雷泽先生，他已经去世了。"

法兰奇的脑中闪过一丝兴奋。康普顿！弗雷泽！这可太棒了！事情的发展比他希望得好太多了。法兰奇在圣基尔达调查时得知，厄尔曾经是这位病患的咨询医师，他和护士就是在那时认识的。当时他们无疑受到彼此的吸引，肯定在病房之外还有过其他的接触。没有什么地方能比茂密得几乎不可穿透的树林和人烟稀少的乡村更适合幽会了。

"我对这点十分感兴趣，"法兰奇说道，"可能和南基韦尔一起离开的医生就曾是弗雷泽先生的咨询医师。"

修女大吃一惊。她之前并不认为法兰奇的理论有丝毫的可信度，现在却似乎出现了证据。

"我是不会相信的，"她说，"这只是表象，你不知道事实到底如何。"讯问随着这句含义隐晦的评价结束了。

现在必须找到证据证明厄尔和护士在弗雷泽生病期间有着秘密的联系，这意味着有必要再去一趟法纳姆。法兰奇决定在离开镇上之前，尽可能追踪一下护士收到的两条消息：电话和电报。

法兰奇先去邮局的部门办事处找乔丹先生。乔丹是一个小个子，他们通过一起入室盗窃案相识，当时对一条特定信息的追踪成了诉讼的关键所在。后来发现，乔丹就住在法兰奇附近，他们便保持了联系，有时会在晚上顺道拜访对方。乔丹在接受现在的工作之前，曾在印度的邮政服务系统工作过几年，法兰奇喜欢听他讲述自己在东方的经历。

"你好啊，法兰奇，"小个子男人说道，"好久不见你了，你都在忙些什么呢？"

"你觉得呢？"法兰奇答道，坐在小办公室里的唯一一把椅子上，"和往常一样，忙工作都快忙死了。"

"我知道，"乔丹窃笑道，"你在西欧大陆最棒的地方到处横冲直撞，假装在追踪犯人，和那些可怜虫过不去。米里亚姆还好吗？"

米里亚姆是法兰奇养的猎狐梗，它又老又虚弱，可能不久就会死去。

"还好，"法兰奇说，"其实我不是来谈狗的。乔丹，我想让你帮我一个忙。"

乔丹起身，鞠躬致意，"这当然是我的荣幸，"他说，"你怎么这么客气，太反常了。"

"对你客气就是多此一举，"法兰奇承认道，"我想调查一封发给布莱恩斯顿广场某位护士的电报，"他又补充了具体信息，"还有一通电话，也是打给这位女士的。我想你也许能帮上忙。"

"太棒了！"乔丹举手欢呼起来，"苏格兰场的警察居然会工作！多么明智的做法啊！多么敏锐的调查啊！他们每次都能成功，但前提是能得到行家的协助。"

"当然了，这时候就该像你这样的人出场了。"

"我知道。把工作推给人民大众，自己却稳坐钓鱼台，享渔翁之利。"乔丹一边继续讽刺，一边迅速查阅参考书。然后，他拿起电话话筒，说了几句神秘的指令，等了一会儿，接着道："请问能帮我接通欣克斯顿先生吗？……噢，欣克斯顿，我还记得你的声音，我是乔丹。不，欣克斯顿……是的，听着，欣克斯顿……别，别挂断电话。该死，他挂断……噢，欣克斯顿，我这边有一位苏格兰场的督察要调查一些保密信息，他想追踪一份电报。"然后他告知了对方细节的信息。"非常感谢。好，如果你能很快找到的话，我就不挂电话了。你不能？你会打过来？……就在几分钟后？好的，非常感谢。"

"结果你还是得和我聊聊米里亚姆，"乔丹说道，转向法兰奇。"你目前在调查什么血腥恐怖的新案子？品位这么病态的人我只认识你一个。"

"我把这种案子称为'凭空消失案'，"法兰奇说，"一个周日晚上8:40，一位温和的老绅士舒服地坐在自家客厅的壁炉前，入神地读着《观察家报》。但是3分钟后，他不见了。"

"他去哪儿了呢？"

"不是去哪儿了。他就这么不见了，人间蒸发，凭空消失了。从那之后，再也没人听过他的消息。"

乔丹吹了声口哨，"厄尔？"他说，会意地看了法兰奇一眼，"我读的那篇报道讲的就是这件事？"

法兰奇点点头。

"他和护士私奔了，对吗？"

法兰奇耸耸肩。就算对他来说，下结论也太快了。

"还没有什么进展吗？"乔丹接着说，"我打赌你肯定能查清楚，你这个老滑头。怎么了，我可不介意打赌——"来电声打断了他的谈论。

"是的，请讲。噢，你找到了吧？好样的，能请你告诉我吗，欣克斯顿？我把它记下来。你能向法兰奇督察确认一下吗？就是苏格兰场的那位警官？好的。"

乔丹在纸上写着什么。法兰奇越过他的肩膀看过去，他每写下一个字，法兰奇就越加欣喜。

"谢了，小伙子，"乔丹说，"我没看错你。"

被发送到希尔邮局的电报信息如下：

"伦敦W1区，布莱恩斯顿广场129B号，海伦·南基韦尔护士收。

基于我们之前的交谈，明天（周日）6:00，灰背绕行路的桥边见。十分紧急，务必前往。詹姆斯·厄尔。"

"我就知道你能弄清楚。"乔丹一边说着，挂断了电话。

"我还在调查中，"法兰奇承认道，再次将自己的满意藏了起来，"那通电话要怎么查呢？"

乔丹似乎对这个问题似乎毫无兴趣，一直支支吾吾，显然不愿意承认还有他办不到的事情。但他最后还是说出了问题的关键。

"除非你知道电话是从哪一个电话局打出来的，否则就无法查明。如果你有拨打者的线索，就试试那个人可能去的电话局吧。这也许行得通，行不通的话你也不能怪我。"

有了这些信息，法兰奇已经满足了。他站起身来，"你做得很好，乔丹。我的确喜欢来这里学一两招。你什么时候会顺道来找我？"

"等米里亚姆去天国之后吧⋯⋯"

法兰奇走时稍微说了句对上帝不敬的话。午饭之后，他去了一趟苏格兰场，下午坐火车去了法纳姆。

当晚，法兰奇邀请希夫警司在他下榻的旅馆吃饭，用餐时，他报告了伦敦调查的结果。虽然希夫没说什么话，但是他显然一脸钦佩。最后他问了一个问题，那是他在整个交谈中说的最长的一句话，"你目前在进行什么调查？"

法兰奇找出了几个调查方向，第二天早上，他从第一个开始调查。他来到位于希尔的邮局，给局长女士看了厄尔和南基韦尔之间的电报，问对方是否记得传过这份电报。

局长女士记得非常清楚，这既因为她认识厄尔医生，也因为她收到电报的方式有些怪异。局长解释，电报并不是像通常那样在柜台交付，而是邮差拿来的。邮差当时和往常一样，在5点时回收信件，在汉普顿公地十字路口附近的邮筒里发现了这份电报。电报的书写格式正确，里面还有发件费用。这种发电报的方式是前所未见的，因而在局长女士心中留下了深刻的印象。

不过，法兰奇认为这在当时的情况下是很合理的行为。厄尔的家和邮局之间的距离大于3公里，而从他家大门出发，步行5分钟不到就是邮筒。当然，理论上没有确凿的证据证明厄尔就是发电报的人，因为没人亲眼看到是他把电报放进了邮筒。不过，在判断这一点时要综合地考虑这起案件的其他因素，所以法兰奇十分肯定厄尔就是发报人。

厄尔没有打电话把电报内容告诉邮局的工作人员，更没有直接告诉南基韦尔护士。法兰奇理解他为什么要用这种方式发电报：厄尔家的电话被安置在门厅，如果家里有人在门厅附近，他都无法秘密地传达此信息。

法兰奇又从邮局骑车前往电话局，在这里又受到了幸运女神的眷顾。他出示了自己的证件，把住在布莱恩斯顿广场的哈泽德一家的电话交给接线员，对方立刻就找出了呼叫者的电话号码。出于财务原因，这通长途电话被记录在案，账单最终将被寄到圣基尔达。接线员还听出了厄尔的声音，因为她曾经得过一场大病，当时医治她的人就是厄尔。

这就是法兰奇想要的证据，用来证明是厄尔发来的信息。这次调查没有出现新的线索——法兰奇很肯定电话是厄尔打来的，不过相应的证据能进一步推动本案的进展。

法兰奇看了看自己的表，上午11:15。坎皮恩一家是他列出的下一个调查对象，他想，如果现在骑车去红房子，是否能见到坎皮恩医生呢？法兰奇从电话局给红房子打了一通电话，对方说坎皮恩出门了，不过中午应该会回家。于是他又骑上警长的自行车出发了。

法兰奇很享受这次骑行，途中经过了沙克尔福德，几乎快要到达法恩科姆，那里是戈德尔明的郊区，或者算是相邻的城镇。之后，他转而向康普顿的方向前进，抵达了比因斯康布村。此时他放慢了速度，挨个儿查看房屋的门牌。

法兰奇找到了红房子。在那片地势起伏不平的乡村里，红房子被建在为数不多的平地之上。相对厄尔居住的地区而言，这片区域并没有什么特点。土地以农用为主，每平方公里内的房屋也更多。坎皮恩家的房子看起来像19世纪末期的建筑，突出的特征是山形墙①，从主屋顶朝各

① 即房屋左右两面墙的上端各与前后屋顶间的斜坡形成了一个三角形。

个方向发散开来。花园和庭院很整洁，也很普通。

法兰奇先回到戈德尔明，一个人吃了午饭，觉得坎皮恩差不多也吃完午饭后，他又骑车来到了红房子。坎皮恩正在自己的工作室里。

"请进。"坎皮恩医生回应法兰奇的敲门声道，"噢，是你，督察，下午好。你有事找我吗？"

"没错，先生。"法兰奇答道，敬佩地四处打量了一下这间设备齐全的工作室。"这个地方太棒了。"

"是的，还不错，不过我没什么时间过来。你想去诊疗室谈吗？还是在这里就行？"

"我觉得这里就很好了，先生。我只是想问几个有关厄尔失踪案的问题，不会耽误你太长时间。"

"没关系，我没有什么特殊安排。你想知道些什么？"

"这是有点敏感的话题，先生。"法兰奇接着说道，"和一名叫南基韦尔的护士有关。据我所知她曾照顾过你的一位病人，是吗？"

坎皮恩的身体似乎稍微变僵硬了，法兰奇注意到了这点，变得有些担心。他希望医师的职业操守不会阻碍这起案件的调查。但是坎皮恩没有犹豫，他点点头，答道，"没错，她曾照顾过已去世的弗雷泽先生。"

"我也是这么听说的。你能告诉我你对她的看法吗？"

"评价她作为护士的一面吗？"

"请谈谈所有的方面。"

坎皮恩稍微耸了耸肩，"这个问题太宽泛了。"他答道，"我觉得她是一名好护士，做事仔细周到，和病人的关系也很好，她的工作无可挑剔。至于其他方面，我也不知道。她看起来是那种很普通的好女人，但我对她没有别的意思，只是工作伙伴。你为什么要问这个？"

法兰奇凑过身去，"先生，你不知道她不见了吗？"

坎皮恩惊讶地瞪大眼睛，"天哪！"他叫道，"你说的不是真的吧？不见了！那是什么时候的事？"

"周日。"法兰奇压低声音，道出了更惊人的话，"我会把我所知道的告诉你，不过要请你保密。"坎皮恩焦急地点点头。

"周六晚上，南基韦尔护士收到一封来自厄尔医生的电报，约她周日到豕背见面。我不知道她到底去没去，不过在周日午饭后，她离开了位于布莱恩斯顿广场的房子，之后便再也没有她的消息。"

坎皮恩咒骂了一句，盯着法兰奇，双眼充满了震惊，然后迅速变成了疑问。

"督察，说实话，我真没想到。"他最后开口道，"厄尔！你的意思是……？"他有些犹豫不决。

"医生，我没什么意思。我想知道的——马上要问你的是：厄尔医生和这位女士是不是在这里认识的？"

坎皮恩低声吹了一个口哨，"如果你说的认识是指工作方面，他们在病房里见过对方两次，"他答道，"他们当然认识了。如果你是指社交方面的认识，我就不知道了。我从未怀疑、也没想象过，但我也不敢肯定。"

"你从来没有注意到他们之间发生过什么吗？或许你当时不以为意，但在听了我的一番话后，有没有觉得可能会很重要的事情？"

"肯定没有。"

"我知道了，医生。请告诉我那位护士当时的休息时间。"

"她值白班，下午有几个小时的空闲。我们还有一名值夜班的护士。"

"医生，请告诉那位护士的名字。她也许注意到了什么。"

"我倒是觉得不太可能，她叫亨德森。"

"也来自同一家养老院吗？"

"是的。"

"你知道厄尔医生给这名患者会诊过几次吗？"

"知道，我刚刚也说了，两次。"

"你能讲讲当时为什么要找他来吗？"

坎皮恩似乎有些不愿意，不过他只犹豫了一瞬间。

"督察，很多医生都不会这么做，所以我也不是不愿意告诉你。你应该知道厄尔医生和我是搭档吧？"

"我听说过此事，先生。"

"行医的是厄尔医生。他的医术在戈德尔明及其附近地区都算得上是不错的。大约 6 年前，厄尔医生有了一小笔钱。他一直都对医生的工作不感兴趣，反而想做研究方面的工作，打算写一本有关病菌培养理论的著作。于是他找了我作为工作搭档，并达成了协议。之后厄尔搬到了乡下，而我接管了他的工作。不过他并非完全停止了行医，一些老病人喜欢让他来问诊，这种情况下他也总会过去。而且，遇到情况危急或重要的病患时，我会找他来听听我的诊断。当时弗雷泽先生的情况就很严重，他其实快不行了，我就把厄尔叫了过来。这不是说我不确定自己的治疗方法对不对，而只是为了满足病人家属的意愿。"

"谢谢你，医生。你说得非常清楚。不过出于好奇，你能告诉我这位老先生是死于什么疾病吗？"

"他得了胃肠炎，不过他的年纪和虚弱的心脏才真正让他丧了命。他当时 69 岁了。"

法兰奇准备离开，又停了下来，"顺便一提，"他说，"你说厄尔医生打算写一本有关病菌理论的书，你知道他到底有没有在写吗？"

"他已经开始写了，其实已经完成了相当多的内容。我见过他的原稿，还和他进行过讨论。"

"有趣的是，我在搜查他的物品时，从未见过任何有关的文章。他把稿子放到哪儿了？你知道吗？"

坎皮恩摇摇头，"我不知道。我见到手稿时是在他的书房里，但我不知道他把稿件放在了哪里。"

"这本书和这个理论对他来说十分重要，对吗？"

"没错，"坎皮恩答道，"他十分热衷于此。"突然他的脸色变了，用怀疑的神情瞥了法兰奇一眼。

法兰奇知道坎皮恩医生猜出了他的想法。如果厄尔消失时这份珍贵的手稿也不见了，难道不是最终证明了厄尔是自愿离开的吗？

法兰奇越思考，就越觉得这个理论有道理。如果厄尔如此热衷于这个理论和著作，就绝不会扔下原稿。从反面看，如果他被人谋杀，原稿就应该在圣基尔达，而原稿的消失无疑回答了这个棘手的问题。

上述就是法兰奇要问坎皮恩的所有问题。法兰奇慢慢地走着，霎时脑中闪过一个全新的想法，他自己也吓了一跳：原稿难道不是为案件提供了全然不同的思路吗？

第十章

波尔派罗

这个想法就像一阵旋风，把法兰奇之前所有的假设都打乱了。想法很简单：会不会是厄尔的理论和著作太有价值，能让他一夜成名？会不会是坎皮恩知道了这点，于是*偷走了原稿*？而且为了让自己从偷走的原稿中获益，坎皮恩会不会除掉了厄尔？

坎皮恩是谋杀厄尔的凶手！这点值得思考！这个想法太牵强了吗？坎皮恩算得上是一名成功人士，现在他衣食无忧，拥有一个有保障的、甚至是光明的未来。如果只是为了获得专业上的名誉而杀害了别人，这也太得不偿失了吧？

法兰奇并不敢肯定。坎皮恩可能是一个爱慕虚荣的人，而虚荣是人类行为最强劲的动力之一。坎皮恩如果想让自己像哈维和巴斯德等科学家那样流芳后世，也许会冒这个巨大的风险。

法兰奇飞快地思考，为了掩饰自己的专注，他拿出了笔记本，仔细查阅着什么，让自己"确认已经问了所有的问题，不需要再来找坎皮恩医生。"

他立刻发现，这个理论又引出了和护士有关的老问题。如果坎皮恩杀害了厄尔，南基韦尔护士又出了什么事呢？要说坎皮恩把她也杀了就太荒唐了。

法兰奇在3秒内做出了决定：暂时放下这个问题。这个新想法很可能没什么价值，但他绝不能错过这个能得到更多信息的机会。

"坎皮恩医生，"法兰奇说，"十分感谢你告诉我的这一切。最后，为了完成报告，还有一个问题要问你。我相信你也知道，在调查谋杀案时，警官有责任询问每个涉案人员在案发时的行踪。我们现在还不确定这就是谋杀案，但不难想象事实很可能就是如此。对你而言，如果你现在能告诉我这个信息，我就很可能不用再来打扰你了。"

坎皮恩敏锐地看着他的客人，然后苦笑道，"我听别人说你问过这个问题。"他答道，"但我不太明白，我怎么就成了涉案者了？"

"噢，先生，我要怎么解释呢？因为你出现在了厄尔的周围，是他的搭档。这仅仅是例行公事。如果我没有收集到这份信息就回伦敦，局里会再派我来一趟的。"

"好吧，"坎皮恩无可奈何地说，"我不介意告诉你。你想从何时听起？"

既然要说，法兰奇索性把坎皮恩6点的行踪也包含了进去，那时南基韦尔应该已经抵达豕背。

"我也不好说，"法兰奇答道，似乎对这个问题不以为意，"从午饭的时间开始吧。你当时是几点吃的午饭？"

"就是通常的时间，1:30。"

"很好，"法兰奇说，"我们就从这里开始。午饭后你做了些什么？"

"我真的不明白你为什么想知道这些。我看到厄尔医生还活着，而且继续活了七八个小时。不过我猜这些你都知道。"坎皮恩从口袋里拿出记事本并翻开，"我真的不确定午饭后做了什么。我好像坐着读了一会儿书，但也可能是来这里了。那天我要出几次诊，便出门了。我不记得时间了，大概是3点后吧。我一共出了……1，2……4次诊，之后就回来了。斯通女士那天下午在这里，所以我马上去了客厅。然后——"

"你大概是几点回来的呢？你还记得吗？"

坎皮恩思考了一会儿，"记不起来了，"他最后说，"我觉得是6:30左右，但我不敢肯定。"

"先生，你是在哪里用的下午茶呢？这也许能帮你记起时间来。"

"和斯莱特一家在普顿汉镇喝的，那是我最后一次出诊。我正要走的时候，他们刚好要喝下午茶，便邀请我加入他们。我去了，在那里坐着聊了半个小时。"

"所以你在5:30 ~ 6:30之间开车回了家？"

"是的，我记得是这样。"

"很好，先生。然后你回到这里，又去了客厅。接下来发生了什么？"

"这个我知道，"坎皮恩说，"我记得非常清楚。正如我之前所说的，当晚斯通女士和我们在一起。就在晚饭前，她问我能不能带她参观我的工作室。我妹妹一直讲我在工具上花费了多少心血、多么让人大开眼界。这我当然同意。我个人是喜欢斯通女士的，但是我很讨厌女性的派对，于是晚饭后我找了个理由离开了客厅。我注意到有一包玩偶屋的部件，我本来打算做好后送给一名小病人，但她已经去世了，所以我提出要把它送给斯通女士。你知道她和巴斯的一所儿童医院有来往吧？她高兴极了，晚饭后我就去组装这个玩意儿了。完成后，我来到客厅，然后就立刻启程前往圣基尔达，我们都去了。"

"那种玩偶屋组装盒很棒，你选的是哪一种呢？"

"手艺人公司生产的罗密欧特别版。"

"那是很美的模型。"法兰奇评论道，"先生，你能说说你是何时去的工作室、又是何时回到客厅的吗？"

"晚饭后我立刻就过来了，我猜应该是8:00左右。回到客厅是……我想想，我真的不知道，大概是9:30吧。不，还要早一点，因为出发时她们围围巾就花了整整15分钟，而我们抵达圣基尔达时是9:45。当我听到厄尔出事了时，就立刻看了一下时间。我来到客厅的时间应该是9:15或9:20。"

从8:00 ~ 9:15或9:20，而厄尔是8:40消失的。坎皮恩是否有可能……?

"医生，8:00 ~ 9:15这段时间至关重要。我没有任何含沙射影的意思，但你能证明那段时间你都在工作室里吗？"

"不能，我当然不能了。"坎皮恩愤怒地反驳道，"我凭什么要证明呢？你这是指控我绑架了厄尔吗？"

"先生，我已经说了，我没有任何指控你的意思。能证明那段时间你在哪里，只会对你有好处。当时没人见过你吗？"

坎皮恩气得发颤，"有没有人见过我又到底有什么关系呢？"他愤怒地说，"如果你没有怀疑我，这个问题就没有意义。如果你怀疑我，我就拒绝回答你。我不明白你到底想知道什么。"

法兰奇耸了耸肩，"先生，你可以那样说。但是，我不明白你为什么会介意回答。如果你拒绝，我自然会怀疑你有所隐瞒。这是你的事情。"

　　法兰奇温和的态度让坎皮恩冷静了下来。"我没有丝毫要对你隐瞒的意思,"他说道,"我不喜欢的是这个问题的暗指。不过,这也不是我能左右的事。当时没人来工作室,也没人能证明我是否在里面。不过,我后来又去过一次客厅,问斯通女士玩偶屋最后要选哪种装饰。"

　　"那是什么时候,坎皮恩医生?"

　　"我真不知道,大概在中途的时候,因为当时差不多组装好了一半。但我不知道具体的时间。"

　　"那应该是8:40左右?"

　　"我猜是吧。"

　　"先生,有时你就是会想不起来,没关系的。之后你就开车去了圣基尔达吗?"

　　坎皮恩突然说道,"你这么说我就想起来了,"他说,"我在客厅时还讨论了斯通女士如何返回圣基尔达的问题。她想坐公交车,而我说要开车送她。现在我记起来了,当时我想的是如果她要坐公交车,就要立刻动身。公交车会在9:05经过我们家那条路的尽头,而走到那里要花大约15分钟,她就必须在8:45左右出门。所以我肯定是在8:35,或再迟一两分钟的时候去的客厅。"

　　法兰奇想,如果这是实话,那么坎皮恩就几乎和厄尔的消失无关了。法兰奇并非真怀疑坎皮恩是犯人,只不过……"确信"总比"存疑"好。

"非常好，先生，这样就清楚了。之后你就开车去圣基尔达了吗？"法兰奇继续问。

一番问答之后，法兰奇感谢坎皮恩提供了这些信息，然后回到屋子里，想和两位坎皮恩女士聊一会。

爱丽丝·坎皮恩立刻来见了他。法兰奇解释了自己的来意，抛出问题，然后坐好，对方的回答如潮水般涌来。他详细询问了从晚饭到出发前往圣基尔达这段时间中客厅里发生了什么事情，也得到了答案。爱丽丝毫无保留，信息倾泻而下。

法兰奇完全相信她的证词，坎皮恩的每一句话都得到了验证。毋庸置疑，厄尔不见时，坎皮恩就在工作室里，而且两者相距至少8公里。法兰奇讯问的下一个人是弗洛·坎皮恩，她也坚定地讲述了同样的内容。

法兰奇对这份证词很满意。不过，他还是倍加小心，在途经的第一座电话亭前停了下来，拨通了手艺人股份有限公司的电话，问一名娴熟木工要花多长时间才能组装好其生产的罗密欧特别版玩偶屋。他得知大约需要1小时30分时，于是最后的疑虑也消失了。他毫不痛心地抛弃了"坎皮恩为了得到原稿杀害了厄尔"的理论。的确，他现在发现自己从未真正相信过这个理论。

在回法纳姆的途中，法兰奇经过了圣基尔达，想花几分钟时间调查詹姆斯·厄尔在失踪当天的下午6点左右去了哪里。厄尔最有可能和护士见了面，如果有证据证明这点的话就太好了。

不过，法兰奇没能找到任何相关的信息。厄尔夫人以为他在书房里，劳斯女士以为他出门了，而斯通女士和用人对此都一无所知。

法兰奇有些失落。不过，他在骑车回法纳姆的路上告诉自己，不能期待事事都能正中红心。希望明天能有好运！

第二天早上又是一个好天气，法兰奇抱着理智的乐观来到警察局见希夫。

"给我说说，"他问候对方后说道，"弗雷泽一家是什么情况，就是最近去世的那位老先生和他的家人。"

"他们惹出什么麻烦了吗？"警司咕哝道。

"南基韦尔护士在那里待了12周，直到弗雷泽去世。我想知道她在那段时间里是否和厄尔有往来。"

希夫点点头，坐回椅子里，果然又掏出烟盒，"我对他们不是很了解。"他说，"我知道的都是些闲言闲语。如果你想要确凿的信息，就得自己找了。康普顿离这儿有一定距离，而且不在我的管辖范围内。"

"这我当然明白，警司。"

"你也知道，那位老先生住在康普顿附近，在康普顿和豕背之间有一处不错的房子，还有漂亮的花园什么的。我相信弗雷泽夫人是他的第二任妻子，而且据我所知，他的两段婚姻都没有留下子嗣。人们说这个老伙计是一个脾气不好、吝啬小气的流氓，据说他给妻子惹了许多麻烦。弗雷泽夫人似乎花了很多时间和精力来照顾他，帮他操持家业。他也很富有，这大概就是妻子嫁给他的原因。他应该留下了约10万镑的财产。"

"都给了妻子吗？"

"传言一部分是的。我听说她得到了房子和约三分之二的财产。弗雷泽还有一个外甥，也住在那里，从事轻松的工作。显然他得到了另外三分之一的财产，弗雷泽夫人将来死后遗产也是他的。你千万不能把这些当真了，如果其中有重要的信息，就要自己去查证。"

"我觉得没什么重要的信息。"法兰奇答道，"我只是想大致了解一下他们。好了，警司，非常感谢。你今晚下班前忙吗？"

"不怎么忙。"

"那么，如果你不介意的话，我想和你聊聊这个案子。我有一个快成型的观点。"

警司点头后，法兰奇便离开了。他又骑上警长的自行车，顺着蜿蜒的道路，途经希尔和普顿汉向康普顿前进。

在到达普顿汉前，法兰奇回想起了自己在多塞特负责过的案子。一路上，人们正在施工，这项土木工程先是平行于已有的道路，然后与其相交，最后消失在豕背的方向。就像微型的惠特尼斯扩建工程！这是新建的绕行路，肯定如此。法兰奇眼前的这项工程一定连接着豕背山下的新桥，法兰奇注意这座桥好几次了——厄尔和南基韦尔护士失踪的那个周日就是在那里见的面。

　　和去多塞特之前相比，法兰奇现在对这条绕行路更感兴趣了。他记得有人说过这条路会从吉尔福德北部连接到戈德尔明的南部，并穿过上述两个城镇。法兰奇见识过那两个城镇的交通情况，在他看来，两者都急需这一改进。一年前的法兰奇可无法想象现在自己会以工程师的角度审视眼前的工程！

　　法兰奇发现从康普顿角到豕背的施工都与道路平行，于是他骑着车慢慢沿路前行，每隔一段时间就会下车，走到左侧的田野去观察一下。他先看了看进行堆填作业的场地。一个小火车头拉来装有泥土的车厢，然后把这些建材倾倒在低洼的地面，形成了一道路堤。法兰奇饶有兴致地看到侧卸工程正在进行，一道高度适中的路堤已被堆好，正在被拓宽，直至延展达到这条新路的宽度。

　　法兰奇此时已经到了弗雷泽家的大门前，但他忍不住又向前走了一小段路程，再去看看工程的其他情况。很快，堆填工作就到了头，取而代之的是道路的开凿。这项工程更是深入了地面，先通过泥土层，再到深黄色的黏土层，最终抵达白垩土层。有几个瞬间，法兰奇就杵在那里，看着蒸汽挖掘机掏出大量的黏土，每次都能装满一节车厢。这些黏土就是被用于拓宽之前看到的路堤。

法兰奇稍微叹了口气——自己可真爱"管闲事"——然后掉头回到这座装饰华丽的大门前，两边的门牌上都写着"波尔派罗"，接着他走进弗雷泽家的大门。希夫丝毫没有夸张，这里确实很美。树木就十分气派：道路两旁种有榆树，绿油油的草坪上间隔地挺立着橡树，它们似乎从伊丽莎白时期起就一直生长在这里。整个地方让人感到和平和安心，许多这类古香古色的英式庄园都给人这种感觉，似乎时间和动荡都无法改变其宁静悠闲的存在。

当房子进入法兰奇的视野后，他感到有些惊讶，这其实是一座又小又旧的建筑。法兰奇猜这座房子是15世纪建成的，他不是这方面的专家，却也在肯特和萨里见识过一些著名的古老建筑。房屋正面近乎正中的位置有一座塔；还有一条大道，至少能让两人并驾齐驱地骑马行走，一辆两匹马拉的马车应该也能通过。塔的两侧分别延展出侧翼，它们高度不同，窗户的间距和尺寸也各异。墙的下面部分由毛石砌成，上面部分是半木质结构，由变形的黑色橡木制成，支撑着坡屋顶上颜色柔和的棕色瓦片。在法兰奇看来，这像是环绕庭院的正方形建筑，不过只有前面的部分。之后他才知道事实确实如此，另外三面建筑在查尔斯二世统治期间被火烧毁了。建筑前方原本的城壕被一座下沉的花园取代，法兰奇还能看到建筑的右边有一大片玻璃温室。

法兰奇敲响了门铃，递上自己的证件，请求见弗雷泽夫人。随后，他被人领到一个房间里，其护墙板和吊顶龙骨都是由黑色的老橡木制成，两者之间饰有粉刷过的碎石。似乎仅有窗户和吊灯是现代产物，窗户明显近期被翻修过，所占面积变大了。壁炉和小型的接待厅一般大，电暖炉从巨型石烟囱的开口处发出灯塔般的光芒。

法兰奇还没来得及细细品味，房子的女主人就进来了。弗雷泽夫人是一位身材高挑、皮肤白皙、面容姣好的女士。"她至少有40岁，"法兰奇心想，"而且颇有主见。"她请法兰奇坐下，立刻询问他的来意。

"我正在调查厄尔医生失踪一案，"他回答，"我在调查中发现，还有一名护士失踪了，她曾在这里照顾过已故的弗雷泽先生，名叫南基韦尔。"

弗雷泽夫人稍微有点惊讶，但并不怎么感兴趣，也没表现出其他情绪。

"太令人惊讶了，真是不幸，"她评价道，"所以呢？"

"夫人，我想问你一些有关南基韦尔护士的问题。我目前正在设法寻找她和厄尔医生。"

"当然可以，但我恐怕帮不上你什么忙。那名护士在这里时，我倒是经常见她，但我们总是谈工作上的事务，我并不了解她私下里的情况。"

"好的，夫人。你也认识厄尔医生吗？"

"我见过他，但也是工作上的往来。"

"那么你恐怕不知道那位护士在这里的期间内，他们两人是否在工作之外见过面了？"

"没错。"弗雷泽夫人说，语气既冰冷又决绝。

"你对这名护士的工作满意吗？"

"是的，我对她没什么不满。"

法兰奇道了谢，又说他恐怕需要对这里的员工进行相似的询问。

弗雷泽夫人态度冷淡地同意了，她摇了摇铃，让管家回答法兰奇的所有问题，并确保其他用人也这么做。然后她微微欠身，离开了房间。

弗雷泽夫人走后，马克斯管家卸下了机器般的刻板和僵硬，也暗示了他觉得法兰奇没有什么社会地位。他很配合，回答了法兰奇的所有问题，但没有提供多少信息。他说的基本上是这个家的事情，和南基韦尔护士无关。他似乎对老先生的死感到惋惜。弗雷泽先生显然是一位脾气暴躁、吹毛求疵的雇主，但是马克斯无疑认为弗雷泽夫人更糟糕。显而易见，马克斯很讨厌她。

　　他也不怎么在乎那个外甥——盖茨。盖茨在二楼有一间小套房，自从他4年前从澳大利亚回来，就一直住在波尔派罗。盖茨扮演着过世舅舅的秘书代理人，弗雷泽先生很喜欢他，也应该支付了他一笔可观的薪水。不过，盖茨的工作只是些琐事。管家会意地使了个眼色，说他人生中真正的兴趣是赛马。盖茨和朋友斯莱德先生参加了全国所有的比赛，每场都押下重金。管家压低声音，尤其隐秘地说，盖茨先生的确手头拮据，想尽办法向他舅舅要钱。对此，他们之间还大吵过几次。司机马斯登经过图书馆时，从窗户边听到过一次争吵，当时弗雷泽威胁说，如果盖茨不悔改就会剥夺他的继承权。不过他们肯定重归于好了，因为盖茨得到了一笔可观的遗产，还是剩余遗产的继承人。弗雷泽夫人继承6万英镑和在世期间对房子的使用权，盖茨继承剩下的3万英镑。至于南基韦尔护士，马克斯只知道她是个"不错的女孩"，建议法兰奇去找园丁的妻子问问，她好像和护士是朋友。南基韦尔是白天工作，但她常常在4:00～6:00会离开病房，因为弗雷泽夫人和盖茨有时会去照看。

　　"你刚刚是否提到了一位斯莱德先生？"

　　"是的，这位先生住在阿尔塔多尔，是科洛内尔·达格尔的小舅子，常来拜访盖茨和弗雷泽夫妻。"

　　马克斯说的时候十分确信，但当法兰奇问他是如何得知时，他的确信锐减。显然大部分都是流言蜚语，建立在员工不一定合理的推理之上。不过，法兰奇知道员工一般都很了解雇主的事情，他认为这些言论之下埋藏着相当多的事实。

法兰奇继续缜密地一个个讯问这些员工，直到问完了所有人。但他并未获得多少信息。马斯登司机把偶然听到的、舅舅和外甥之间的对话重复了一遍。大家都不喜欢弗雷泽夫人，也都知道盖茨在赛马方面的"嗜好"；他们都为南基韦尔护士说好话，只不过她下午通常出门散步，没人很了解她。

除了一个例外。法兰奇在调查过程中，讯问到园丁领班的妻子卡林夫人的时候得到了很多的信息。卡林夫人显然很喜欢失踪的南基韦尔，而且看起来很高兴能为找到她提供帮助。卡林夫人说，南基韦尔护士是一个和善阳光的女孩，常在午后来拜访，和她一起散步，她也很是享受。南基韦尔在波尔派罗时精神一直都很好，直到弗雷泽先生去世前一周左右，她突然沮丧起来，似乎很焦虑。卡林夫人问过她是否出了什么事，南基韦尔却避而不答。当她道别离开时，让卡林夫人常给她写信，把波尔派罗最近发生的事告诉她。卡林夫人写过一次信，但没有收到回复。她对朋友的失踪感到非常忧伤，而且根本不相信这是南基韦尔的自愿行为。

　　当提到信件时，法兰奇立刻来了兴致。坦纳告诉过他，护士在布莱恩斯顿广场时肯定收过一封信，而且应该还收到了另一封。第一封信存在疑问，她应该是在9月29日（周四）当天或前后收到的，即她失踪前的第10天；第二封信能确定是在后一周的周四收到，即她失踪前的第4天。其中，第一封信应该大大加重了她的焦虑，而第二封信似乎是她热切期盼收到的。

　　"卡林夫人，你是什么时候写的信呢？"法兰奇问道。

　　她记不起来了，觉得是护士走后的第五六天，但并不肯定。法兰奇立刻开始帮她回忆。

　　凭借缜密的引导，法兰奇确定了日期。卡林夫人当时是写信把葬礼的事告诉护士，她描述了仪式的进行、遗嘱的宣读以及弗雷泽夫人和盖茨先生对变富的反应——正如管家告诉她丈夫的那样。这就能证明信是在27号（周二）葬礼举行的当天或之后写成。同时，她没有在信中提到儿子在29号发生了一个小意外，如果写信时此事已经发生，她肯定会在信中提及。因此，信肯定是在27号或28号写的。

　　当然，这封信看起来像是南基韦尔护士29号收到的那封，她在读后变得更加焦虑了。不过，法兰奇怎么也无法在卡林的信中找出会让南基韦尔心烦意乱的内容。

　　和卡林夫人作别后，法兰奇回到主建筑，请求见盖茨，却得知他患了支气管炎，卧床不起。法兰奇递过自己的证件，觉得盖茨很可能有些无聊，说不定愿意见他。不论原因如何，法兰奇的做法见了效，他被允许进入卧室。

当他进门时，坎皮恩医生正好出来。法兰奇退到一旁让他通过。

"督察，你好！还在调查吗？"坎皮恩问道，"有进展吗？"

"还在进行中，医生，"法兰奇回答，"进展较慢，你知道的，先生。但我十分确信。"

坎皮恩笑了笑，"龟兔赛跑时我总是支持乌龟。"他下楼梯时说道。

盖茨坐在壁炉边的扶手椅上，他身材魁梧，和坎皮恩一般高，但是身体更结实。火红色的头发和长长的小胡子已经开始变灰，一双蓝色的眼眸闪动着智慧。盖茨粗犷的样貌和巨大的下颌昭示着力量，他的举止态度给法兰奇留下坚定不移的印象。

"先生，非常感谢你身体不适还愿意见我。"法兰奇说，"我只想问你一两个问题，你的回答可能会对我有所帮助。"

"请坐。"盖茨用低沉有力的声音说道，"我的身体还好，明天就会出去。你想问我什么？"

法兰奇介绍了南基韦尔护士的情况，并说自己想找一个在下班时间——比如在她每日散步时或其他时间里——见过她的人。"我想知道她在本地是否结识了任何朋友,"法兰奇继续说,"然后我想到,你或许见过她和别人聊天。"

盖茨并没有见过,他对南基韦尔毫不了解。盖茨当然见过她,因为他常常去病房陪舅舅。护士也在病房里,不过她通常会离开,让他们独处。她看起来"不错",但是盖茨从未怎么留意过她。

法兰奇不喜欢这个男人。盖茨说话咄咄逼人,法兰奇很肯定他生气后一定不好惹。当两人说完护士的话题后,法兰奇留下来聊了一会儿。"先生,你一定体验过澳大利亚的生活吧?"他问道。作为答复,盖茨讲述了自己的几个经历。看来他在澳大利亚从事过各类工作:他放过羊,淘过金,在悉尼的码头演过戏,当然也穷困潦倒过。法兰奇很想听他的故事,但好奇与工作无关,不便多问。他礼貌地道了谢,然后走了。

在波尔派罗的调查并没有多少成效,法兰奇其实没得到什么新情报。他想知道另一位亨德森护士是否能告诉他更多信息。

法兰奇来到最近的电话亭,打电话给切尔西街区养老院的奥斯汀修女。

"你能告诉我亨德森护士现在在哪里吗?"

"噢，布拉姆利，她之前在那儿？非常感谢。"

法兰奇感到自己必须充分发挥这次好运的作用。布拉姆利就在附近，距他现在所在的位置不到8公里。他想都没多想，就骑着车出发了。

法兰奇不费吹灰之力就找到了亨德森护士。她今天值白班，立刻就见了法兰奇。亨德森得知法兰奇的来意后，马上对此事感到关切，法兰奇看出她很喜欢自己失踪的同事。亨德森比海伦·南基韦尔年轻，两人的年龄相差四五岁左右。法兰奇感觉她是一个友善又真挚的女孩，绝对不笨。

"噢，不，"亨德森说，"南基韦尔才不是那种女人。督察，我确定你肯定弄错了。"

"你也许说得对，"法兰奇承认道，"但我只是为了寻找证据来解释这一切。告诉我，你对这件事有什么看法吗？"

亨德森护士没有任何想法。对她来说，这起失踪是一场悲剧。她说恐怕自己的朋友已经死了，这让她万分难过。

"噢，"法兰奇说，"别这么说。我们还没有证据显示她已经死了。"

"她都失踪了，"这位年轻的护士答道，"要不然你还能怎么解释呢？"

法兰奇没有向她再解释一遍。他忙着从对方口中获取有关这名失踪护士的信息，却毫无结果。

亨德森护士说，海伦·南基韦尔很喜欢、也很满意自己的工作。她有一小笔积蓄，虽然无法光靠这笔钱生活下去，但加上当护士的薪资，也能过上比较舒适的生活。她无忧无虑，身体健康，情感也没有问题。南基韦尔其实没有任何理由去采取极端行为改变自己的现状。

法兰奇骑车返回法纳姆去见希夫时，他感到有些困惑。所有认识南基韦尔的人都不认为她和厄尔医生私奔了，不过，除了"不觉得她是那种女人"之外，没人能阐释自己的观点。另外，没有人对她的失踪提出其他的理论，法兰奇自己也没想出别的解释。

法兰奇喝了一杯茶，提了提神。现在才5点。他来到警察局，走向希夫的房间。

第十一章

希夫的看法

希夫警司正在等法兰奇，"法兰奇，"他问候道，"你想跟我谈谈这起案子吗？"

"是的，"法兰奇一边说，一边坐下，掏出一包未开封的烟，下意识地拆开。"我不确定调查是否足够深入，所以想和你谈谈。我们确实还没有好好结案，但是已经清楚到底发生了什么事，所以我在想是否还要在这起案子上花费更多的时间和精力。"

希夫拿起一根香烟并点燃，同时重重地点头。"继续说。"他简要地说。

接着，法兰奇十分仔细地慢慢挑出一根烟，同时在脑中整理了一下思路，然后开始了分析。他简要地陈述了自接手案件以来进行的调查和得到的信息，没有对这些事实发表评论。"警司，"他继续说，"现在该你了。你能告诉我本地警方的进展吗？"

希夫按下呼叫铃，"请让希普善克斯过来，"他指示道。

希普善克斯警长就在警局，他很快就来了。"警长，法兰奇督察想知道你的进展，"希夫说，"你把之前告诉我的内容重复一遍吧。"

"长官，我们顺着你建议的那几个方向进行了调查，"希普善克斯答道，转向法兰奇，"但是毫无收获。我们调查了道路、公交车、其他能找到的车辆、火车站以及周边的房屋等所有能想到的调查对象，但都没有结果。如果厄尔是通过陆路离开的，不管是自愿还是被逼，都没有人见过他。不过我们也料到了这个结果。圣基尔达位于人烟稀少的地区，厄尔也许能在别人毫不知情的情况下自由出入。"

"没错，法兰奇，希普善克斯说得很有道理。"希夫同意道，"没人见过厄尔不能说明他没有离开过圣基尔达。我也认为之前应该进行那些调查，但我对其结果并不感到惊讶。这就是我预料的结果。"

"我觉得你是对的，"法兰奇同意道，"不管怎样，没人见过他这一点确实有点让人吃惊。但你说得不错，那个地方很特殊。"

希夫没耐心地挪了挪身体，"是你想来讨论的，"他咕哝道，"你先说吧，我们听听你的想法。如果最后还有问题需要讨论，那我们就来讨论。"

法兰奇咧嘴笑笑，"我喜欢你的建议：等我把问题解决好了，就没有其他需要讨论的事了。"他说。希夫正要开口回应，法兰奇却紧接着说："那么，我来说说自己的结论。如果你觉得我说得不对，就打断我。"

"这话你可别说早了。"警司喃喃道，希普善克斯笑得肚子都痛了。

"那我能说到哪儿就说到哪儿。"然后法兰奇变得严肃起来。"目前我认为这起案子有4种可能性，我，或者我们已经在一定程度上对它们进行过调查了。我说'一定程度'是因为这些调查确实不够全面。现在我依次讲讲这几种可能。"

希夫顺从地端坐好，希普善克斯也饶有兴趣地坐下了。

"那我从厄尔说起，"法兰奇继续说，"为了分析的完整性，我们可以去掉意外和自杀的可能，并将可能性局限在自愿离开和谋杀上，你们同意吧？"

"我同意。没找到尸体这个事实就能证明不是前两者。"

"没错。我们先看谋杀，其中当然也包含了绑架。我不相信是这种可能。"

希夫又点了点头。

"现在来说说犯罪嫌疑人。第一个是朱莉娅·厄尔，我觉得不必把理由再详说一遍了，你们应该和我一样很清楚：她的家庭不幸福；她在追求一个叫斯莱德的男人，丈夫估计是在追求南基韦尔护士；丈夫可能会更改遗嘱，她得到的钱会更少，甚至没有，这让她很害怕。上述情况你们都知道吧？"

希夫习惯性地点点头。

"而且朱莉娅有作案机会。她可以在丈夫的晚餐里下药，可以在客厅或屋外把他打晕，还可以给他下毒。这些都有可能，不过存在两个问题。一是她可以在妹妹不知情的情况下杀掉厄尔吗？二是她能处理好尸体吗？不论我的判断是否正确，我认为这两点她都无法办到。这是我想出的第一个可能。"

"第二个犯罪嫌疑人是朱莉娅的妹妹玛乔丽·劳斯，她有没有可能是共犯？从整体上看，我觉得她不是，因为我个人认为她不具备杀人犯的特征；她没有动机；即便有了她的帮助，我也不认为这两名女士能处理好尸体。当然，她们如果开车，也许就能抛尸。不过，警长你亲手摸过车子的散热器，它是冷的；而我确认了其中的水没被换过。所以她们不可能开过车。我的结论是玛乔丽·劳斯也是无辜的。这就是我的第二个可能。"

"我从不认为她们俩是犯人。"希夫说道，警长也点头表示赞同。

"我很高兴你们都同意,"法兰奇答道,"第三个犯罪嫌疑人是斯莱德:由他单独作案,或者和厄尔夫人共同作案。斯莱德有动机:他正在追求厄尔夫人,肯定想摆脱厄尔;如果他发现厄尔在伦敦的'风流韵事'——他肯定注意到了——就会阻止厄尔更改遗嘱;此外,他和厄尔的关系不好,他们之间至少有过一次争吵。再说,斯莱德也有作案的机会。他能从家里偷溜出来,敲打厄尔家客厅的窗户,让厄尔出门,然后杀死他。不过,斯莱德这种可能性里也存在和之前相同的问题:他是如何处理尸体的?"

"车?"希夫建议道。

"不,"法兰奇说,"问题就出在这里。我在调查后发现,斯莱德当时不可能开车。"然后法兰奇陈述了司机及其妻子的证词。"所以我排除了第三种可能,即斯莱德。在我看来,谋杀就包括这几种可能性。"

"所以,排除后只剩下自愿消失?"

"我觉得是这样,但是此案并不简单。从另一方面看,假如厄尔是被人谋杀,那南基韦尔护士又是怎么一回事儿呢?"

希夫咕哝了一声,"确实不简单。"他承认道。

"此案还有很多隐情。"法兰奇说,"我想你们都不认为南基韦尔也被谋杀了,对吗?就算厄尔夫人,或者斯莱德,或者他们两人是杀害厄尔的凶手,也不会对那位护士心生杀意。那她和本案又有什么关系？她为什么会失踪？我想不出原因。"

"我也不能。"

"另一个方面，"法兰奇接着说，"如果厄尔是自愿离开，护士的行为就立刻说得通了。如果他们两厢情愿，就很可能一起私奔了。他们这样做也有充分的理由：厄尔想要安宁的生活，而她希望有安全感。我就不必反复解释了，你们和我一样都很清楚。"

"没错，不必解释了。"希夫懒洋洋地坐着，好像有些无聊，不过能从他的神情中看出他现在全神贯注，饶有兴致。

"接下来，"法兰奇继续说，"我们越是调查自愿离开这个理论，就越觉得它的可能性大。首先来看这些问题：厄尔没换鞋子、没戴帽子、没穿大衣；在人们发现他失踪、到处找他之前，他也没有确保自己能有一段独处的时间。从某种角度看，可以排除这些问题，因为它们在任何理论中都存在。也就是说，不论本案是谋杀还是自愿离开，都要解决这些难题。"

"最有可能的解释是：厄尔提前把鞋、帽子和大衣藏在屋外，他在离开房子后就能穿上。这样的话，他就只需穿室内拖鞋，这种鞋能轻易地放进他的口袋。他很熟悉这片区域，能神不知鬼不觉地去任何地方，比如去吉尔福德火车站，那里谁都不认识他，他能融入人群去往伦敦，而不被人发现。当然，他也可能是故意不换衣物，让人们觉得他不可能计划好了要私奔。"

"他是故意让人们发现他'失踪'了吗？"

"他就是故意让人们发现他'失踪'了。"

"这些都很明显。"希夫同意道，"他如果想神不知鬼不觉地消失，肯定会那么做。警长，你觉得呢？"

希普善克斯很高兴有人询问他的意见，坚定地同意了警司的观点。

"自愿离开理论中还有一个要点：厄尔的书。很明显，这是一份重要的工作，厄尔对此也极有热情。我告诉过你们，这份原稿不见了。如果厄尔被人谋杀，原稿怎么会不见？相反，如果厄尔悄悄离开了，他怎么不带上原稿？"

"长官，我在想，"希普善克斯提问道，"厄尔医生会不会正是因为这份原稿而被杀害的呢？"

这对希夫来说显然是一个新思路，他赞同地点点头。"没错，会不会是那样，法兰奇？"

"我考虑过这点。"法兰奇答道，"事实上，我想过坎皮恩会不会为了原稿而杀了他。但是当厄尔不见时，坎皮恩、他的妹妹们和斯通女士都在客厅里。我想不出其他的嫌疑人。"

"况且，"希夫补充道，"还有那名护士的问题。我差点把这事儿忘了。"

"没错，警司。如果坎皮恩或其他人杀害了厄尔，护士的情况就无法解释。"

"确实如此。正如我刚才所说，如果排除谋杀，就只剩下自愿消失，对吗？"

"这是我的看法。"法兰奇又加了一句，"我觉得现在可以这样总结这个案子：没有谋杀的直接证据，而且谋杀理论还有一些难题要解决；相反，自愿消失理论有证据的支撑，它符合所有的事实，也没有上述问题。警司，到目前为止，你都同意吗？"

"我同意。不过自愿消失理论也存在一些疑点。"希夫指出。

"我知道，我马上就会说到这点。我发现了至少5点，不过只有两点比较关键。"

"给我们说说吧。"

"第一点是资金。我没找出厄尔能用于自愿消失的资金。可以肯定的是，如果他和护士私奔了，他就有用于私奔的钱款，不仅仅是一次性获得的钱，而是通过某种方式获得的稳定收入。你们知道，我给所有的银行发了厄尔的通告和照片，希望找到他用假名注册的另一个账户，但毫无发现。我确定的是，如果厄尔有这样的账户，我应该能把它找出来。然后我去厄尔持股的公司进行了调查，他的股份没被卖光。此外，根据证词，厄尔没有其他的经济来源。"

"这确实如你所说是个难题。"希夫说道，摆弄着烟蒂，又点燃了一支烟。"要我说，这个问题很棘手。那个护士也没有多少钱吗？"

"据我所知，没有。"

希夫再次点头，"好吧，你继续。"

"第二个疑点在于：他们两人都没有联系各自的朋友。警司，对我来说，它比第一点难办多了。我觉得这不像他们的作风。厄尔夫人坚信，她的丈夫如果有条件，肯定会把自己的行踪告诉她；养老院的修女在谈到南基韦尔时说也过相同的话。可以理解，在事情发生之前，厄尔和南基韦尔可能不会说什么，但当生米煮成熟饭之后，就没什么理由再瞒着朋友，让他们担心了。"

"该死。"希夫说，"你说得不错，我没考虑到这点。别管这个了，你继续吧。"

"剩下的疑点不太重要，但我还是认为应该把它们纳入考虑。第三个疑点是：所有认识护士的人都不相信她会像我们想象的那样做，都说'她不是那种女人'。顺带一提，厄尔的情况也一样。这些观点也许不是很有说服力，但也应该有一点分量。"

"但不能占太多。"希夫说道。

"不能占太多，但也有一定的分量。第四个疑点是：我们丝毫未找到他们离开的踪迹。不列颠群岛的所有警力都在搜寻他们两人，却一个都没发现。"

"这没什么，法兰奇。有各式各样的人失踪，警方的搜寻并不能找到所有人。这点你应该比我更清楚。"

"我知道，"法兰奇承认说，"但应该和本案的其他因素综合进行考虑。"

"好吧，继续说。下一点是什么？"

"护照。"法兰奇说，"厄尔有护照，却没有带走，我是在他的书桌里发现的；而南基韦尔护士根本没申请过护照。当然，他们可能都用假名申请过，不过能成功拿到护照的可能性几乎为零。警方在这方面的监管可能算不上滴水不漏，但也足以阻止其发生了。而且他们又不知道如何获得私制的假护照，所以我认为他们没打算出国。但是，如果他们还在国内，他们的身份肯定迟早会暴露。"

希夫揉了揉额头，"我觉得这方面没什么值得深挖的。你怎么看，希普善克斯？"

警长坚信他们可能还藏在伦敦或其他大城市里。"厄尔可以装作生病，"他指出，"再蓄上胡子，这样他也许永远都不会被认出来。而且，如果人们只在南基韦尔穿护士服时见过她，也许在她穿私服时就认不出来了。"

二人赞同地看着希普善克斯。正确与否，都值得听听他的观点。"然后就是这些假设存在的问题了。"希夫严肃地说，三人又陷入了沉默。最后希夫烦躁地动了动身子。

"法兰奇，我承认，"他说，"要证明这是一起失踪，你的分析已经很全面了。"

法兰奇耸耸肩，"把正方论证梳理好的话，反方论证也就不攻自破了。"他反驳道，"警司，这一点你也和我一样清楚。我已经尽力弄清这些疑点了，因为它们是失踪理论的基础。如果无法解释它们，这个理论就不对。仅此而已。"

警司咕哝说，"能解释清楚吗？"他问，"你怎么看，警长？"

这次，希普善克斯不太确定，他还没怎么弄明白这起案子。总体而言，他认为事实指向的是失踪理论，不过没有决定性的证据证明这点。

"法兰奇，我得说，我同意希普善克斯。"警司最后道，"你列出的疑点都有道理。告诉我，就这样结案的话，你会满意吗？"

法兰奇笑了笑，"这个问题真不好回答。"他想了一会儿，"我不介意承认，"他接着说，"我是更希望有确凿的证据，得出板上钉钉的结论，澄清所有的疑点。不过这意味着要做大量的工作，而且我猜这要由你们来完成。在这种情况下，应该由你说了算。"

　　希夫对法兰奇的考虑表示了感谢，但他并不想出什么篓子，免得别人说法纳姆警方和警司的工作存在漏洞。"法兰奇，如果你同意的话，我建议你再观察这个案子一段时间。我看看，现在是周五的晚上，距事件发生不到两周时间。要不再调查一周时间，到时如果还没有新线索，我们再来讨论讨论，行吗？"

　　法兰奇爽快地答应了，干劲十足。这正是他所希望的结果，他最讨厌的就是在办案时留下遗憾。

　　"好吧，"他总结道，"我现在去镇上，明天试着加紧一般的搜查工作，下周一我再过来碰碰运气。"

　　希夫还没来得及回答，他的电话就响了。

　　"喂？"他对着话筒嘟哝道，"就是我。噢，警司，是你吗？噢，你找到了？太好了！……法兰奇督察现在就在这里，我来告诉他。稍等。"他转向法兰奇，"吉尔福德的警司打来电话，他得到了有关南基韦尔的消息，想让你明早过去一趟。"

　　"不用今晚过去吗？"

　　"不用今晚去吗，警司？……"希夫又转向法兰奇，"不用，他觉得没什么有用的线索，其实觉得这不会对你有太大的帮助。"

　　"好的，"法兰奇说，"我明天早上去镇上时顺便过去。"

　　"警司，他明天一早就过去。"希夫转述后放下了电话。

"他没说目击她的人是谁吗？"法兰奇继续问。

"没有，他没详说。"

护士在豕背的可能去处由吉尔福德当地警方负责调查。当时法兰奇请希夫进行安排，但由于调查地处于希夫的辖区之外，他将这项任务交给了吉尔福德当局。

第二天早晨，法兰奇搭乘早班公交车去往吉尔福德，10分钟后他就见到了吉尔福德的警司。那个周日的下午，南基韦尔护士似乎如约前来。经过仔细的询问，警方发现了两名见过她的人。第一个人是从吉尔福德前往法纳姆的公交车司机。他说自己认出了这位女士，她符合警方的描述和照片，当天下午5:50她在吉尔福德的技术学院公交站上了车。她随车前往豕背，当一条路岔开前往康普顿时，她下了车。当时已是傍晚，司机没看清她去了哪个方向。她看起来完全正常，一点也不兴奋。不过当时公交车上挤满了人，司机也没有特意观察她。

警司对此结果并不满意，便继续深入询问，最终发现了一位肯沃斯先生。他来自吉尔福德，6点刚过时他也在那里，看到了南基韦尔护士。肯沃斯先生当天正沿着豕背朝法纳姆的方向散步，快到康普顿的路口时，一辆公交车超过了他，并在前方的路口停下。一位女士下了车，从肯沃斯先生所在的距离正好能看到对方穿着灰色的浅色服装。随后，公交车继续向法纳姆前进，那名女士也朝着同一方向步行，肯沃斯先生隔着一定距离跟在她之后。前往法纳姆的道路那侧有一座桥，在100米左右远的地方停着一辆车。当那名女士走到车前，一名男士下车和她交谈起来。然后她上了车，向吉尔福德的方向驶去。当车行驶到路口时，肯沃斯先生却没能看到车是驶向了吉尔福德，还是下坡驶向了康普顿。不过车子大概去了康普顿方向，因为她没有再返回布莱恩斯顿广场的可能性极大。

"好的，警司。"法兰奇在掌握了这些细节后友好地说，"这肯定能帮上我们的忙。这位肯沃斯先生没能形容一下那辆车吗？"

"没有，但我没有勉强他回想。我当时觉得你可能会想亲自见他。其实昨晚我给希夫打电话时，他就在我旁边。我告诉他你今早会来，让他保持联系。他说他今天一整天都在家里。"然后警司把地址给了法兰奇。

他家位于山坡上老高街的背面，是个便利的位置，法兰奇15分钟后就来到了门前，敲了敲门。肯沃斯先生有些年纪了，显然是一名退休的商人。不过他除了已经告诉警司的话以外，没什么还能告诉法兰奇的信息。绕行路边的桥右侧有一条小径，肯沃斯当时沿着这条路朝法纳姆走。那位女士在远处路边下了公交车后，过了马路，也沿着这条小路走在肯沃斯前面几米远的地方。同时，车就面朝他们，停在同侧路边。当肯沃斯走上前时，那位女士已经上了车，车子刚刚发动。

至于那名下车和南基韦尔说话的男士，肯沃斯先生无法想起任何细节。当时是黄昏，其实天色已经很暗了，肯沃斯只看到了对方模糊的影子。不，肯沃斯连他的性别都无法肯定。他只知道有人下了车。

肯沃斯也无法详细地描述那辆车，只知道是一辆小轿车。他没看到车子的品牌和大小，其实他对此也没怎么注意。法兰奇见他只能提供这些信息，就向他道了谢，慢慢向车站走去，准备回镇上。

法兰奇仔细思考刚刚获得的信息，不禁咒骂了几句。这些有关护士的线索简直太让人费解了。法兰奇想，下一步必须找到护士上的那辆车，但这一点儿都不简单，需要用到排除法。他必须找出当天下午6点所有嫌疑车辆的所在地，所有嫌疑人员也要……

而且，护士到底去哪儿了？

真该死！法兰奇真是受够这起案子，他意识到自己已经感到了厌倦，只想在周末远离这个案件。现在他正在回家的路上，在下周一之前，他都不会让大脑思考这起事件。不要为明日之事忧虑！

第十二章

厄修拉·斯通

　　周六晚上，一场暴风雨席卷了全国。法兰奇被倾泻而下的雨声吵醒，十分苦恼地听着雨声。为了换个心情，他计划像以前那样和夫人在周日去远足。而且这次有所不同，他们想去比平时更远的地方，或者比以前在这个时节里走得更远。最后他们决定去罗姆尼湿地，他们之前都没去过那里，但读过与其相关的文章。两人热切地期待着去造访这片全新独特的乡村。

　　天亮之后，他们欣喜地发现风声减弱、乌云消散、阳光普照，就如同5月的光景一般。法兰奇夫妇望向快车窗外，看到万物在雨后显得格外清新。他们在海斯廷斯搭乘公交车，途经温切尔西，抵达伊莱。在这座古雅的小镇里，他们探索了街道，拜访了教堂，最后沿着海岸朝远处的邓杰内斯走去。一路上，他们享受着每一分每一秒，海风令人神清气爽，精神愉悦。这类远足在法兰奇夫妇的人生中占了很大一部分。法兰奇已经懒得去数他们结婚多少年了，自认识起，他和妻子的关系一直都很好。他们玩得十分尽兴，晚上回到家后，吃了一顿"迟到"的晚饭。

饭后，法兰奇舒服地坐在壁炉前的扶手椅上，决定在"休闲一日"的最后慵懒下去，并奢侈地读几个小时的小说，不过命运给了他其他安排。9点左右，他还没来得及读几页书，电话就响了起来。

电话来自苏格兰场，是刚从法纳姆发来的消息。值班警员用沉闷、毫无感情的声音读给法兰奇听，这让他感到烦躁难耐。"法纳姆的希夫警司致电苏格兰场的法兰奇督察。厄修拉·斯通失踪，请立刻前来。坐9:30从滑铁卢到吉尔福德的火车，会派车到站接你。"

法兰奇不禁大骂，这让夫人吓了一跳。"是法纳姆的那起案子，"他大声道，"我得去一趟。"然后跑进房间，收拾了行李，匆忙前往苏格兰场。法兰奇在那里拿走装有他的笔记本式手提箱和工作时使用的设备，随后来到滑铁卢站。51分钟后，法兰奇在吉尔福德站下了车。

"出了什么事？"法兰奇问来接他的警员。

"长官，我不是很清楚，只知道9点左右从圣基尔达打来电话，称斯通女士失踪了。警司和希普善克斯警长已经去了，让我报告苏格兰场后来这里等你。这个时间段里到吉尔福德的车比到法纳姆的多。"

法兰奇觉得自己的世界天翻地覆,毫无疑问这起案子也是。他现在明白了,自己所面对的远不仅是目前考虑到的那些情况。他一直在想方设法地调查厄尔和南基韦尔的消失,而他们两人的消失只是冰山一角。这些事件背后邪恶可怕的始作俑者是谁?

不过,其中至少有一点是清晰无误的:厄修拉·斯通几乎不可能是自愿离开。对她而言,肯定不存在这么做的动机。另外,没有决定性证据的话,很难让人接受发生了3起自愿消失案件,案发时间还出奇地接近。不,从第一眼看来,这次肯定是谋杀案。如果厄修拉被人谋杀,厄尔和南基韦尔呢?他们是否也被……?法兰奇罕见地感到困惑不解。

不论真相如何,法兰奇的猜想也到此为止。他没有过度地推测,也会继续调查此案,不过凶多吉少。法兰奇打起精神来。

他们很快驶到豕背,然后左转,经过普顿汉,绕过塔恩湖,抵达圣基尔达。

法兰奇一下车就嗅到了紧张的气氛。希夫显然在主持大局,他的周围是面色苍白、浑身颤抖的朱莉娅·厄尔、玛乔丽·劳斯、爱丽丝·坎皮恩和弗洛·坎皮恩,女佣露西在后面踱来踱去。旁边,坎皮恩医生正在和希普善克斯警长讨论着什么，还有一名警员站在门边。

"噢，你来了，法兰奇，"希夫低声道，"这次似乎是斯通女士，她从下午5点起就不见了踪影。"

"下午5点？"法兰奇惊讶地重复道。他们到底为什么等了4个小时才报了警？

"没错，斯通女士最后一次被人看到是在5点，不过他们在快到8点时才真正怀疑她失踪了。厄尔夫人会告诉你的。你现在能接受开始调查吗？我只是把树林和道路搜查了一下。"

"好。"法兰奇答道，然后走到房间另一侧，把希普善克斯拉到一个角落，悄悄问："你检查车的散热器了吗？"

"长官，我来后马上检查了，是冷的。"

法兰奇转而对大家道，"首先，女士们、先生们，我想先听听发生了什么。厄尔夫人，"他转向朱莉娅，"我就从你开始吧。能请你到客厅坐坐，给我讲讲吗？"

朱莉娅可怜地颤抖着，十分紧张。她的面色苍白憔悴，牙齿打战，不停地抽搐。法兰奇一点都不喜欢她这个样子。

"你这是受惊了。"他安慰道，"可以喝点威士忌，这样的话你能冷静一些。"

"我们都想来点提神的东西。"朱莉娅承认道，"你瞧，我们被这事弄得心烦意乱，晚饭什么都没吃。督察，这一切都意味着什么？如果斯通女士遭遇了不幸，恐怕下一个就轮到我了。"

法兰奇向露西示意，"厄尔夫人想喝点红酒或威士忌，你能拿点过来吗？先失陪一下。"他继续对朱莉娅说："你先缓缓，再好好把事情的来龙去脉告诉我。"

威士忌苏打让朱莉娅感觉好多了，当其他人也各自忙着填肚子时，朱莉娅把她知道的情况告诉了法兰奇。

"你知道，当我丈夫失踪时，斯通女士也在这里。"她开口说道，"她本打算第二天、也就是周一离开的，但我让她再和我们待一段时间，她被说服了，同意再留两周时间，按计划是要明天离开。"

"今天的下午茶后，她回楼上自己的房间躺下了。虽然不是惯例，但她经常在下午这么做。我当时也在楼上，于是进去看了看，她当时挺惬意的。当时大概5点，她抱着一本书躺着，看起来什么问题都没有。随后我回到客厅找劳斯女士，我们没做什么特别的事，就是读书和闲聊。接着坎皮恩一家来拜访我们，坎皮恩医生和他的两位妹妹。他们走后，我睡着了，我妹妹好像也睡着了。由于周日露西不在，7点左右，我便去准备晚饭，是冷餐。当时已经是7:30了，我摇响了她房间里的铃。斯通女士没有下来，几分钟后我说，'厄修拉肯定没听见铃声，我再摇一遍。'妹妹让我别摇了，说她上去看看。于是她上了楼，我听见她在楼上移动的声音。然后她叫了我的名字，声音里透着急切，所以我赶快跑上了楼。她说：'厄修拉不在这里，'我说：'她是在吃晚饭前洗澡去了吧，'但是她说没有，她查看了楼上的所有地方，都没有找到厄修拉。虽然我们当时有些不好的预感，但是并未意识到可能出了事。我们翻遍了整个房子，都没发现她的影子。我们想她可能是在晚饭前出门透透气，同时去她的房间看了看。她出门时会用的物品都在房间里：帽子、外套和户外用的鞋。那时已经快到8点，而她知道晚饭的时间是7:30。我们面面相觑，十分惊恐。这一切像极了两周前的那个周日！我们在门厅快速环视了一圈，围巾都在；也去看了看庭院，没发现任何异常。随后我们给坎皮恩医生打了电话，他最初并不重视此事，就像我们最初那样，不相信出了事。不过，当我们告诉他厄修拉的外套都在屋里时，他就变得认真起来。要知道，今天晚上很冷。坎皮恩一家立刻赶了过来，他和他的妹妹们，一直待到现在。"

"他们是什么时候抵达的？"法兰奇问道。

"他们马上就来了，到这里时大约是8:00，或者过几分钟吧。我当时没有注意时间。坎皮恩医生立刻说要报警，但我们想先自己找一遍。这也许是我们判断失误，督察，但你知道人们是怎么看待这种事的。总之，坎皮恩医生很可靠，他组织了一次搜索，让每个人负责一片区域，就像两周前的周日那样。我们找了一段时间，在快到9点时集合，坎皮恩医生说我们不能再推迟报警了，于是他拨通了电话。"

朱莉娅的情绪十分激动，她一直在说话，而且能明显看出她是在强迫自己镇静下来，进行连贯的陈述。

"你说得非常清楚，厄尔夫人。"法兰奇说，"我去和希夫警司说两句，你先在这里等一等，然后我再问你一两个问题。"

希夫正在门厅里等他，"我要走了，法兰奇，"他说，"你有什么想让我们做的事吗？"

"我就是想在你走之前和你商量此事，"法兰奇回答，"你说你已经搜查了树林和道路？"

"没错，电筒能照见的都搜查了。我觉得在天亮之前以这种方式搜索不会有什么新发现。"

"我也同意，警司。明早调查时你能帮帮忙吗？"

"没问题，天一亮我就给你派6个人来，就7点吧。还有别的事吗？"

法兰奇犹豫了，以他的身份来指挥法纳姆警方有些不合适。

"你不觉得我们应该采用和厄尔案相同的搜查方式吗？"法兰奇问，"比如道路沿线、火车站、公交车司机等。"

他们走到希夫的车旁，周围没有其他人。

警司压低声音回答道，"恐怕我们必须得这样，但我不认为我们会有所收获。这不是失踪，法兰奇。这个女人不会想要消失。这是谋杀。之前的那些调查都建立在厄尔是自愿离开的可能性上。"

法兰奇点点头，"我在来时的火车上也是这么想的，"他同意道，"不过我们或许能发现犯人的踪迹。"

"我觉得不可能。做出这种事的人对这附近十分熟悉，不会露出马脚。不过，我们还是不能忽略这些本地的线索，由我来负责，就像厄尔的案子一样。这样的话，你就能放开手脚地调查任何你感兴趣的线索。怎么样？"

"太好了，警司，这样最好了。我们来拟定斯通女士的启事，你能打电话给苏格兰场让他们发布通知吗？我今晚留在这里，帮他们明早进行搜索。"

斯通的描述完成后，希夫带走了他的手下。法兰奇也回到饭厅，觉得在天亮之前室外搜查没多大用处，目前最好的办法就是花时间从这家人口中获取尽可能完整的信息。

"厄尔夫人，"法兰奇说，"请再回答我两三个问题。我不会耽误你太长时间，但请你尽可能详细地告诉我所有信息。首先是有关斯通女士。你最近是否觉得她有任何反常的表现？"

"完全没有。"

"你觉得她没有遇见会发生这种……嗯……不寻常的事情吗？"

"肯定没有。"

"她有兴奋的迹象吗？"

"没有。"

法兰奇点点头，"她今天是否收到过任何会让她在下午外出的消息？"

"据我所知，没有。其实我觉得肯定没有。周日没有来信，而且我今天都在家，有来电的话应该会听见铃声。"

"有人来拜访她吗？"

"没有。"

"也没有人送来什么便条？"

"没有。"

"今天除了坎皮恩一家还有其他人来过吗？"

"只有斯莱德先生来过。"

"厄尔夫人，那是什么时候的事？"

"3点左右，他只待了几分钟。"

"你们喝下午茶时谈到过什么特殊话题吗？"

"没有。"朱莉娅再次回答，"到现在为止已经过了6个小时，我已经记不清聊了些什么。"

法兰奇停了下来。他想获得的关于厄修拉·斯通的信息好像就是这些。他思考了一会儿，又继续说。

"你说斯通女士回房躺下的时间是5点左右，确实看到她在房间里。坎皮恩一家是什么时候到的？"

"大概15分钟之后，就算5:15吧。"

"斯通女士知道他们来了吗？"

"她如果醒着，肯定能听见他们的动静。"朱莉娅回答道，"她的房间在正面，能听见有车来，还有他们的声音。"

"如果斯通女士听见他们来了，她难道不会下来吗？"

"我觉得这倒不一定。她的确是坎皮恩女士们的朋友，不过他们毕竟是来找我的。我觉得她是否下来都说得通。"

"她计划明天离开吗？"

"是的。"

"那她怎么不下来道别呢？"

"她也许会这么做，但我也说不准。"

法兰奇又停顿了一下，小声地吹了吹不成调的口哨。

"坎皮恩一家拜访的期间内，没发生什么事吧？你们谈过任何特别的话题吗？"

"我觉得没有。其实我只记得欣赏给斯通女士玩偶屋的家具了。"

"家具？"

"没错。坎皮恩医生给玩偶屋做了点家具，把它们带过来了。他差点就忘记这件事了，当时我们在客厅，他突然说，'噢，我给斯通女士带了点东西，放在我的外套口袋里。'于是去了门厅一会儿，回来时拿着十分可爱的微型桌子、椅子和床架。你肯定没见过如此精致的物件，我等会儿拿给你看看，它们美极了。我们挨个拿着这些小家具欣赏，我想叫斯通女士下来，但坎皮恩医生不想打扰她。"

"我懂了，"法兰奇说，"恐怕这对我们的帮助不是很大。我真正想知道的是，会不会是斯通女士下楼找你们时，由于听到了你们的谈话内容，而改变了主意呢？"

朱莉娅摇摇头，"不会，我们没谈过那种话题。我们就随便聊了聊。"

"坎皮恩一家在这里待了多长时间？"

"他们好像是6点左右离开的，待了大概45分钟。我觉得坎皮恩女士本会再留一会儿，但是坎皮恩医生急着要走，他说要去高尔夫球俱乐部，和某人商量明天去镇上的事情。最后他出门发动了汽车，当坎皮恩女士听到这声音时也离开了。"

法兰奇再次停顿。这些问题都没什么用，但他也觉得无法再从朱莉娅口中获得新的信息。

"我们来看看这些时间点对不对，"他接着说，"坎皮恩一家离开时约6点；然后你和劳斯女士仍在客厅并小睡了一会儿；7点左右，你去准备晚饭；7:30左右，你摇铃叫斯通女士；之后便发现她不见了。对吗？"

"是的，没错。"

"你们一直找到傍晚时分，然后给坎皮恩医生打了电话；他们兄妹立刻赶来了，抵达时是8:00过几分，随即你们自己进行了搜寻。对吗？"

"是的。"朱莉娅再次回答。

"给我讲讲你们是怎么搜寻的，具体都查看了哪些地方？"

"我们进行了分工，我妹妹和我搜查屋内、外屋和庭院；坎皮恩姐妹开车沿道路搜寻；坎皮恩医生检查树林。其实和上次的工作一样。"

"我了解了。你们搜查了多长时间呢？"

"我们搜查到9点过一点，我猜大概有40或45分钟。我和妹妹最先完成，然后坎皮恩姐妹开着车回来了，最后是坎皮恩医生。树林的耗时最长，因为医生查找了树林深处和小路附近。"

"确实，"法兰奇表示同意，"你应该把所有的信息都告诉我了吧？"

朱莉娅一副"没想到自己会说这么多"的表情。法兰奇感谢她提供了如此清楚的陈述，随后叫来了劳斯女士。

法兰奇一个接一个地询问：玛乔丽·劳斯、露西和坎皮恩兄妹三人。不过，他获得的唯一一条新信息来自露西。露西说自己下午出门时，看到厄修拉·斯通在门厅，当时是3:30。她把时间记得很清楚，因为之后她上了3:35的公交车。

"厄尔夫人，我认为，"法兰奇完成询问后对朱莉娅说，"今晚就没有其他可完成的任务了。最后，我想去看看斯通女士的卧室。另外，如果你允许的话，今晚我睡客厅沙发就好了。我建议大家都尽快休息吧。"

事情就这么决定了。坎皮恩一家开车回去了，朱莉娅和玛乔丽也回到各自的房间。法兰奇临时搜查了一下厄修拉的房间，却没发现能谜团的任何线索。于是他来到客厅，关上灯，躺在了沙发上。

法兰奇精疲力竭，却无法入睡。这个意外情况占据了他的大脑，让思维一直运转。厄修拉·斯通为何被卷入了这乡村幽静表象下的可怕事件里？据法兰奇已知的信息，她只是这家人的访客，和他们也不存在极其亲密的关系。现在到底正发生着什么？起初是厄尔，然后是南基韦尔，现在是厄修拉·斯通，为何他们都神秘地人间蒸发了？事件的真相是什么？

整个事件中，法兰奇唯一能确定的就是：之前他在失踪假设上所得出的结论都不对。这三起案件极其相似，无法不让人怀疑是出于同一个犯人之手。要说厄修拉是自愿离开的就太荒谬了。因此，这又让人不由想到，这是否意味着他们三人——厄修拉、厄尔和南基韦尔——都是被人绑架，或者杀害，或者绑架后杀害了呢？

法兰奇分析起细节来。如果厄修拉被人杀害，是什么让她出了门呢？在厄尔一案中，可能是有人走到客厅的窗前，招呼厄尔出去。不过厄修拉一案不可能出现这种情况。厄修拉当时在楼上，她的房间位于饭厅上方，有两扇弓形窗，一扇在房屋的正面，另一扇在书房一侧，从那里看不见马路。不过，她无法从任何一扇窗中看到有人招呼自己，除非她当时正好站在窗前；躺在床上肯定是看不见的。另外，没人能在不被楼下两人听见的情况下叫来厄修拉。

除此之外，法兰奇越是思考这起案件与厄尔一案的相似之处，就越觉得事情不简单。两人在失踪前都在做一件耗时较长的事，厄尔是读报，厄修拉是写书，他们确实可能在消失前就睡着了；两人的消失都毫无声响，也没留下踪迹，更没有一丁点的理由；两人当时都穿着薄底室内鞋，连室外短距离的行走都不适合；虽然两起案件发生时气温都很低，但是两人都没有围围巾或戴帽子；两人都未留下任何便条或信息来说明自己消失不见的原因。

想到这些，法兰奇在心头咒骂了几句。在这种情况下，人们可能觉得敷衍地调查一下就能结案。但是，法兰奇想到他和希夫对厄尔一案进行的调查，就严肃地意识到事情并没有这么简单，而且根本找不出思绪。估计在未来他还会遇到同样棘手的问题。

法兰奇的思绪回到刚刚询问过的证人身上。朱莉娅和玛乔丽看起来*都*被吓坏了，还很焦虑不安。他想……厄尔医生的厄运也降临到他的客人头上了吗？是否存在朱莉娅和玛乔丽是幕后黑手的可能性呢？

法兰奇考虑着这些问题，睡意慢慢袭来。他的想法逐渐变得和噩梦一般，脑中充斥着处理尸体时的恐怖景象。他总是想起惊悚电影《房客》的故事，但是这里并没有影片里阴森的炉灶。不过，地下室的水泥底下是否可能藏着什么呢？法兰奇读到过这样的故事——有尸体被藏进房子或大门的水泥柱里，而那根柱子永远都干不了……有一个著名的地洞，里面的鱼会把扔进水的任何东西啃得干干净净……使用生石灰……谁又知道采石洞或废弃矿井里潜伏着什么让人毛骨悚然的生物呢？……发现过残存的尸体——

一声敲门声惊醒了法兰奇。他打开房门，阳光射入，门口站着希普善克斯警长和5名警员。

第十三章

两个浅坑

他们花了几分钟时间就制定好了调查方案，覆盖了所有的区域。每个人都领到自己的任务后，法兰奇也动了身，调查很快就全面展开了。

这是一个不错的早晨，只是比较冷，有点阴沉——这对他们的调查来说是极好的。光线充足，目之所及皆可见；没有强光形成的阴影，不会让人忽略一些细节。法兰奇负责的是紧邻房屋的区域，他昨晚已经测量了厄修拉鞋子的尺寸，现在他正在寻找这样的足迹。在所有可能的踪迹中，足迹似乎是最有可能发现的。

这项单调的工作进行了一段时间，突然一名警员冲法兰奇喊起来。

"长官，请你到这边来看看，"他说，"这里有些踪迹，你也许会感兴趣。"

　　他带着法兰奇穿行在圣基尔达庭院背后的树林中，行进了几米后，他们来到一条林中小径前。警员沿着小径走了45米左右后停下，指了指一旁的灌木丛。

　　"有东西在那片灌木丛里待过，长官。你从那边绕过去就会看见，这样就不会破坏这些植株。"

　　法兰奇采纳了他的建议，按照警员的指引绕过灌木丛，在某个位置，他看到这些参差不齐的杂草仿佛被重物压过的痕迹。

　　他又向前挪了挪，俯视着这些痕迹。没错，毫无疑问，有重物曾经被放在这里，形状又长又窄，大概长1.5米、宽0.3或0.4米，是一个普通女性身体的形状和大小。

　　"老天爷，这太可疑了。"法兰奇最后说道。

　　"长官，你还会发现，"警员接着说，"有人穿过灌木丛走到小径上。这也是我不让你直接穿过去的原因。"

　　"好样的。"法兰奇称赞道。他在检查这个地点时意识到警员说得不错，能大致看出这些草和叶子上有一条被鞋子拖过的痕迹。在近处时这条痕迹并不明显，不过法兰奇退后了一点，俯下身来，就看到草的颜色稍微变淡，这是因为倒下的草由于角度变化反射了更多光。

　　这很像是有人携带重物走过的痕迹，想暂时隐藏什么。当看到这个灌木丛时，那人毫不迟疑地走到一旁，将重物藏在灌木后。过了一会儿后，这个人或者其他人又回来移走了重物。携带的重物到底是什么呢？

法兰奇蹲了下来，开始在树叶和草丛中仔细搜查。如果有人被放在这里，可能会有小物品从那个人或搬运者的口袋里掉出来，衣物布料也可能被挂在树枝上。法兰奇心想，如果有这类线索，自己一定要找出来。

他找了好一段时间，当掀开一个浅坑边缘的树叶时，他感到自己心跳加快。

"看看这个，"法兰奇严肃地叫来那名警员道，"你中大奖了。"

叶子下面是一些并不明显的血迹，只有三四滴。不过，它们对法兰奇而言意义重大。现在，可以肯定地说：厄修拉·斯通被人杀害，她的尸体曾被放在这里。

法兰奇已经很熟悉谋杀和猝死案件了，但当他深入分析这些罪恶的象征时，仍然无法抑制住恐惧之感。厄修拉·斯通对他而言只是一个名字，是进行调查的原因。法兰奇不止一次地讯问过她，其实还挺欣赏她。厄修拉符合法兰奇眼中理想女性的特征：直率、慷慨、端庄、善良，还有得体——其实在法兰奇看来，这个词语包含了所有的美德。他认为厄修拉根本和杀人犯扯不上联系，也不会被人深深地怨恨招致杀身之祸。如果这位文静、人畜无害的女士果真遭人毒手，那就意味着邪恶的阴谋正在进行，超乎法兰奇的想象。

不过，苏格兰场的督察在办案时不会让自己的情绪影响判断。很快，案件的悲剧性就输给了警察的专业素质。

法兰奇对警员点点头，"你做得很好，"他说，"我会记住的。你去继续搜查负责的范围吧，完成后来找我。我就在这里和房子之间的区域。"

得到了罕见的夸奖，警员十分高兴，他敬了一个礼，然后离开了。法兰奇则再次调查起来，因为发现几滴血并不代表就没有其他的线索了。

法兰奇标记出了发现血迹的地点，把粘有血迹的叶子放进锡盒后将盒子装进了口袋。如果要进行庭审，最好要确认这些血迹来自人，而非动物。

法兰奇朝小径的方向继续耐心仔细地搜查，在通过灌木或草丛时，会先确认其中没有嫌疑人或受害者的踪迹。就在他快走到小径上时，他的谨慎再次得到了嘉奖：地上又有一滴血迹。

法兰奇十分欣喜，他继续朝房子的方向进行调查。大约在18米远的地方，他又发现了一滴血。看来尸体应该是从房子里被搬了出来。

通向圣基尔达的这条小径和房子呈45度，这条路并未和庭院相连，而是在房屋背后拐了个弯，通向大路。不过，这从庭院里延伸出一条很不明显的小道，很可能是厄尔医生踩出来的。小道和庭院的连接处几乎就在书房窗户的对面。边界栅栏仅由两根铁丝制成，只用做标记位置，实际上根本无法阻止人通过。

法兰奇走到那条淡淡的小道上，沿着它向房子走去。在栅栏处，他又发现了一片粘有一滴血的叶子。

当他打算通过栅栏时，偶然注意到荆豆丛后的一小堆沙子，于是走了过去。这明显是兔子刨出的沙子，也是近处唯一的一处沙堆，它在远离房子那一侧的灌木边，灌木距房子约6米，几乎正对着书房的窗户。上面的痕迹无疑是脚印，而且很新鲜。这显然是周日留下的足迹，因为周六晚上下过雨，十分潮湿，而这上面并没有水渍。沙子太软，没能显示出脚印的细节。不过，基本能断定这不是高跟鞋，但也不能证明这就是男性的脚印，因为很多女性在乡下会穿低跟鞋。法兰奇对此进展感到十分欣喜，心血来潮地想，如果他有神探夏洛克的运气，就能找到一截烟蒂，直接将他引向那个在灌木丛后等待的人。不过，尽管他把这个地方都翻遍了，还是没发现烟蒂和其他东西。

法兰奇重新振作起来，开始围绕房屋展开搜查。如果他能在屋内找到血迹，就能证明厄修拉确实是被人杀害，或者至少遭到袭击；但是，如果没能发现其他踪迹，就无法证明她其实没有主动出门，而是被人带出并在林中遭到毒手。这个问题其实很重要，因为如果谋杀发生在屋内，就很难排除朱莉娅——也许还有玛乔丽——的作案嫌疑；

不过，如果厄修拉受人引诱，自己出了门，这对姐妹就可能是无辜的。

不过，尽管对房屋周围进行了严谨周密的搜查，也没发现更多线索。于是法兰奇转而对屋内进行调查。他从门厅查起，还把自己的强光灯挂在天花板上。虽然他已经找得十分仔细了，但一无所获。他又来到客厅，还是没有发现。然后他想到，在所有房间中，厄修拉的卧室最可能成为案发现场，于是上了楼，对这间卧室的地板和家具进行了检查，比昨晚还全面彻底。不过，还是无功而返。

法兰奇极其失落，他把注意力转向楼梯——没有发现。接着，他下定决心要搜查整栋房屋。法兰奇检查了饭厅——没有结果。随后他来到书房，在这里，他几乎立刻就发现了更多的血迹！

法兰奇锁上房门，俯身举着电灯，开始地毯式地搜寻血迹。好，这里有一滴血，又有一滴，还有一滴。地毯上一共发现了三滴血！

这间小书房的护墙板为橡木质地，长约3米、宽约3.6米。较短的那一面墙上装有一面弓形窗，中间部分为双门落地窗。从窗外朝里看，壁炉在右面墙壁的中央，房门在对面墙壁的左侧，左面墙壁那侧——即壁炉的对面——还放有书架。

其中两滴血相距较近，都位于壁炉和门之间的角落里；另外一滴血则在落地窗里。法兰奇站着，盯着这些血迹，陷入了深深的思考。

这些血滴的位置有什么暗示吗？落地窗里的那一滴倒是容易理解：它很可能是尸体被搬出去时滴落的。不过，另外两滴并不在房门和窗户的连线上，法兰奇也猜到了这点。它们的位置非常接近于角落，肯定不是尸体被搬出去时滴下的。

这里难道看上去不像案发的第一现场吗？法兰奇站着思考了一会儿，然后记下了这个想法，以便之后继续考虑。他接着进行调查，不过他又立刻站住了，胡乱吹了一声口哨。

法兰奇退到房间的一角，扫视全局，想看看有什么线索，然后发现地毯上好像有沙子形成的脚印。他之前俯身用电灯检查地毯时没注意到它们，不过从一定距离处能看到淡淡的痕迹。法兰奇俯下身去，沿着表面看过去，这些脚印就更清楚了。没错，肯定有谁在地毯上走过，从落地窗移动到滴下两滴血的那个角落，鞋底还有沙子。法兰奇尽可能地检查了这些脚印，不过印迹十分模糊，连它的主人是男性还是女性都无法判断。他扫起一些沙子，放进信封，也取了一些灌木丛后的沙子样本作为对比。

法兰奇的第一想法是：这些踪迹是凶手进屋攻击厄修拉·斯通时留下的。转念一想，他又觉得这不一定是重要的发现，因为这些脚印不一定和凶手有关，留下这种脚印的合法方式有上百种。不过，这种可能性值得纳入考虑。

在从一般调查转为细节分析之前，法兰奇拿出自己的指纹提取设备，把他认为可能留有指纹的物品都检查了一遍，尤其是落地窗的把手、门锁边缘以及书房和门厅之间的门。

法兰奇在那扇门上提取到了指纹，还有好几个，但是落地窗的把手和钥匙十分干净。他用小型闪光灯相机拍下所有被发现的指纹。

然后，这扇落地窗吸引了法兰奇的注意力。窗上了锁，但钥匙就插在钥匙孔里。法兰奇开了锁，推开了一扇窗门。另一扇窗门的上下端都固定有插杆，可分别锁入窗户的上横木与台阶。整个装置很牢固，状况也不错。

法兰奇关上窗，重新锁上，然后从门厅出去，想试着从屋外打开窗户。如他所料，没有钥匙的话没人能进来。

法兰奇刚刚回到书房，露西就敲响了房门。露西知道他没吃早饭，如果他愿意，露西可以给他端点东西来。

法兰奇十分感激，接受了这份好意。其实早饭这个问题开始愈发地困扰他。一方面，法兰奇不想花时间去法纳姆吃早饭，但他知道，自己越饿，工作质量也会越低。另一方面，他不想在这里要任何食物，因为犯人可能就在身边。

　　露西端着早餐过来时，法兰奇抓住机会问了她几个问题。她说自己周五用吸尘器清扫过地面，绝对不可能留下沙子，也把家具清洁过一遍。每晚由她负责检查窗户是否关严，她也一直是这么做的。据她所知，书房现在很少被人使用，落地窗已经有一周没被打开过了。没错，周六晚上她也检查过这扇窗户，当时是锁上的。她当时并没有碰窗户，因为没有必要，能看见两扇窗门之间的插销。她也不介意让法兰奇采集她的指纹，以确认它是否和通往门厅那扇门上的指纹一致。

　　用完早餐，法兰奇讯问了屋内的其他人。他马上就得到了重要的信息：朱莉娅告诉他，昨天——即厄修拉失踪的那个周日，她开关过那扇落地窗。上午她去了书房，她记不清准确的时间，但觉得可能是中午12点左右。当时她觉得房间里不通风，空气又浑浊，就把两扇窗门都开打了。在午饭前又进去了一次，把它们都关上锁好。她的身体并没有越过落地窗，只是把它打开然后关上而已。

　　接下来法兰奇调查了周五地面被清洁过之后，屋里是否有人从这扇落地窗进出过。貌似没人从那里出入过，但不幸的厄修拉·斯通可能这么做过。不过大家都认为这不可能，法兰奇也同意，因为厄修拉的鞋子都是高跟鞋，因此她不太可能是留下那些沙子脚印的人。

　　如果是真的——法兰奇也没有怀疑其真实性的理

由——这个发现就具有重大意义。如果朱莉娅在周日的午饭时间开关过这扇窗，上面应该还留着她的指纹。但是窗户上并没有这样的指纹，所以可以推断，有人在之后开关过这扇窗户，而且此人要么戴了手套，要么在使用后擦拭过把手。

法兰奇在脑中迅速地思考下一步应该怎么做，然后决定不在这个房间里继续花时间了。如果这起悲剧的其他踪迹还存在，比起室外，室内踪迹更隐蔽保存时间较长，所以最好先去室外看看能否找到更多线索。

假如厄修拉是在书房被杀害，尸体被搬到室外并藏到灌木丛里，是否能从这些信息里推测尸体之后会被运到何处呢？法兰奇认为是可以的。

如果厄尔也被人杀害，并且作案手法和厄修拉一案相同，犯人应该会用相同的方式处理两具尸体。现在，法兰奇不认为厄尔的尸体也被藏在林中，因为当时的搜查十分彻底。犯人肯定是用车辆移动尸体，警方没能找到可用的车辆并不意味着犯人没有使用其他的车辆。这个论点也显然适用于厄修拉一案。

经过尸体放置地点的小径最后与圣基尔达背后的道路相连。在这里发动汽车肯定会被屋里的人听见，因此车不太可能停在小径的这一端。法兰奇也不认为是小径的另外一端，因为与这端相连的大路在1.6公里之外，对搬运尸体而言太远了。不过，法兰奇记得再往树林里走的话，还有一条和这条路呈直角相交的小径，它在三四百米远的地方与圣基尔达路相连，更接近法纳姆，那里肯定是最适合的地点。房屋周边的道路就是这些。

法兰奇决定在走得更远之前先去看看这条交叉小径的另一端。于是他沿着自己的脚印返回草丛中发现浅坑的地方，继续沿着小径朝法纳姆的方向走去。

虽然法兰奇这次检查地面的仔细程度不如先前，但他一直在重点寻找血迹或其他痕迹，不过毫无收获。他没发现任何血迹，却在不长草的小片沙地上有许多足迹，由于它们的轮廓十分模糊，所以都无法派上用处。

法兰奇来到呈直角交叉的那条小径处，向右继续前行，直到来到距大路几十米的地方。接着，他又开始进行仔细搜查每一寸土地。

法兰奇的搜查很快就有了收获。小径和大路都看不见的地方有一簇灌木丛，在其后面的草丛里又出现了一个浅坑，和警员之前发现的那个浅坑相似。法兰奇很高兴，这类成果总能给他带来满足感。他先考虑了可能发生的情况，然后验证了自己的想法，现在调查证明他的猜想是正确的。这就是运用想象力的方式！他对自己说，自己大部分同事恰好欠缺这种能力。

尸体是在后来从第一个浅坑处被搬到这里的，直到被搬上车之前都没有移动过。目前为止，法兰奇很确定上述事件的发生顺序。

他在第二个浅坑处搜索了整整一个小时，没有找到其他的血迹和相关人员掉落的物品。他能理解为什么没有血迹：厄修拉被杀后，尸体立刻被移动到第一个灌木丛处；但是经过一段时间后，伤口就会凝固。

正当法兰奇打算放弃，返回圣基尔达时，又有了新发现。他在大路边的荆豆枝上找到了一小段浅绿色的毛线。

浅绿色毛线！他记得发给苏格兰场的厄修拉描述中就写有"身穿浅绿色羊毛套头衫"。这是重大发现！

这个发现实际上证实了法兰奇的假设：有人用车转移了尸体。于是他开始寻找车轮的痕迹。好，找到了！曾经有一辆车停在了大路边缘和小径交汇的位置。但是不幸的是，车轮的痕迹太模糊，无法用来确定车辆类型。

法兰奇对此进展感到十分满意，当他回到圣基尔达时，发现希普善克斯一队人也完成了工作，正在等他，想在离开之前谈谈。他们没有任何发现。

"我找到了些东西。"法兰奇说道，然后告诉警长他如何发现了第二个浅坑、羊毛和车轮痕迹。"你可以将此情况报告给警司，集中调查昨晚上路过的车辆。警司知道具体要查些什么。我过一会儿就回法纳姆。"

希普善克斯一行人走后，法兰奇又进了屋，还有一两个小问题要弄清楚。他找来朱莉娅。

"厄尔夫人，抱歉又来打扰你了。我想再收集一些信息，是和斯通女士有关的。你能大致告诉我她的主要人生经历和经济状况吗？"

朱莉娅把自己所知的情况都告诉了法兰奇：厄修拉、她自己和妹妹玛乔丽是学生时代的同学。厄修拉的父亲已经去世，是一名牧师。她存有一些钱，住在巴斯的巴斯韦克山上的一个小屋里。她还热衷于当地儿童医院的事务。

法兰奇把这些细节都记了下来，接着进行下一项任务。他又来到车库，仔细检查了车辆，思考它会不会是作案车辆。希普善克斯之前说过，他抵达圣基尔达后首先做的几件事中就包含检查车的散热器，它当时是冷的，时间为9点零几分。法兰奇又检查了散热器里的水是否被换过，他想知道散热器要多长时间才能冷却下来。

法兰奇不知道冷却时间要取决于多个因素：水量、水曾经有多热、晚上气温如何、加上车库的保温效果如何。它们都会叠加影响车辆的常量。法兰奇猜是3～4个小时，但他不确定这到底对不对。

3～4个小时意味着使用车辆的最晚时间为6点，这样的话到了9点就感觉不到散热器的温度。假设朱莉娅——可能还有玛乔丽——是犯人，她们可能在什么时间开过车呢？

露西下午3:30出了门，并证明厄修拉当时还活得好好的。谋杀的作案过程持续了多长时间呢？

法兰奇相信这对姐妹不会在露西刚走不久时行动，以防露西忘记拿东西，又回来取。假设她们等了半个小时，也就是在4点时作案。厄修拉的尸体能在5分钟内被藏到第一处的灌木丛里，然后两名犯人能在4:15回到房里。移动尸体的第二个阶段又是在何时进行的呢？

尸体在第一个灌木丛那里停留了一段时间，这点能根据草丛的状态得出。而且，如果事情并非如此的话，很难解释那片草为什么成了那副模样。假设尸体在草丛上放置了半个小时，之后尸体肯定被移动到第二个停放点，朱莉娅和（或）玛乔丽就能在坎皮恩一家5:15到来前回到圣基尔达。6:00，等坎皮恩一家走后，她们就能开车处理掉尸体。

法兰奇注意到，虽然假设中的时间比较紧，但是这个理论是可行的。不过，他对这个理论并不满意，理论的可能性似乎并不大。其实，法兰奇并不确定朱莉娅是否是犯人，也无法想象玛乔丽·劳斯和这项罪行有关。

他好奇这两位女士是否知道坎皮恩一家当天下午会来。如果是的话，就能一边行凶一边招待他们。这点看起来至关重要，法兰奇对两人都提出了这个问题，两人都否认了，理由也很让人信服。法兰奇在笔记上记下这点，打算看看坎皮恩一家的回答。

　　法兰奇保留了对劳斯姐妹的判断——有罪或无罪，决定当务之急是追踪移动尸体的车辆。他很快来到法纳姆吃午饭，同时思考怎样才能找出作案车辆。

第十四章

斯莱德的周日

法兰奇行驶在萨里风景秀丽的乡间小路上，思绪从劳斯姐妹身上转移至雷吉·斯莱德——他之前的怀疑对象。斯莱德可能与这第二起谜案有关吗?

当然，法兰奇得知厄修拉失踪后立刻就想到了斯莱德，不过这只是一般的怀疑，他当时还想到了朱莉娅和玛乔丽呢。但是现在他必须认真考虑斯莱德作案的可能性。

法兰奇不认为仅凭斯莱德一个人就能绑架或杀害厄修拉。一方面，法兰奇没能找出斯莱德进入书房的方式；另一方面，他也不相信斯莱德能说服厄修拉去书房见自己。不过，如果斯莱德和朱莉娅是共犯，刚刚提到的就不成问题。

假设斯莱德和朱莉娅策划好要谋杀厄修拉——目前先不管潜在动机为何。假设他们想出了一个计划：朱莉娅把厄修拉引导楼下的书房，在那里杀害她后，将她的尸体搬到预定位置，即第一处灌木丛——这些就是朱莉娅的工作。然后轮到斯莱德，他要把尸体从第一个灌木丛搬到第二个灌木丛，留下尸体，开来车子，将尸体搬上车，开往最终的抛尸地点。

乍看之下，这个理论囊括了已知事实，深入思考后却会发现事情并非如此。它不能解释灌木丛后和地毯上的足迹。

法兰奇对此冥思苦想，突然，他想出了一种可能的解释。这是两人共同作案，实际上动手的人可能是斯莱德，而非朱莉娅。在本案中，斯莱德会不会先藏在灌木丛后，等朱莉娅让他进去，之后朱莉娅再叫厄修拉到书房来呢？

对法兰奇而言，这个理论的可能性非常大，还能更好地解释为何在穿越树林时有过两次停顿：在把尸体从屋内搬走的过程中，斯莱德在发现藏匿处后就藏起了尸体，这样他就能回去看看朱莉娅是否还好，并确认没有痕迹被留下；然后，他就把尸体搬到第二个灌木丛并藏起来，再去取他的车。

法兰奇很高兴能有此进展，他的理论逐渐成形。不过还存在三处疑点，于是他又把注意力集中到它们身上。

第一个疑点是第二起谋杀的动机。为什么有人想杀害这位和善友好、毫无恶意的女士呢？厄修拉·斯通似乎是世界上最不会让人产生恐惧或恨意的人了。

但是等等，她是否真如法兰奇所想的那么毫无威胁呢？猛然之间，法兰奇意识到她其实可能极具威胁力，对那两个人而言是十分危险的人物，他们有充分的理由要将她置于死地。厄修拉会不会通过某种方式发现了厄尔失踪的真相？如果朱莉娅和斯莱德是杀害厄尔的真凶，那么厄修拉对他们而言就是一颗定时炸弹。如果这是真的，也难怪厄修拉丢了性命！

相比之下，第二个疑点并没有那么重要，即法兰奇之前已经判断这两人——朱莉娅与斯莱德——在厄尔一案中是清白的。不过法兰奇并没有把它当回事儿，因为当时他没有受到新线索的启发，甚至还可能想错了。

但是，第三个疑点就十分重要了。南基韦尔护士呢？如果厄尔被人谋害，这位护士又出了什么事呢？很难想象她也遭人杀害，因为没有这么做的动机。

法兰奇越是思考，就越觉得这个问题凸显了出来，还无法找出答案。难道这不意味着厄尔根本没被杀害，而是和护士一起私奔，即正如法兰奇最初所想的那样？法兰奇问自己，什么改变了对这点的看法呢？因为厄修拉·斯通有被人谋杀的可能性。真的是这样的吗？

仔细一想，法兰奇又觉得答案是否定的。如果厄修拉确实死了，那么她的死也许和厄尔或厄尔的失踪并无关联。本案的凶手也许故意让厄修拉看起来像是自愿消失，其目的正是误导大家认为本案和厄尔一案有关。

法兰奇又进一步思考，发现如果厄尔没被杀害，那么他能想到的谋杀厄修拉的唯一动机也不存在了。所以，厄尔到底有没有被人谋杀呢？

法兰奇不禁咒骂起来，这真是一个进退两难的处境：如果厄尔没被杀害，就不存在谋杀厄修拉的动机；如果厄尔确实被杀，就无法解释南基韦尔护士的遭遇。

法兰奇走进旅馆吃午饭。当他坐在烤牛排和绿色蔬菜前时，突然想到或许最好公告一下厄修拉的失踪。凶手显然不想让人觉得这是一起谋杀，给他一种诡计得逞的错觉也没什么坏处。

因此，法兰奇将公告所需的申请递交给了苏格兰场，然后又回到了"战场"。他来到阿尔塔多尔，要求见斯莱德。斯莱德在家，这次没让法兰奇久等，立刻就出现了，极其奉承地向法兰奇道了早安。

"斯莱德先生，抱歉又来麻烦你了。我这次来的目的和上次相同，斯通女士的案件和厄尔先生一案十分相似，所以必须走同样的调查流程。希望你能尽可能地配合我。"

斯莱德点点头，"督察，我明白。我会尽全力帮助你，但是可能也派不上什么用场。你知道的，我对这起事件毫不知情。"

"我并不期望能从你口中直接得到线索，"法兰奇镇定地说，"不过你也许能间接地帮到我。那天下午你去了圣基尔达，很可能就在斯通女士失踪前的那一小段时间里。虽然当时你没看到她，但也许看到了见过她的人，而我也许能从那些人口中得到线索。"

"我没见着什么人。如果我看见了肯定会马上告诉你，但是我谁都没遇到。"

"你是什么时候去圣基尔达的？"

"3点左右，我记不太清具体的时间，应该是3点左右。"

"很好，你离开那里之后做了些什么呢？"

"我去了彼得斯菲尔德，我来告诉你吧，"斯莱德十分急切地说，"达格尔和我的妹妹白天去阿伦德尔玩了，所以我是一个人吃的午饭。我讨厌独自一人，于是午饭后我开着宾利车去圣基尔达，想找厄尔夫人一起去兜兜风。这就是我过去的原因。"斯莱德一脸期待地顿了顿，但是法兰奇没有任何回应，于是他又继续道，"不过她拒绝了，所以我又不知做什么好了。后来我想可以去彼得斯菲尔德见见朋友，就上了路。我想见的那个人不在，但是遇到了几个认识的人，就一起喝了点东西什么的。很快我就厌倦了，于是回到这里了。我洗了洗脸，换了身衣服，去了高尔夫球俱乐部。我在那边的人缘还不错，找到几个人一起玩了会儿桥牌。我们一起吃了饭，又接着玩，直到俱乐部晚上11点关门。接着我回了家，上床睡觉。你就是想知道这些吗？"

"差不多就是这些，"法兰奇答道，"我觉得你刚才的陈述很好，但我还需要一些细节。首先……"——法兰奇又开始以他的方式仔细剖析这些证词。通过进一步阐释的陈述如下：

斯莱德于下午3点左右到达圣基尔达，于3:15分离开。他见到了给他开门的露西、在客厅的朱莉娅、玛乔丽和厄修拉。然后他开车去了彼得斯菲尔德，4点左右时和朋友会面。他在那里待了约一个小时，于5点左右离开。返程又花了约45分钟，他回家换衣服花了约15分钟，这样就到了下午6点左右。他换完衣服后立刻去了高尔夫球俱乐部，开车仅用了两三分钟。他把车停在俱乐部，最后回家时约为晚上11点。他还列出了可能见过他的人员名单。

这份陈述给法兰奇留下了深刻的印象。显然大部分内容都能得到证明，法兰奇不知道怎样才能捏造出这种陈述，不可能所有人都是斯莱德的帮凶。而且，如果这份陈述是真的，斯莱德看起来就是无辜的。

法兰奇要核查什么呢？首先是斯莱德抵达彼得斯菲尔德的时间。法兰奇大致知道两地间的距离，他能确定路途用时不比斯莱德所说得短。那么，如果斯莱德于4点左右抵达，就不可能在去彼得斯菲尔德之*前*实施犯罪。

再说，如果斯莱德的行程真如自己所说的那样，那么在他离开彼得斯菲尔德到启程前往俱乐部之间也没有处理尸体的时间。而且他也不会在晚上11点之后作案，因为可以预见人们应该正在调查中。

当然，有必要验证这些关键的时间点，法兰奇决定接下来就完成这项任务。第二天早上，他又来到阿尔塔多尔，要和用人谈谈。

和厄尔消失的那天一样，这周日只有厨师一个人值班。上次讯问时，法兰奇就对她的直率记忆深刻。现在，当法兰奇再次和她交谈时，对方还是给他留下了这个印象。

她告诉法兰奇，斯莱德周日下午就出门了，5:45才回来，大约15分钟后又出去了。他相信她说的话，又问她为什么把时间记得如此清楚。她解释道，她猜斯莱德会回来吃晚饭，6点就要开始准备做饭。因此，她一直在注意时间，知道斯莱德回来时具体是几点。当她听见斯莱德出门时又想到，如果他没有出去，现在正是自己开工的时候。厨师还说，在斯莱德换衣服的15分钟里，她看到宾利车一直停在门口。

接着，法兰奇又见了他的司机朋友和司机的妻子。司机无法回答法兰奇提出的一些问题，因为周日他、科洛内尔和达格尔夫人去了阿伦德尔。他们大概是中午出发，在那之前，三辆车都停在车库里。当他晚上 10:30 回来时，那辆小车还在，不过宾利车被开走了。斯莱德先生在 11 点左右开回了宾利车，然后司机把它停进了车库。

司机的妻子倒是提供了更多的信息。她一整天都在家里，而且肯定没有车辆在她不知道的情况下被开了出去。斯莱德先生来院子时大概是下午 3 点，并开走了宾利车。那辆小车根本没被启动过。宾利车被开回来的时间正如她丈夫所说——也就是晚上 11 点。

"这些是很有价值的信息，"法兰奇愉快地说道，"周日后你清洁过宾利车吗？"

司机看起来有点吃惊。他在周一清洁过那辆戴姆勒，还给它调整过刹车，但肯定没想到还要清洁宾利车。话又说回来，宾利车当时又不脏，他在周六就给车做过全面检查，没发现什么问题。

法兰奇意识到自己的问题有欠妥当，便附和说保养一辆戴姆勒就很费精力了，然后提出想看看宾利车。如果厄修拉身上的绿毛线能挂在树枝上，那也可能粘在车子的座垫上。

法兰奇没发现任何毛线。他十分细致地进行了检查，但没有发现任何线索能证明厄修拉曾在车里。他唯一注意到的是斯莱德肯定在泥地里走过，因为驾驶座前的踏垫上有黄色黏土的痕迹。

目前为止，法兰奇的所有发现都证实了斯莱德的陈述。不过，法兰奇并不满足于证实一部分的陈述，他必须把它们全部证实。高尔夫球俱乐部比较近，接下来他想去那里调查。

俱乐部位于汉普顿公地十字路口和希尔村之间的路上，是一片格局凌乱的低层房屋，有着软红色的砖墙和淡红色的屋瓦，房屋上层是木质结构，看起来十分老旧，似乎是由两三间小屋合并而成。入口处有一个U型车道，门前有一片空地，还有一个出口。房屋的一侧是停车场，这是一片碎石铺筑的区域，面向窗户和大路的一侧被树木遮蔽。私人车道之间是一小片草坪，还有花坛和灌木。与停车场相对的房屋的另一侧是第1洞发球台。

法兰奇到达时，秘书正好在办公室里，并立刻看到了他。法兰奇必须谨慎地向他提问，因为他想验证一个非犯罪嫌疑者的不在场证明。秘书摆出官方的烦琐程序，法兰奇恳请他通融通融。

说来也巧，斯莱德周日晚上来时正好被秘书看到。那晚，坎皮恩开车进来，秘书刚好在房前的阶梯上。坎皮恩进了会所，只待了几分钟时间，当他又出现时，秘书便和他聊了几句，聊着聊着，斯莱德也开着宾利车来了。斯莱德停好车，向会所走去，当经过两人时还问某几个会员在不在俱乐部里，说他是来打桥牌的。之后，坎皮恩就驱车离开，秘书也回家了。秘书到家时刚过6点，鉴于从俱乐部到他家走路只需七八分钟，斯莱德抵达俱乐部时肯定在6点左右。

虽然秘书个人只知道这么多，但是他还叫来服务员和侍者，帮了大忙。法兰奇从他们口中得到了决定性的证词：斯莱德在晚上11点关门前都待在俱乐部里。

现在只剩下彼得斯菲尔德的调查，下午法兰奇乘公交车前往该地。他在那里也得到了决定性的证据。法兰奇讯问了斯莱德拜访家庭中的两名成员，他们证实斯莱德的陈述均属实：斯莱德出现时几乎是4点整，而且待了正好一个小时。

在法兰奇看来，这些证词有力地证明了斯莱德的清白。当晚11点前，他没有任何机会行凶或处理尸体。法兰奇也不相信斯莱德会在11点后进行任何邪恶的勾当，因为他应该会预料到警方会出现在那附近。当然，除此之外，还有司机及其妻子证明当晚11点之后，所有车都停在车库里。

是的，斯莱德被排除了；而且，如果斯莱德被排除，法兰奇相信朱莉娅也能被排除；他从未怀疑过玛乔丽是凶手。这个调查方向肯定是错的，真相一定存在于其他截然不同的方向。会是什么方向呢？当有破案希望的线索逐渐减少时，这种可怕的困惑和焦虑逐渐爬上法兰奇的心头。

他叹了一口气。真该死！如果朱莉娅和斯莱德是清白的，凶手又是谁呢？法兰奇并不是谁都怀疑，不过肯定有人作了案。现在的问题是法兰奇的灵感已经枯竭了。他或许无法找到作案的证据，但至少要知道谁有嫌疑。

法兰奇寄希望于本地警方的调查结果，来到警局见希夫。不过，他们的结果能用一个词形容：一无所获。没有任何人——不论是步行还是驾车——在路上或圣基尔达的周围被看到，也没有发现任何与案件相关的信息。

法兰奇感到十分悲观，他回到旅馆，开始整理情况。

第十五章

橡木护墙板

经过一晚充足的睡眠，再加上一个阳光灿烂的清晨，法兰奇重新鼓起了斗志，变得乐观起来。在办案过程中遇到瓶颈对他来说不是新鲜事了，过去他曾经一次又一次地走到死胡同，不过这些困境总能——或至少在绝大多数情况下——被证明是暂时的。他总会找出解决方法，和以前一样。

另外，法兰奇在考虑今天的行程时发现自己昨天想错了。他其实并未遇到阻碍，死胡同也还未现身。厄修拉·斯通一案的进展不顺是事实，但不管幸运或不幸，厄修拉这个问题只是案件的一部分。法兰奇还得追踪和南基韦尔护士于周日6点——即她失踪的那一天——见面的人及其驾驶的车辆。他现在就能继续这项调查，如果幸运降临，也许就能解开所有的疑团。

法兰奇下楼后收到一封信，苏格兰场来信说他送去检验的样本有了结果。第一处灌木丛发现的血液是人血，书房地板上的沙子和那灌木丛后的沙子一致。这封信至少为法兰奇的案件提供了一些根据，又进一步增强了他的乐观精神。

不过，当法兰奇着眼于当前的问题时，这股乐观却逐渐消散。寻找和护士见面之人这个调查方向的希望终究不大。法兰奇已经试过了，并没有任何发现。鉴于那份电报和去斯泰恩斯的旅程，厄尔可能是和护士见面的人，但是没人能告诉法兰奇那段时间里厄尔在哪儿，或者圣基尔达的车辆是否被开出去过。因此，在没有证据进一步证明的情况下，厄尔仅是可能的人选。法兰奇也调查了朱莉娅、玛乔丽和厄修拉·斯通，满意地发现她们当时都在圣基尔达。

另外，根据坎皮恩的证词可知，当天下午6点时他可能在绕行路的桥附近，或许见过护士。但是法兰奇没有怀疑坎皮恩的理由。

法兰奇也觉得没理由怀疑斯莱德，不过也没确认过那段时间斯莱德在哪里，于是决定立刻去调查。

法兰奇再次动身前往阿尔塔多尔，去见他的司机朋友。司机还记得厄尔医生消失那天，即两周前周日的事吗？

司机和他的妻子都努力回忆那天的事，但是并没有帮到法兰奇的忙。两人都肯定那个周日下午6点时所有的车都在车库里。

这正是法兰奇预想的结果，他一直认为斯莱德没有杀害护士的理由。

法兰奇骑出阿尔塔多尔的大门，准备返回法纳姆，正巧看见了坎皮恩女士。她正沿着路慢慢地散步，向他示意停下来。

"我刚刚去了圣基尔达，"她说，"正在等公交车。你的调查进展如何？我不知道自己该不该问，但是这起事件太可怕了，我想了解点情况。"

"夫人，我能理解你的心情。"法兰奇同情地答道，"这对你肯定是一个打击。那位可怜的女士是你的朋友吧？"

"是我一生的挚友。我们小时候在巴斯就认识了，都是那里长大的。这件事让我毛骨悚然。斯通女士是世界上最善良、纯洁、毫无恶意的人了。她是个大好人，你知道吗？我不是在胡说。"

"我理解，坎皮恩女士，我对她的看法也一样。当然我不像你和她是老朋友，没什么评判的资格。"

"正是如此我才觉得恐怖。我怕她发生了什么意外，她从不会那样自己离开，从来没有过。督察，你是怎么想的？你还什么都没告诉我。”

“那是因我还没有任何发现，女士。我承认你刚刚说的那些我也想过，但是我没有任何证据。”

“证据？你不需要证据，她的性格特点就足以证明了。我很肯定她出了事，比如意外等。”

“很高兴能听到你的意见，”法兰奇说，“我猜你也不知道可能发生了什么事吧？”

坎皮恩女士一脸绝望，“毫无头绪。这个事件对我而言就是无解之谜。我*什么*都想不出来。”

“你知道她有任何敌人吗？”

坎皮恩女士震惊地看着他，“这就是你所担心的吗？”她低声说，“不会是*谋杀*吧！噢，可怜的厄修拉！这真是太骇人听闻了！”她惊慌失措了片刻，接着说：“老天爷啊，督察，但是谁会干出这种事呢？为什么会有人想害她呢？她从来没有伤害过任何人！”

法兰奇耸耸肩，“我知道这很难接受，坎皮恩女士，但是我觉得只有两种可能。要么她是自愿消失，要么不是。哪一种的可能性更大呢？”

爱丽丝·坎皮恩显然受到极大的打击，十分悲伤。“哪一种我都不愿意相信。”她说，“噢，如果有人要为此负责的话，如果有人——”她对自己的措辞犹豫不决，然后将它挤出牙缝——“如果有人杀害了她，我衷心希望你会抓到他。我不会想报复，但我会高兴地去看他被绞死。不过，我不认为会有人这么做。"

他们沉默地走了一段路程，坎皮恩女士又开口说："你认为这和那起事件有关吗？厄尔医生的失踪案？"

法兰奇显得有些不安，"说老实话，"他最后说，"我不知道。你是怎么想的，女士？"

"我不知道两起案件怎么才能联系起来，不过它们很相似，这点很奇怪。我哥哥提到过这点，我当时就说它们很相似，肯定有关联，但他说不一定，也许是第二起案子的凶手有意模仿了第一起。"

法兰奇点了点头，"我同意坎皮恩医生的观点。两个案件有可能相关，或者这只是第二起的作案者想让它看起来像是出自前起案件的犯人之手。坎皮恩女士，很感谢你愿意这样和我交谈。你的想法或许能对我有所帮助。此外，既然我们聊到了这里，你还能帮我一个忙，那就是尽可能详细地告诉我上周日发生了什么。你之前提供给我的陈述比较短，如果你不介意的话，可以再详细地给我讲一遍，我也许会从中受到启发。"

"我应该没什么能帮到你的信息，"她答道，"不过，我很乐意为你梳理一下。我们那天下午没干什么。午饭到下午茶这段时间里，哥哥、妹妹和我都在客厅里坐着读书和聊天。下午茶之后，我哥哥把车开了出来，然后我们去了圣基尔达。没什么异常情况，督察，这点我可以保证。厄尔夫人和劳斯女士和平时一样。我问斯通女士在哪儿，厄尔夫人说她在房间里躺着，然后想去叫她，但我不想打扰她。我们去那里拜访时没发生什么事，肯定没发生什么异常状况。我们在那里待了45分钟左右，然后就回去了。不，我说错了，我们并没有直接回家，而是开车去了高尔夫球俱乐部，我哥哥想和一名成员见见面，但也只花了一两分钟的时间。接着，我们开车回了家。之后我去准备晚饭，我的哥哥和妹妹在客厅坐着读书。厄尔夫人打来电话时我们正在吃晚饭。"

"你们立刻就过去了吗？"

"我们马上过去了，厄尔夫人告诉我们发生了什么。她看起来很焦虑，这当然是自然的。霍华德——我哥哥——建议立刻给警司打电话，不过后来同意让我们先到处找找，现在我们都知道自己当时的决定错了。我没有任何冒犯的意思，不过你也理解人们不喜欢报警，而且通常把它作为最后的手段。"

"这很正常，女士。"法兰奇平静地说。

"我们组织了一场搜寻，准确地说是我哥哥组织的。当发现搜寻毫无结果时，一致同意不能再耽误报警的时间了。我们给法纳姆警局打了电话，接下来的事我想你也知道了。"

"没错，"法兰奇同意道，"女士，很高兴能在这里见到你，也感谢告诉我你的想法。"

公交车来了，法兰奇目送坎皮恩女士上了车。她其实并没有提供什么新的信息，不过她坚信只有谋杀能解释厄修拉·斯通的消失，法兰奇认为这点很有意思。

目前为止，法兰奇已和当地警方完成了关于厄修拉·斯通消失案所有能想到的调查。他在考虑是否应该去巴斯查看一下这名失踪女性的房子。法兰奇不认为这趟旅行能有很大斩获，但觉得也不能将其忽略，最后还是决定去一趟。他给巴斯警方发送了一封电报，然后出发前往雷丁搭乘下午的快车。

仔细搜查后得到的结果和法兰奇预料得一样——毫无发现，只是感到完成了一项工作。第二晚，法兰奇回到了法纳姆。当晚，不论是晚饭期间还是饭后坐在客厅的时候，法兰奇都为这起案件陷入了严肃的深思，尤其如何确定自己第二天的安排。不过，法兰奇无论如何都想不出要将注意力集中于哪个调查方向，他思考的每个方向似乎都会无果而终。

最后，法兰奇筋疲力尽，开始觉得恶心，他拿起一本小说，这是他带着打算读完的书，但是至今为止进展缓慢。然而，他无法将注意力集中到故事上，思绪一次又一次地偏离，回到了案件上，于是他扔下书，任凭自己的思绪重新搜索其他的调查方向。

　　法兰奇漫无目的地回顾线索，开始想象当厄修拉·斯通被杀害时，圣基尔达的书房里发生了什么。书房里的这起事件还存在一两个疑问：首先，为什么选择书房？如果真是谋杀，为什么会发生在书房里？仅仅是因为能方便地从书房的位置进入树林吗？从另一个方面看，这是偶然的选择吗？如果是这样，厄修拉又是怎么出了房门、下楼来了这里呢？最让人困惑的是，如果朱莉娅、玛乔丽和斯莱德都没有参与谋杀，凶手到底是谁呢？

　　法兰奇坐着，一边抽烟，一边思考上述难题。他开始好奇地想，选择书房作案的原因是否正如他刚刚所想的那样，是否存在其他更深层、更重要的动机呢？他会不会忽略了一些线索？还是仅仅在胡思乱想、浪费时间呢？

　　他又想起那些粘有沙子的脚印。它们的主人是谁？没能从中获得更多线索，真是太让人失望了！就算只确定脚印属于男性或是女性，都会带来帮助，可惜脚印太模糊了。

　　等等，是这样的吗？那些脚印显示出了位置信息。这些位置至少有点用吧？

　　法兰奇回想起脚印的准确位置。脚印的主人显然从落地窗进入了书房，穿过房间，在哪里停下的呢？

　　目前能确定的是，脚印最后出现在壁炉左边的角落里。在那里停下有什么特殊原因吗？还是纯属偶然？法兰奇回忆了一下书房的陈设，那附近没有家具，墙上也没有东西。不速之客为什么要去那里呢？

纯属巧合吧，法兰奇想，但这样又不能让他满意。如果那里有桌子或书架，就更容易解释，不过那里什么都没有。

法兰奇不耐烦地将这个案子赶出头脑，又读起小说来。不过他的眼睛和书页之间似乎总隔着一张虚幻的书房平面图。随着一句低声的咒骂，法兰奇把书扔开，任思绪徜徉。

他回忆起来，其实当时自己是有些惊讶的，因为书房的墙面嵌有昂贵的橡木板。当时他就注意到了这点，现在也是，这种精致的装饰和房屋的其他部分相比显得有些不协调。其实书房的装修费肯定比房屋其余部分装修费的总额还贵，有什么原因呢？

护墙板行业历史悠久，但这显然不适用于今天。不论事实究竟如何，法兰奇还是无法停止思考。

既然无事可做，法兰奇便决定再去一趟圣基尔达——他不禁怀疑自己是不是一个傻子——好好检查一下护墙板。当他做出这个决定后，潜意识中的自己似乎很满意，有关案件的想法立刻从脑海中消失，终于可以毫不费力地专注于读书了。

　　第二天早晨，法兰奇早早来到圣基尔达。他来到书房，锁上房门，开始思考问题。他精确地测量过脚印的位置，于是用书本代替它们并放到相应位置。是的，他想得不错。脚印在墙附近，不过那里没有家具，墙上也没有画，只有护墙板。

　　法兰奇来到房间的另一侧，开始检查这些护墙板。护墙板的质量不错，接缝处做工精细、连接紧密。法兰奇拿出放大镜，缓慢地沿着这些接缝进行检查。

　　大部分接缝处的两块木板是贴合的，没有贴合的接缝则积满了灰尘。显而易见，它们自从被制作出来后没再移动过。

　　突然，法兰奇兴奋得一哆嗦。这儿，就在脚印的对面，有一道完全干净的缝隙。它非常窄，宽度不超过0.4毫米，但是十分干净。

　　法兰奇沿着这条缝检查，越加兴奋起来。一块长约45厘米、宽约30厘米的护墙板周围的缝隙都是干净的！

　　法兰奇立刻就想放开手脚对它来一番压、拉、推、挤、转，不过他控制住了自己。在触碰任何物品之前，他拿出粉末装置，把粉洒在护墙板的一大片区域上以提取指纹。

　　他的先见之明取得了成果，护墙板的特定部分上出现了指纹。不过当法兰奇检查这些指纹时，又有了更有趣的发现。

　　这些指纹没有一个是完整的：有的是半截、有的只有四分之一、有的还呈条状——圆形或椭圆形的指纹被擦掉了。法兰奇不费吹灰之力就想到了原因：手套！有人曾戴着手套在护墙板上试探！

　　把这些剩下的指纹拍下来已经没什么作用，但是法兰奇没有抱任何侥幸心理，把所有的指纹都记录了下来。接着，他便投入了机关的破解。然后法兰奇想起要打开暗藏玄机的护墙板，很多情况下要同时施力于护墙板本身和至少一米远处的另一点才行。因此，他又用放大镜寻找墙面其他地方的干净缝隙。

　　最终法兰奇找到橡木壁炉台上的一个装饰品，它周围的缝隙都很干净，他立刻开始了新一轮的推压拧转。

　　接着一阵喜悦袭来，这个装饰品动了。此外，施加于护墙板上的压力也有了效果，它先往后，再往旁边移动，露出一个嵌在砖墙内的小金属保险箱！

　　法兰奇觉得终于找到了实物线索！凶手就是冲着它来的！厄修拉很可能就是看到凶手的这般操作，才搭上了自己的性命。

　　保险箱上了锁，不过法兰奇记得在厄尔的书桌里见过几把钥匙。他把那些钥匙拿出来挨个试，它们却都无法插进钥匙孔。

　　法兰奇好奇朱莉娅是否知道这个保险箱的存在。没有搜查令他不敢贸然把它撬开，可是朱莉娅也许会允许他这么做，于是他来到门厅叫来了朱莉娅。

她看到保险箱时的那种惊诧明显是真实反应，也断然否认曾经见过或听说过这个保险箱。

"他的书！"朱莉娅惊呼道，"你问过我他把书放在了哪儿，而我并不知道。他总是对这本书遮遮掩掩的，他只说过内容和某个医学主题有关，除此之外，守口如瓶。你当然能打开它，你要是不动手，我自己都会动手。"

"厄尔夫人，保险箱是什么时候放进去的呢？"法兰奇问道。

"肯定在我们买下这座房子和实际入住之间，"朱莉娅回答，"反正这个房间的护墙板当时已经完成了。我还记得自己当时对此事并不是很高兴，因为这看起来就是浪费了一大笔钱。如果所有的起居室也是这样装修的话，那我无话可说，但只有书房是这样！厄尔医生说这是因为这个房间受潮了，对此我从来没有怀疑过。不过，我现在记起来了，在这间屋子装修之前，我就没见它受过潮。"

朱莉娅离开后，法兰奇打电话给苏格兰场，让他们派来几个专家来打开保险箱。然后他回到书房，决心在看到里面的东西之前绝不离开一步。

在等待的期间，法兰奇又用粉末进行了检测：还是一样的结果。显然上一个打开保险箱的人戴了手套。

　　苏格兰场派来了最精锐的人手，1个小时55分后来了一辆车，下来了两名干练的警官，还带着全套装备。经过短暂的检查后，他们了解到不能用蛮力开锁，便开始用高温火枪喷射金属板。现在，坚硬的金属已经融化，很快一块圆形的小金属板被取了出来。接着是一段等待的时间，要让保险箱冷却到可以触摸的程度。最后，专家们从洞口分离了锁头，保险箱门被打开。法兰奇迫不及待地朝里面看去。

　　朱莉娅·厄尔说得不错！书就在里面！里面有几十页或许上百页的4开纸，上面有厄尔潦草的笔迹。只有这些，其他什么都没有！

　　法兰奇翻看了一下，没错，就是与医学相关的内容，他快速扫了一眼：通过杆菌培养以制造疾病。

　　他愤怒地骂了一句，因为他很少会感到如此失望。经过一系列的推理和调查——他对自己的表现感到十分骄傲——终于发现了这个保险箱，照理来说，里面应该有十分有价值的线索。而他实际得到了什么呢？什么都没有！

　　而且还不如没有呢！它还排除了一种犯罪可能和一名犯罪嫌疑人！法兰奇从未真正怀疑坎皮恩偷了这本书，现在却有证据证明他不可能做过此事。又白白浪费了时间！

　　法兰奇下意识地继续调查，检测保险箱内部是否有指纹：还是毫无结果。不论触碰的是内侧还是外侧，犯人都戴了手套。法兰奇坐在厄尔的书桌前，任思绪漫游。

在整个事件中，有的地方他根本无法理解。设置一个秘密的保险箱并不寻常。它是用来做什么的？装上它的原因不可能来自最近发生的事情。护墙板显然是用来掩饰它的存在，6 年前，在厄尔搬进来之前就有了这个保险箱。那么，厄尔的消失和这个存在已久的秘密有关吗？

或者，这个保险箱仅是用来存放书本原稿的？法兰奇觉得不太可能，因为普通的保险箱就足够了，这本书又不是什么秘密，大家都知道厄尔在写书。厄尔的人生中还有其他值得怀疑的地方吗？情况似乎正是如此。

得到朱莉娅的允许后，法兰奇把原稿带走后交给了一位医生，他有时会参与苏格兰场的调查，也是法兰奇的好友之一。法兰奇觉得原稿并不重要，但最好还是要确认它与本案无关。

把保险箱存在的理由放到一边，它的存在确实理清了厄修拉案的一些细节。可以看出，厄修拉因为某事起了疑心，于是下了楼，正好目睹了盗贼的行窃。小偷出于自我防卫杀害了厄修拉——从该行为的法律后果来看，这确实属于防卫行为。如果真是这样，他为什么没带走书呢？

随后法兰奇发现自己犯糊涂了。为什么要限定保险箱里的物品只有这本书呢？保险箱又没被书塞满。对小偷来说，里面是否有其他更为重要的东西呢？

法兰奇立刻想到了之前的想法。是不是能证明小偷谋杀了厄尔的证据呢？很可能是。它也许还能证明他杀害了南基韦尔护士。现在法兰奇陷入了困惑，不知道要如何处理这个问题。这个事件太让人恼火了。

然后，另外一个想法出现在他的脑中。保险箱剩余的空间里装的会不会不是凶手的证据，而是钱呢？这会不会就是法兰奇一直寻找的、第二个银行账户里的钱呢？谋杀会不会只是法兰奇的推测，厄尔其实没被杀害呢？厄尔会不会拿走了这一大笔钱或有价证券，和海伦·南基韦尔远走高飞了呢？有任何证据证明厄尔已经死了吗？没有。这是法兰奇假设的，部分原因是厄修拉也被谋杀了，但主要原因是厄尔身上没有钱。假设厄尔确实*带了*钱，那么会出现什么问题呢？

有任何证据证明海伦·南基韦尔已经死了吗？没有。有任何杀害她的动机吗？没有。法兰奇为什么认为南基韦尔已经死了？就是因为他不得不假设厄尔已经死了。现在，这个假设还合理吗？

法兰奇不禁咒骂起来。这个保险箱的出现不但没能帮助破案，反而让案件变得更扑朔迷离了！所有理论的基础都在崩塌，法兰奇已经不知道厄尔身上到底发生了什么，一切都回到了起点。而且，如果有关钱的想法是正确的，小偷的目标又是什么呢？厄修拉又为什么被杀了呢？该死！厄修拉真的死了吗？基于所有的证据，她可能只是在书房里被打晕，然后被绑架了，她可能根本没死。

法兰奇既恼怒又失望，沮丧地骑车返回了法纳姆。

第十六章

法兰奇的实验

法兰奇郁闷了一整晚，也思考了一整晚。应该怎么走下一步？他绞尽了脑汁，还是没能想出尚未探索过的新思路。

他夜不能寐，在房间里坐着抽烟，打开煤气暖炉，虚无地盯着某处，沉思那个永恒的问题：真相是什么？

法兰奇漫无目的地想，好奇下面哪种说法更让人生气：是精疲力竭地进行无止境的小调查，但都毫无发现？还是根本不知从何下手调查？不论描述的是哪种情况，他都经常遇到。"呃！"他气愤地咕哝道，"谁还愿意当侦探啊？"

接着，法兰奇开始第1000次仔细梳理案件已知的事实。他没有漏掉任何信息吗？所有的调查方向都研究过了吗？已经——他冲着这个浮夸的陈词滥调古怪地笑了笑——做到"千方百计，不遗余力"了吗？

　　他机械性地拿出笔记本，比之前任何一次都更加认真和有条理地回顾了所有的情况。

　　这起案子让法兰奇心烦意乱，夜晚降临又消退，他却仍然坐在扶手椅里，一页页地翻看着笔记本，他的身体纹丝不动，每读一条笔记就从各个角度进行分析，然后读下一条……但是他没有得到任何线索。

　　法兰奇反复告诉自己，今晚必须到此结束了，但大脑却在不停地运转，让他无法入眠。他肯定漏掉什么了，对吗？整个事件必然有一个完整且令人满意的解释。大家都是人，犯人想出的东西，法兰奇肯定也能想出来。他最近是怎么了？

　　法兰奇坐到椅子上；在房间里踱步；扑到床上；又在房间里踱步；坐到椅子上，身体前倾；坐到椅子上，倚着靠背。改变自己的姿势并没有给他帮助，他还是没有新的想法。

　　已经过了凌晨1点，他真的必须睡觉了。案件带来的焦虑让他心烦意乱，也毫无作用。

　　法兰奇最后一次填满烟斗，突然，他的动作停了下来，一动不动，仿佛某个想法吸引了注意力，然后他的双眼慢慢变得激动起来。说到底，他会不会就是遗漏了某个信息，而且是关键的信息呢？

法兰奇放下烟斗，轻声吹起口哨来。斯莱德车里的黏土！这不就是他要的线索吗？这不就是还未经调查且最重要的线索吗？难道他变得比平时笨了？那些黏土是从哪里来的？

他准确地回忆出当时的情形：驾驶座前的脚垫上有黄色黏土的痕迹，显然是从司机的鞋底印上去的。这是从哪儿来的呢？

法兰奇分析了一下这片乡村里自己知道的土壤种类。这里有大片的沙地——黑色、白色和黄色的沙子；豕背的山脊上有白垩土层，呈白色，含一定油脂；有淡棕色的沃土；还有一种泥炭土。但是黄色的黏土就……就只有一处地方，法兰奇用尽全力回忆了起来——那条绕行路！当沿着康普顿路向波尔派罗走去时，他看了一眼位于豕背附近的施工地，见过黄色的黏土被装进承包商的小货车里。绕行路上的黄色黏土！斯莱德车里的黄色黏土！它们之间有什么联系吗？

一时之间，法兰奇欣喜万分，但很快冷静了下来。这些脚印的出现当然能有合理的原因：斯莱德也许认识某个工程师，或者只是去工地附近转转，满足一下自己的好奇心——事实也许就是这样。不过法兰奇不认为斯莱德会对这种单调乏味的路面工程感兴趣。

法兰奇决定就算最后一无所获也不能感到失望。没有更好的选项的话，他就再去看看绕行路那边的泥土。反正如果没有任何发现，去看看也没什么坏处。

第二天早晨，法兰奇的热情进一步衰退，直到所剩无几。但他还是搭乘公交车来到豕背，在绕行路的桥边下了车，开始朝康普顿的方向步行。和上次一样，他不时地望向右侧，查看在建的道路。黄色黏土就是来自这里。豕背山顶下，道路的开凿已经打通了白垩土层，不过山脊的南侧已经看不见白垩了，取而代之的是离地面至少3.6米深的黄色黏土。一台挖掘机把这些黏土装进货车车厢，然后它们沿着一条窄窄的铁轨移动，最后被倒在低洼处。

法兰奇对此很感兴趣，一直沿路堑前进，想再看看这些黏土被倒在了什么地方。他到了那个地方，和刚才那里相距并不远。正如他之前注意到的那样，这里的施工方式和惠特尼斯扩建时使用的十分相似。人们在低洼处堆起了一道路堤，约4.5米高。新路的中央先堆起了一道高度适当的狭长土堆，目前还不是很明显，人们正将泥土侧卸于两边以加宽这条土堆。没错，黄色黏土就是被运送到了这里。

法兰奇在路堤上来来回回，先看了看这一侧，又看了看那一侧：在朝向豕背的右侧，绕行路紧邻大路，两者之间隔着一排灌木；在左侧，路堤穿过了一片零星散落着灌木丛和小树的区域，远处的原野上有几座孤零零的房子。

法兰奇在附近转了一个小时，观测着各式房屋和灌木丛的方位。最后，他走到一群工人的工头面前，问总工程师在哪里。

"周一早上他会过来，"对方答道，"你到10点左右来，就能见到他。"

这正合了法兰奇的意。今天是周六，给周一早上安排了行程就意味着他在整个周末都是自由的。

法兰奇又走回豕背，坐上下一班公交车返回了法纳姆。他去那里见了希夫，道明来意，为自己的计划赢得了当地警方的必要支持。午饭过后，他坐火车回到镇上。这个周末转眼间就过去了，周一早上10点，他又找到了那位工头。

"他就在那儿，"他一见法兰奇就这么说，同时朝工地不远处的几个人指了指。"就是那个穿着灰大衣的大块头。"

工程师的身边有3个人，其中一名显然是一个小队的工头，剩下的两名年轻人穿着防水服和大靴子，腋下夹着计划书。法兰奇等他们讨论完公事，在他们正要离开时走上前去。

"先生，我想和你聊两句。"他一边说，一边递过自己的证件。

那位工程师读着读着就笑了，"你是想进行国际交流吧，"他说，"我叫英格利希①，这位是我的助手威尔希②。可惜这位先生叫布拉德伯里，而不是斯科特③。"

"真是可惜，"法兰奇④回答，"苏格兰场有一位督察叫杰曼⑤，我和他经常被别人捉弄。他们叫我们'外国人'，还假装我们不懂英语，但我们确实常常搞不懂。"法兰奇也笑了。

"是啊，我敢说你在工作中更经常遇到这种情况。你说你想见我？"

"没错，先生，我有两件事想问问你。我应该先解释一下来这里的原因，我来调查汉普顿公地的厄尔医生和斯通女士的失踪案。"

英格利希立刻有了兴趣，他仔细读过相关的报道，报纸上的信息他都知道，似乎还有自己的见解。

"他和那位护士私奔了吧，"英格利希说，还会意地使了个眼色。"你怎么看，督察？说出来会违背你信奉的宗教吗？"

法兰奇笑了笑，"我很愿意和任何人讨论任何案件，"他说，"我总有机会获得新想法。"

---

① 即 English，该单词也指英格兰人。
② 即 Welsh，该单词也指威尔士人。
③ 即 Scott，该单词的英文读音和 Scot（苏格兰人）相同。
④ 即 French，该单词也指法国人。
⑤ 即 German，该单词也指德国人。

"我刚刚就给了你一个想法。"

"确实。"法兰奇承认，"不过这恐怕不是'新'想法了，它已经被讨论过几百次了。"

英格利希哈哈笑道，"如果我不能给你新想法，怎么才能帮助你呢？"

"正如我刚刚所说的，你能帮我两个忙。第一，我想知道你、你的任何助手或工人是否认识一个叫斯莱德的男人，他住在汉普顿公地。换句话说，你们是否在工地上见过这个人？"

"从未听说过这个人，"英格利希答道，然后从口袋里掏出一个哨子，吹出尖利的响声。正在慢慢远离的威尔希和布拉德伯里转过身，然后朝这边走来。

见他们走近后，英格利希问道，"你们有谁认识一个叫斯莱德的男人吗？"

两人都不认识他。据他们所知，从来没有一个叫斯莱德的人来过工地。

"我只关心这一个片区，"法兰奇解释道，"如果你们手下有谁在这边工作，能请你们去问问吗？"

详细的调查显示，至少在工地的工作时间内，斯莱德从未来过这里。

"我也预料到了会是这个结果，"法兰奇接着说，"这就引出了我的第二个问题，恐怕也是更麻烦的问题。我稍后会解释，在那之前，我得告诉你们我将要所说的内容是机密信息，你们必须保密。如果我的怀疑被泄露了出去，后果可能很严重。"

这个开场白并不是想浇灭几位工程师的兴趣，三人也应要求做了承诺。

"我想，"法兰奇说，"让某个位置的路堤底部露出来。"接着解释了他的想法，"这也许要花些钱，但我代表萨里警方承诺会给予你们补偿。"

兴致勃勃的三人变得激动万分。

"很遗憾，"英格利希说，"我不能亲眼看见这一切，但是布拉德伯里会在这里满足你的要求。我们最好再谈谈细节问题。"

"当然了，请你们跟我到这条路堤的底部，我来解释具体怎么做。"

当晚下着雨，泥泞的黏土浑浊不清。他们费劲地爬下土堆的陡坡，来到了底部，法兰奇继续刚刚的解释。

"你们知道，这只是一项实验，我的整个想法也许是错的，但是既然有成功的可能，就不能忽略这次机会。"

工程师们咧嘴笑了，他们完全理解法兰奇的观点，而且从他们钦佩的表情看来，还不仅限于理解。

来到远离大路那一侧的工地地面，法兰奇带他们去到挑选好的地点。

"这里,"他说,"是整条路堤中唯一无法被附近的房屋看到的部分。正如你们所见的那样,这段路堤约有30米。看不见它是因为被那些灌木丛所遮蔽;当然了,从大路看过来时,路堤本身就挡住了视线。"

"没错,确实如此。"英格利希认同道,"所以你想让这里的底部露出来吗?"

"是的,先生。但不是前端路堤现在所处的位置,而是它在上周日所处的位置。"

"好,我明白了,我们会尽力而为的。现在,"英格利希转而面向他的助手们,"布拉德伯里,你之前按规定测量过这里,对吧?那是什么时候?"

"我们都测量过,"布拉德伯里答道,"我测量了高度,威尔希测了长度和宽度,那是上周五的事。"

"督察,这就交给我们吧,"英格利希称,"上周五测量了横截面的尺寸,周五和周日之间的数据不会差太多。"他转身对助手们说,"你去标出上周五底部所在的位置,周日所在的位置应该在那附近,明白了吗?"

他们都明白了任务内容,准备立刻着手。

"挖回那里去,泥土就倒到前面的田野里。你们得挖出一定的宽度,不是吗?"

"对,6米左右。"

"没错。你们的工作量都会得到补偿,就按督察的吩咐做，别忘了找他要钱。他会买单的，所以要花多长时间都不重要。对吧，督察？"

"正是如此，先生。不过，恐怕整个30米长的区间都要被清除掉。"

"只要你补偿我们的损失，这些都没问题。在我们开始之前，你得给我一张字据。我不是在怀疑你，做生意就是这样。布拉德伯里，如果我不在这里，你要拿到正式的支付承诺书后才能开始工作。而且，如果上面提到了最高的支付金额，你要切记不能超支。还要提醒工人分配好两项工作的时间，要在我回来之前看到15号桥，我们的工程不能落后太多。督察，你要说的都说完了吗？"

"是的，谢谢你，先生。布拉德伯里先生，我要去哪儿才能找到你呢？"

"我在前面800多米远的地方有一间办公室，如果我不在的话，就给我留一张便条。"

法兰奇去希夫那里获得了支付此实验费用的承诺书，回到工地，找到工程师办公室所在的工棚。在此过程中，法兰奇再次想起在惠特尼斯扩建案中的经历。除了大小和内部陈设，这类工程师的工棚都差不多。由于惠特尼斯扩建工程比这条绕行路大多了，布拉格、凯里和洛厄尔的工棚自然比布拉德伯里和威尔希的更大。不过，两者的氛围相同，这两个年轻人也和阿什与波尔是一类人。

　　法兰奇进去时，布拉德伯里就在工棚里。"这是英格利希先生想要的字据。"法兰奇说，递过承诺书。

　　布拉德伯里扫视了一遍内容，"好的，督察。你想让我们何时开始呢？我们随便什么时候都可以。"

　　法兰奇没有直接回答这个问题，"给我说说，"他侧着头问道，"你觉得可以秘密地完成这项工作吗？如果我的猜想是错的，倒没什么问题；但如果它是对的，就最好别让人知道这项工程。布拉德伯里先生，我想你也能理解：最好不要打草惊蛇。"

　　布拉德伯里显然非常激动，调查谋杀案的苏格兰场警官又向他透露了一个秘密，他的回应也如对方期望的那样。他说会设法帮助督察，并尽可能低调地进行这项工作。

　　"如果你的手下在附近观察进展的话，我们可能就无法隐秘行事了。"布拉德伯里说，"如果犯人在这里，这件事就会被发现。但我们应该能防止工人们起疑心，我会告诉他们一卷重要的计划书被忘在了那里，结果被土埋了起来，因此必须找到它。不过如果找到了你想要的东西，我们的麻烦也大了。"

　　"布拉德伯里先生，我也考虑过这点，"法兰奇缓缓说道，"我其实倾向于让警方在晚上进行挖掘。"

　　布拉德伯里面露失望之色，"他们能行吗？"他提出疑问，"这种土很沉，如果你不习惯这种工作的话，要把它铲起来可不是开玩笑。"

"我就是在纠结这一点，"法兰奇承认，"我想让工人们来干活儿，但又不想让他们发现任何东西。你瞧，你们能清理到路堤前端周日所在的地方，然后把剩下的工作交给我们吗？"

这名年轻人又表现出失落，法兰奇知道问题出在哪里了。"当然了，"他又说道，"如果你能亲自指导一下警方的话，我是十分乐意的，我只是不想把发现的东西泄露出去。"

布拉德伯里的失落一扫而空，他只是想参与调查。因此，他立刻表示同意，要把最近倾倒的黏土挖走，直到恢复土坡在上周日的模样。接下来他要准备一些灯，以备晚上使用，然后和法兰奇见面，听从他的指示。

"麻烦你了，"法兰奇说，"你觉得我们何时可以开工呢？"

"我觉得今晚就行，现在就去找一些工人。如果你想留在这里看我们开工，那就看过来。"他充满了热情，转身走向工棚的角落，指着一套又脏又旧、粘满泥浆和油渍的防水服，"把它和那边的紧身裤穿上，再夹着那份计划书，他们会把你当作工程师的。这样更好，除开那顶漂亮的帽子，你看起来没什么问题。"

他们走出工棚，沿着工地前行，双脚沉重地踏进黏稠的泥地，就像法兰奇当时和克利福德·帕里一起在惠特尼斯走过的那样。布拉德伯里和帕里一样，叫来一名工人，给了他一些指示。

"贝茨，把你手下的人带到188号桩，我们得运走一些土。一些计划书不见了，就算挖遍整个萨里也要找到。当时计划书被放在了土坡上，被后来倾倒的土埋起来了。你们就从这里开始往回挖。"

这些工人没有丝毫怀疑，沿着这条30多米宽的路堤开始了工作，手脚麻利地将土铲到田野里，并在布拉德伯里的指示下大致修整出坡形，即它在上周日的形状。法兰奇暂时离开了现场，去安排晚上的调查。他把借来的行头放到工棚里，然后返回了法纳姆。

希夫不太愿意把他的警员变成修路工人，但也没强烈反对。于是，一个12人的小队被召集起来，要求他们晚上11点集合。法兰奇安排好了必需的食物和交通，随后回到旅馆吃晚饭并休息。

第十七章

动　工

当晚，3辆车开出了法纳姆警局，沿豕背行驶。领路的那辆车里坐着法兰奇，他旁边是希普善克斯警长，剩下的座位上坐满了警员。每辆车之间隔着一定距离。

法兰奇十分紧张，已经顾不了别的事了。他冒了一个很大的险，还赌上了自己的声誉。他们即将进行的工作要花费金钱，而且如果最后毫无结果，他就要承担后果——不是受人谴责，而是沦为笑柄，失去威信。

法兰奇又在脑中把得出此结论的分析梳理了一遍，感到了些许心安。不论这个结论是否正确，他都相信当前的行动是有道理的。成功的概率已经足够让他做出这般努力了。

首先，法兰奇怀疑斯莱德是凶手，可能是单独作案，也可能和朱莉娅·厄尔共同作案。斯莱德有必需的动机，而且在法兰奇现在看来，他也有罪犯的特征。法兰奇想先不考虑他是否有作案机会：假设他有。那么就基本能肯定厄修拉·斯通在周日下午被人杀害，而且尸体被车运走了。不过，最大的难点在于：尸体可能被运到哪儿了呢？会被藏到哪儿了呢？连警方认真仔细的搜查都没能找到。法兰奇突然灵光一闪，想到一个最完美的藏匿点。如果能把尸体埋到这条绕行路刚倒出的土里，就能永远把它藏起来。土堆的表面本来就凹凸不平，将尸体埋藏其中的痕迹根本看不出来。第二天这块"墓地"又会被新倾倒的泥土掩埋，等路修好后，尸体就会被埋在五六米深的泥土之下。这个完美的藏匿点并非整片区域中唯一的一个，但它很近——离厄尔家的房子只有8公里左右——而且很隐蔽，行人一般不会过来，住在附近的人也被遮挡了视线。

理论就是这些，法兰奇还觉得挺有道理，不过本案还有理论之外的考虑。斯莱德汽车里有泥土的痕迹，它和倾倒在完美藏匿点的黄色黏土相同。根据目前所知的信息看，这是整片地区中唯一的黄色黏土。此外，据法兰奇所知，斯莱德没有任何合理的理由到这条绕行路来。

这些似乎极有说服力，但是法兰奇没忘记斯莱德的不在场证明。他无疑对此进行了十分全面的检验，结果发现它毫无破绽。不过，不在场证明向来就不可全信。就算存在不在场证明，法兰奇也认为不能因此放弃这次实验，不过他对此感到忧心忡忡。

　　对他们的工作来说，这是一个完美的夜晚，至少从某方面看是如此。周围漆黑一片，刺骨的东南风吹来细雨，人们一般不会出门，所以不太可能会有人发现他们的动静。但从另一个方面看，在场的各位也不会好受。到处都很潮湿，尤其是黏糊糊的泥土，很难进行工作。

　　3辆车在最近的地方放下车中的乘客，继续沿路行进了1.6公里左右，这样就不会引来好奇人士了。法兰奇想照亮康普顿一侧的路堤，于是带着几个人在黑暗中前进，来到一片无人涉足的荒地。他们走到路堤边，跌跌撞撞地爬到顶端，又滑下土坡来到另一侧。布拉德伯里就站在下面，身边放着12个防风灯。

　　法兰奇感觉到一部分路堤已经被挖走，多余的泥土被堆到前面的田野中。空地上放着一小堆铲子和铁锹。

　　"布拉德伯里先生，你已经准备好了吗？"法兰奇向早上认识的朋友打招呼，"好！"他转身对希普善克斯说，"警长，你能让大家开始干活儿吗？早点开始，就能早点结束。"

　　当警员们开始工作后，布拉德伯里解释道，"我本想给你带几盏乙炔灯来，但它们太亮了，能照亮整个乡村。我觉得你也想低调行事，即便进度慢一点。"

　　"没错。"法兰奇赞同道，指出布拉德伯里考虑得十分周全。

布拉德伯里拿出烟斗和烟袋，身体前倾，用后背挡住雨，填起烟丝来。

"督察，我猜你们平时没做过这种活儿吧？"布拉德伯里又说，"这就像让我去找出载过某位乘客的出租车司机一样，对吗？"

法兰奇也打算抽支烟。

"其实和你想得不太一样。说来也奇怪，我上次调查的大案子也和这类工程有关，规模比这个更大。"

布拉德伯里看起来好像在怀疑还有比这个规模更大的工程，"那是在哪儿呢？"他嘟哝道。

"红教堂-惠特尼斯铁路的扩建。"

"噢，没错，我听说过。你是说你也调查过那个案件吗？你是否遇到过一个叫波尔的小伙子？"

"我见过他很多次，我和波尔先生的关系还不错。"

"我们是大学同学。波尔是个好小伙儿。"

"他们那群人都很好。"法兰奇说。

"或许，除了——？"

"或许，除了谁谁谁。布拉德伯里先生，凡事都有例外。"

"我想也是。我想知道他们是怎么工作的，你给我讲讲吧。"

　　法兰奇尽最大的努力描述了，虽然有的地方他也不懂，但是这名兴致勃勃的年轻人似乎全都听明白了。"这确实是一份很有趣的工作，"法兰奇接着说，"你该去找波尔先生，让他带你参观。你一定会很喜欢。"

　　他们一直在聊天，直到布拉德伯里说："我有点冷了，也来活动活动。"他捡起一把铁锹，开始用力插进土里。

　　法兰奇也轻手轻脚地拿起一把铲子，也挖了起来。这项工作比他预计得更难，黏土的状态很不好。一开始，铲子就很难插进去，之后也无法把泥土抛出去，它就粘在铲子上，要人把铲子挪到堆放废土的地方，再把泥土刮下来，而地面到处都很滑，简直一团糟。大家都尽了全力，但是进展很慢，有一两次法兰奇都后悔应该让修路工人而非警方来做这份工作。法兰奇干了一会儿就不行了，很快就把位置交给一名身材魁梧的警员，自己退到后面喘喘气。

　　这是一个稍显怪异的景象。一条若隐若现的土堤从漆黑的四周中显露出来，四处移动的人影在微弱的灯光中呈现出各种扭曲且不自然的姿势，这些奇形怪状的影子如醉汉乱舞一般，暴雨哗哗地下，风儿发出忧郁的沙沙声。这让法兰奇想起了过去的一段经历，斯达沃山谷的惨案，几年前在约克郡的瑟斯拜，当时他站在重新被打开的坟墓前，看着马卡姆·贾尔斯的棺木被挖了出来，然后证实了自己的推测。这次会不会也是这样呢？

法兰奇走来走去，陷入思索。这条30米长的区间已经向内推进了60多厘米，没有任何异常出现。不过，几十厘米还远远不够，他确实有些心急了。

法兰奇看了看手表，凌晨2:30了。大家已经工作了3个小时，该休息一下，吃点食物了。

半个小时后，工作继续。法兰奇重新布置了一下人手，让大家集中在路堤中间。因为他想到，犯人如果真把尸体藏在了这儿，那么最有可能选择中间或最隐蔽的位置。

接近4:00，风变小了，弥漫的雾气转为持续不断的大雨。人人都精疲力竭，全身湿透，也不禁心生怀疑，法兰奇也变得消沉起来。每经过一分一秒，他成功的可能性都越来越低。他们当下所处的是这样一段时间：身体和精力状态不好，感到希望极其渺茫；这是溺水之人的弥留时刻，也是自杀最容易发生的时间。不过他忘了，这正是黎明前的黑暗。

所以，该发生的还是发生了。刚过5:00，一个人突然大叫一声，法兰奇急忙过去。

"这里有什么东西，长官。你看，"那名警员提着某个物体的一角，它像一株扎根于地的植物，而警员拿着的是它巨大的叶片。法兰奇用电筒照了照，倒吸了一口气。

那是一块布料，法兰奇猜测是女士的裙摆。

"把这里清理干净，"他低声说，"仔细点，伙计。"

随着警员的动作，气氛也变得紧张起来。渐渐地，泥土被挖走，该物体也被清理了出来，人们一直以来的疑虑也消失了。出现了人的轮廓：一名女性的尸体，没有裹尸布或棺材，直接被埋到这里。身上的套头衫被胡乱脱掉，盖在她的面部——这是凶手仅存的一丝尊敬和礼貌。当套头衫被取下时，法兰奇看出那是厄修拉·斯通，情绪激动起来。

这是一张怎样的脸啊！阴森可怕，扭曲肿胀。变成这样的原因很快也找到了。脖子上有一圈皱痕，法兰奇检查后发现这是由细绳造成。厄修拉是被人勒死的！可怜、善良、毫无恶意的厄修拉！

法兰奇已经习惯了谋杀案及其现场，但当他俯视那张脸、想象她经历何种遭遇时，他的心中燃起了熊熊怒火。他告诉自己，就算出于私心，也要努力追查到做出这般残忍行径的凶手，就好像是他自己的朋友惨遭杀害。如果凶手没能落网，如果凶手没被绞死，那就是法兰奇的责任。

不过，光在尸体面前谈论正义是不能将凶手捉拿归案的。法兰奇打起精神，变回了那个督察。

"有类似担架的东西吗？"他问布拉德伯里。

"那边，"布拉德伯里指道，"有木板和绳子。我们可以把几块木板和栅栏的柱子用绳子系起来，做成一个架子。比较粗糙，但是够用。瞧，警官。"他解释道。

"这里有没有能安放尸体的废弃工棚？"法兰奇继续问。

看来是有的。在对豕背的白垩山脊进行爆破时，曾有一间工棚被用于存放火药。现在爆破已经完成，工棚也是空的，就在附近几百米远的地方。

"这就够了，"法兰奇附和道，"来吧，伙计们，准备好架子我们就开始。"

于是，人们清洁了遗体上的泥土，简单向死者作了揖，然后将尸体放在临时担架上，沿在建道路将其抬回了工棚。他们也在那里休息，安排了一名警员负责放哨，还派了另一人去尸体的发现地，不允许任何人靠近。法兰奇想等天亮后再检查一遍泥土，希望能找到凶手的踪迹。

"布拉德伯里先生，你能让这片区域的工程暂停一两天吗？"法兰奇问道，"我还有事情要做。"

年轻人抬起眼睛，重重地点了点头。"当然可以，督察。如果你想进一步挖掘，我们随时都能为你效劳。"

"这正是我所希望的，"法兰奇答应道，"先生，能得到你的巨大帮助，我十分感激。我现在要走了，等会儿再回来。现在我们不必特意将此事保密，不过消息走漏得越少越好。"

"不用担心，督察，相信我。"

法兰奇让驾驶员把车开来，很快，这群精疲力竭但激动不已的警察就踏上了回法纳姆的路。

"我去洗个澡，再吃点早饭。"法兰奇说，"你们也去吧，如果来迟了，我就和警司说一声。"

当希夫警司到达警局时，法兰奇已经来了，他换好了衣服，神清气爽。

"我听说你成功了，"希夫向他问好，看起来比往常稍微乐观了一点，"希普善克斯回家时顺道和我见了一面，告诉了我情况。这个发现应该有所帮助。"

"希望如此，警司。我进行此次实验的原因是斯莱德的车里有泥土痕迹，但能这么快找到尸体也有一些运气。希普善克斯告诉你她是被勒死的吗？"

希夫咕哝了一声表示肯定。"现在你找到证据了，下一步打算怎么走？要把斯莱德抓起来吗？"

法兰奇瞥了他一眼，心想希夫是有点嫉妒吗？一瞬间，法兰奇觉得就是这样，然后又坚信是自己想错了，希夫说话就是这样。希夫对法兰奇很好，总是替他着想，其实希夫已经竭尽全力地帮助他了——不仅是案件调查方面，在私下也是如此。不过，法兰奇觉得圆通一些也没什么坏处。

"这正是我来找你商量的事情之一，警司。"法兰奇说，"斯莱德的不在场证明比较棘手，它也许是假的，很可能就是假的。不过，只要它还没被推翻，我就觉得不能轻易行动。就我个人而言，最好要有一定的把握才出手。"

希夫点点头，"我也同意。你想让我来跟踪他吗？"

"警司，如果你愿意的话就太好了。"

"我会派几个人去的。尸体怎么办呢？"

"我建议把它放到这里的停尸房，"法兰奇答道，"不能把它留在工棚里。"

"没错，你需要救护车吗？"

"是的。之后我再去检查一遍泥土，也许能找到有用的东西。"

希夫又点了点头。

"我还想再往前挖挖路堤。"法兰奇接着说。

希夫眼神锐利地看着他，"好，"他缓缓答道，"我也该猜到你会这么做。"他顿了顿，"不过，"他接着道，"那项工作应该不难。但是，既然人们肯定会知道这件事，我不明白为什么不能让那些修路工人去做。我们自己去挖又有什么意义呢？"

"那样做毫无意义，警司，这是我的失误。不论可能有何发现，我都不想泄露出去，但是现在完全不用担心这点了。"

"没关系，我能理解你的想法。这些工程师和工人会照你希望的去做吗？"

"是的，那里有一个不错的负责人，他很愿意帮忙。"

"他可找到有趣的事儿了，"希夫咕哝道，"很好，督察，这样的话看起来不错。你什么时候把尸体运过来？"

"你把救护车派来后就行。"

"好，我现在就去安排。我会让法医1小时之内去停尸房。"

法兰奇点点头，"还有一件事，警司，我想派人去路堤换哨。在进一步调查之前，我不想让任何人破坏现场。"

"派一个人吗？"

"一个人就行，警司。"

希夫按响了铃，"让布莱克跟法兰奇督察一起出去，今天都要按他的指示行动。"

20分钟后，布莱克警员换下了那名被留在挖掘现场的警员，后者去帮救护车司机把不幸的厄修拉·斯通的遗体搬上车。法兰奇随车回到法纳姆，当他们到达停尸房时，法医出现了。法兰奇自我介绍了一下。

"督察，我马上就把死者的衣物给你，"彼得斯法医说，"然后就开始检验。"

法兰奇小心地检查了衣物，发现在第二处灌木丛找到的毛线和死者套头衫的质地相同，除此之外无其他收获。在等待法医报告的期间，他开车来到圣基尔达，把他们的发现告诉了朱莉娅·厄尔。

朱莉娅和玛乔丽得知消息后都悲痛欲绝，法兰奇很难怀疑她们的悲伤是假的。此外，法兰奇也很肯定她们都很意外。这项发现确实让他对朱莉娅、玛乔丽和其他人又起了疑心，但他必须承认，无法从她们的反应中看出任何猫腻。

等法兰奇回到法纳姆时，彼得斯法医已经完成了初步检查。他报告说，厄修拉的下颏受过猛烈的击打，很可能让她失去了意识。有少量血从她的口鼻处流出，这无疑解释了法兰奇发现的血迹。不过，她真正的死因是勒住颈部造成的窒息。凶手曾用绳子紧紧勒住她的脖子，她很可能再没能醒过来。这就是那条绳子，正如法兰奇所见，那是一条十分普通的绳子，可能出现在任何人的口袋里。

"你觉得这不是有预谋的吗？"法兰奇问。

"我可没这么说。"彼得斯答道，"我不知道凶手是否有所预谋，只知道这么做并不需要预谋。任何人在任何时候都能出手打人，这不需要计划。面对一名昏迷不醒的女性，再加上一条绳子——任何人都可能有这样的绳子——凶手不用事先计划也能进行谋杀。"

法兰奇点点头，这也符合他的推论：厄修拉在凶手找厄尔的保险箱时被他发现。

"医生，你能再解剖一下尸体吗？"

彼得斯法医环顾了一下四周，说如果警方坚持的话，他可以验尸，不过他要准备准备，得等到第二天进行。

法兰奇找到希夫谈论验尸的问题。如果要验尸的话，就要马上通知法医，于是希夫建议将验尸延迟一两天。

希夫挑了挑眉，"会有更多证据吗？"

"可能会，警司。"

"好。那我去见见验尸官，你也去康普顿办事吧。"

法兰奇抵达绕行路时，发现在小事上自己的运气比平时要差些。布拉德伯里去了米尔福德，法兰奇花了近一个小时才找到他。不过，法兰奇面临的困难还没有结束。布拉德伯里同意派12名工人和1名工头给法兰奇，让他们听从法兰奇的指令，等布拉德伯里回到康普顿后就会安排好这件事。

法兰奇首先小心翻查了尸体发现地附近的所有泥土，希望找到埋尸过程中掉落的物件。这项工作单调乏味，却非常重要。可惜他们毫无发现。

在进行上述搜索的同时，布拉德伯里也在进一步寻找从这个位置算起，两周前土堤前端所处的具体位置：不是厄修拉，而是厄尔消失那天的位置。

那个位置在土堤后方1.2米左右，于是法兰奇下令让工人们往回挖到那里。

"我们今天是没法完成的。"工头对法兰奇说。

"我也不觉得你们能行，"法兰奇同意道，"你们可以明天接着干，今晚我会派人看守这里。"

第二天早晨，工程继续。等到中午吃饭时，人们已经挖到了那个位置，他们很清楚当前的状况，更加卖力地工作。法兰奇站在他们旁边，目光锐利地盯着挖出来的每一铲泥土。

虽然法兰奇正忙于调查，但他的镇定却不断受到一个想法带来的巨大冲击。他站在这里，眼前是人们能想象的最为平凡乏味的工作——铲土，但这个过程却让他兴奋到了痛苦的程度。每当有工人困难地将铲子插进泥土，或停下来检查挖出的土层时，他都变得极度兴奋。为什么？就是因为他脑中的想法。

法兰奇将工程集中在厄修拉·斯通发现点左右几十厘米的范围内，工人们也尽可能密集地相互挨着进行挖掘。因此，很快就从这堆黏糊糊的土里有了发现。他们运气不错，昨天雨就停了，到目前为止已经有24小时没下过雨。泥土比法纳姆警方挖掘的时候更容易挖。休息时间前半个小时，路堤已经比它在周日——即厄尔神秘消失的多事之日——所在的位置向前推进了60厘米左右。

法兰奇已经兴奋地站不住了，他焦急地走来走去，偶尔单脚跳跳，痉挛似的点燃、又扔掉香烟。他想，成败在此一举了。他想知道工人们能不能迟一点下班，能不能找点灯来。这里有他们昨晚用过的灯，不知道能不能往里面添点油。法兰奇决定派人去问问布拉德伯里。

在法兰奇行动前，历史又重演了。一名工人大喊了一声，法兰奇赶紧跑了过去。原来是铲子碰到了一个被布覆盖的物体。法兰奇俯身擦去上面的泥土，上面粘满了污痕和烂泥，法兰奇掀起一角，看到布的另一面是灰色的！

法兰奇见过许多相似的案件，本该早已习惯，可这次却败下阵来。他的背脊一阵发凉。不错，他期待能找到厄尔的尸体。可这不是他的尸体！那个周日厄尔穿的衣服是棕色的。所以这肯定是——也只能是南基韦尔护士的尸体！

"把土清理掉，"法兰奇低声指示道，"现在就去，小心点！"

其实没必要给工人们下此命令，他们极其小心甚至敬重地把尸体周围清理干净。法兰奇的猜测轻易就被证实了，躺在这里的这具尸体不是厄尔，而是海伦·南基韦尔护士。

法兰奇看出她的死因，对残忍的凶手产生了极大愤怒。又是这阴森可怕、扭曲肿胀的面容和脖子上的勒痕，和厄修拉·斯通案一样，下颏也有淤青。法兰奇不需要法医的报告来告诉他发生了什么。

法兰奇再次发誓，他要把犯下这起恶行的恶魔绳之以法，不达目的誓不罢休。她曾是一名无忧无虑、善良快乐的年轻女性，在自己短短的一生中致力于消除他人的苦难，从未故意伤害过任何人。她竟然被人以如此恐怖的方式杀害，必须要把犯人处以法律允许的、最严酷的刑罚。

他用低沉的声音发出指示。这次他带来了担架，遗体被放到上面，然后被抬进放置过另一位遇害者的工棚。法兰奇急忙找到距离最近的电话，联系上了希夫，让他派救护车来。

除非法兰奇犯了大错，否则这一令人毛骨悚然的事件就还未结束。他赶紧回到工人那边，他们停下了工作，聚成了一个个小群，正在激烈地讨论。"继续挖，"法兰奇严肃地说，"事情恐怕还未结束。"

他们还没来得及挖两下，预料之中的事情又发生了。又有一名工人喊叫了一声，法兰奇急忙跑过去……

那可怕的一幕又上演了。就在挖出护士尸体地点的旁边又发现了衣物，这次是棕色的。泥土被清走后，出现了一个人形的物体：厄尔的尸体。这就是失踪医生的遗体，被害方式和另外两名女性相同。

法兰奇思考了一下这起罪行的严重程度，愈发觉得震惊。三起谋杀！为了满足某人的贪婪、欲望或恐惧，三人惨遭杀害！却没有与犯人相关的线索——除了一辆车里出现了一些泥土的痕迹。这一点可以从长计议。

　　人们第三次重复了这个可怕的"仪式"。厄尔的尸体被安放进工棚，救护车来后，两位受害者的遗体被一起运走。法兰奇随车回到法纳姆，和希夫见了面，咨询了彼得斯法医。然后，法兰奇又去到圣基尔达，负责将这个令人悲痛的消息告诉朱莉娅和玛乔丽。

　　第二天，法医对三具遗体进行了尸检。正式提取了鉴别证据，每起案件的诉讼都被暂停，以便让警方进行进一步调查。在落实这些事情之前，法兰奇忙得连坐下客观思考的时间都没有。

　　当法兰奇记起自己曾想放弃这个案件时，他差点笑出来。放弃！在他找到犯人并将他绳之以法前，不管要耗费多少时间和精力，他都不能休息。

第十八章

案件的转折

　　法兰奇很快就确定了第一个调查方向。这三具尸体能被找到，就是因为他发现了斯莱德车中的泥土。显然，第一个要解决的问题是：那些泥土是怎么进到车里的？

　　他想知道斯莱德能否对此做出解释。如果能，他就能全身而退；如果不能，法兰奇的推理就能治他的罪。

　　法兰奇沉思了很久，最后决定必须要问问斯莱德这个问题。如果他就是凶手，这样做会让他有所警觉，不过法兰奇也想不出解决方法。他不能老是纠结斯莱德的回答会澄清什么，而浪费大把的时间。

　　法兰奇看了看表，才刚刚到下午。机不可失，时不再来。半个小时后，他敲响了阿尔塔多尔的大门。

　　这次法兰奇也很幸运，斯莱德就在家里，和上次一样想讨好法兰奇。

"斯莱德先生，我只是想再问你一个问题，"法兰奇开口说道，"你也知道，案件在调查过程中常像这样出现新的问题，我们通常无法在一次讯问中得到所有的信息。"

"没关系，督察。是什么问题呢？"

"是这样的，先生，你说过上周六你都没有把车开出去过，是这样的吧？"

"上周六？是那个……呃……斯通女士被杀的前一天吗？"斯莱德顿了顿，显然有所思考，还有些紧张。"是那样的。那天早上和晚上我都在家，下午去打了一场高尔夫球，我是步行去的俱乐部。"

"没错，先生。周日大约从中午到晚上11点的时间内，你开车去了外面吧？"

"是的。"

"那是周日你把车开出去的唯一时间吗？"

"对，只有那段时间。"

"周日你开车载过谁吗？"

"没有，我没载过人。"斯莱德称。

"这一点很重要，斯莱德先生，对你我而言都是。请原谅我再强调一次。不论车辆是处于行驶还是静止状态，你都很肯定没人在周六和周日的任何时间里进过你的车吗？"

"一点不错，我非常肯定。只有我进到过车里。"

法兰奇点点头，"先生，我只是想确认你明白了我的问题，"他解释道，"现在请回答另一个问题，周日你在任何泥地里步行过吗？"

斯莱德盯着法兰奇，他的眼神变了。"没有。"他摇摇头说。

"你肯定吗？"法兰奇坚持道。

斯莱德在椅子里不安地动了动，"非常肯定，"他信誓旦旦地重复道，"我就没离开过公路。"

"那么，"法兰奇轻声道，同时目光锐利地盯着对方，"你要如何解释周日你车里驾驶座的脚垫上粘有黄色的黏土呢？"

斯莱德没有回答。他坐着，茫然地望着法兰奇，脸上的血色逐渐褪去，只留下斑驳、可怕的灰色。法兰奇一动不动，继续盯着那张不自然的面孔。"你的回答呢，斯莱德先生？"他最后问道。

斯莱德清醒过来，"天哪，我不知道。"他十分不安，结结巴巴地低声道，然后说："我不信！这不是真的！车里不可能有什么泥土。你是在开玩笑吧，督察？"

"车里确实有泥土，斯莱德先生。"

斯莱德似乎口齿不清地抱怨了一句，接着飞快地说："我对此毫不知情，"他急切地叫道，"我从没见过泥土，不知道它在哪里，也不知道它是怎么跑进去的。督察，你相信我吧？我说的是事实。"

斯莱德无法提供更多的证明。一瞬间，法兰奇想是否有足够的证据能冒险逮捕他，然后发现自己没有。因此，他说自己相信斯莱德的陈述，尽力让他打消疑虑。"我还想问问用人们，"法兰奇又说，"你应该不会拒绝吧？"

斯莱德没有拒绝。法兰奇和他道了别，便将注意力集中到客厅女佣的身上。是谁负责清洁斯莱德的鞋？案发当天又是谁清洁的？是否有鞋子上粘有黄色的黏土？

法兰奇尽可能详细地进行了讯问，但是没有发现。没人见过斯莱德或其他人的鞋上粘有黄色黏土。接着，法兰奇亲自检查了斯莱德所有的鞋子，他相信即使鞋子经过清洁，也可能留下微量的黏土。结果他一无所获。

法兰奇困惑不解地返回了法纳姆。如果只看斯莱德的话和举止，法兰奇会认为他有罪。斯莱德明显很害怕，而且绝对意识到了黏土的重要性。不过，鞋子的调查结果无疑和斯莱德的证词一致。

不过，法兰奇愤怒地发现，就算斯莱德在撒谎，情况也没有变清晰。很难断定他的罪行是因为有两个额外因素。

第一个是斯莱德的不在场证明。法兰奇只有找到这份不在场证明中的破绽，才能把斯莱德送上法庭。击破他的辩护理由将十分棘手。而法兰奇找不出任何破绽，至少目前为止没找到。这份不在场证明对法兰奇的调查进展而言至关重要，他必须排除对其嫌疑或者将其拆穿。

法兰奇回到自己的房间，准备好开始解决这个问题。他在脑中一件件地梳理每一个信息，结果变得比之前更困惑了。下午4点时，斯莱德和他的车肯定在彼德斯菲尔德，这是毫无疑问的，他已经和见过斯莱德的人确认过了。圣基尔达和彼德斯菲尔德相距约34公里，其中包括蜿蜒狭窄的路段，他不可能在半个小时内走完全程。而下午3:30时，厄修拉还活着。露西在出门前看到了她，而露西肯定搭上了3:35经过圣基尔达的公交车。有她自己的证词、她同行的朋友的证词，还有公交车公司提供的证词，它们都已经过法兰奇的检查。因此，能确定斯莱德在抵达彼德斯菲尔德前不可能作案。

斯莱德在彼德斯菲尔德待到了5点，这一点也被证明是没有疑问的，至少证人是十分肯定的。有两个朋友在斯莱德走时特意看了看时间，因为他们当时在想从那时到晚饭之间要做些什么。

同样，在斯莱德5点离开彼德斯菲尔德到6点抵达高尔夫球俱乐部之间，他绝对没有埋藏尸体的时间，那个时间段里的每一分钟都不能少。而且，这也不是几分钟的问题。把厄修拉的尸体从第二处灌木丛转移到工地的土堆至少要花一个小时。不管怎样，斯莱德无法在6点前完成这一切。他也不能在 6:00 ~ 11:00 之间作案，因为有确凿的证据证明该时间段内他在高尔夫球俱乐部里。

那就只剩下 11 点之后的时间，这就要提到达格尔的司机夫妇了。第一，他们都肯定斯莱德的车在 11 点左右时回到了车库；第二，从那时起，直至第二天前，那辆车和任何其他车都没被开出去过。直觉和经验都告诉法兰奇，他们说的是实话。另外，11 点后，圣基尔达及其周边地区被警方所控制。所以，如果斯莱德尝试去抛尸，他肯定会被发现，法兰奇也不认为他会那么做。斯莱德肯定知道警方会搜查林中的两条小径和其他大路，他很可能会被人发现。诚然，第二点论述站不住脚，但是司机夫妇的证词是有一定说服力的。

如果说不在场证明已经对斯莱德有罪论造成困难了，那么法兰奇考虑的第二个因素就让其难上加难。他认为，如果斯莱德杀害了厄修拉——不论朱莉娅是否是同谋——原因都只能是：厄修拉有证据证明第一起谋杀的犯人是他们之中的一人或两人。斯莱德和朱莉娅也许有杀害厄尔的理由，但谁又有杀害海伦·南基韦尔的动机呢？法兰奇一个都想不出来。

那么，这是否意味着斯莱德和案件无关呢？从表面上看是这样的，但泥土又出现在他的车里。法兰奇不禁咒骂了一句。

于是，他把斯莱德放到一边，转而从更广的视角来看整个问题。

法兰奇一直没想出谁可能是犯人，觉得没必要在这个问题上花更多的时间。他倒是觉得应该把注意力集中在动机上。这三起谋杀案的作案动机会是什么呢？

先看厄修拉案，法兰奇重新理了一遍之前想到的理论。厄修拉被杀的原因是她发现有人想偷走厄尔神秘保险箱里的东西吗？小偷是想消除自己杀害了厄尔的证据吗？

法兰奇立刻想到一个至今为止被他忽视的要点。基本能肯定是小偷杀了厄尔，因为他无法通过其他方式获得厄尔的钥匙，继而打开保险箱；根据有人戴着手套触碰了保险箱的内侧这一点，就能推测出他打开了保险箱，并且肯定是用钥匙打开的。

那么，假设就成了小偷杀害了厄尔，法兰奇对厄修拉死因的推论也是正确的。诚然，这并不能证明第一起案件的犯罪证据就藏在保险箱里，但是这点对目前的调查来说并不重要。

对当前的调查来说重要的、也是至今为止被完全遗忘的是护士之死。这三起案件显然有着千丝万缕的联系，不幸的海伦·南基韦尔又是怎么被卷进来的呢？

鉴于法兰奇之后的发现，他最初的理论——厄尔和护士密谋私奔——似乎根本站不住脚。他们之间还有其他可能的联系吗？

　　法兰奇立刻想到一种可能，其实他之前已经考虑过好几次了。他们之间的联系会不会是工作上的呢？他们都在一个行业中工作。会不会产生了某个医学问题——也许和厄尔写的书有关——最后让他们遭此下场呢？

　　然后法兰奇想起他们之间还有另一层工作上的联系。他们最近不是为同一位病人服务过吗？厄尔是咨询师，南基韦尔是护士。事件的起因会不会和弗雷泽有关？

　　法兰奇翻出他对该事件的记录，当时是偶然记下的，并没有多少细节。法兰奇不是医生，但他也发现了个别和医学相关的事实。他在重读笔记时，脑中突然蹦出了一个惊人的新想法，他默默地吹起口哨来。

　　他站了起来，在屋里走来走去，反复斟酌这个想法。这可能吗？他终于发现整个事件的根源了吗？法兰奇说不准，现有的信息无法让他做出判断，他必须要和别人商量一下。

　　不过法兰奇犹豫了一会儿，然后走到电话前，给之前分析厄尔原稿的医生拨通了号码。

　　"医生，我想请你听听这个假设的案子，"法兰奇说，"一名接近70岁的男性得了——"他把自己所知的、有关弗雷泽和他的病情与死亡的情况告诉了对方。

　　他的想法立刻得到了确认——*砷*！

"如果你心存怀疑，而且出现了那些症状，"医生说，"可能是砷，我不是说一定是它。那些是砷中毒的症状，也是理论上他所得疾病的症状。我只是给你一个调查的思路。"

法兰奇挂断电话，大脑飞速地运转。他会不会还未到达这起骇人案件的终点？法兰奇是久经沙场的人，即便对他而言，包含四起谋杀的案件还是有点难度。他这个疯狂的想法会不会就是真相？

如果是的话，到底又发生了什么？厄尔和护士如何发现了砷中毒的事？凶手怎么知道他们会有所行动，于是杀掉两人来保护自己？他们得到的证据——为什么……没错，当然是这样！——正是在厄尔的保险箱里。凶手想拿走证据，厄修拉正巧被他撞见，所以他必须把厄修拉也杀了！

法兰奇终于认定，这就是真相！这些独立的事件终于连成线，成为一个整体。这起案件终于有了一个令人满意的解释。

法兰奇又在屋里踱起步来，他太兴奋了，根本坐不住。如果这个想法是正确的，就出现了一个全新的调查领域。是谁不仅杀害了厄尔、护士和厄修拉，还杀害了弗雷泽呢？有作案机会的人肯定不止一人！

如果情况是这样，法兰奇的任务立刻就变简单了。他只需找到这个人，就能完成他的工作。他应该能直接采用排除法，只需列出所有的可能，然后缜密的调查肯定会排除掉不可能，只剩下真相。

法兰奇决定，在进一步调查之前，就算是对希夫，也不能将自己的怀疑透露出一丝一毫。接着他立刻投入了工作。

他又读了读自己的笔记。弗雷泽显然是一个惹人厌的老男人。希夫说过，弗雷泽的妻子和他相处了很长的时间，猜测她应该只是为了钱才嫁给他的。法兰奇从弗雷泽家、坎皮恩和亨德森护士处得到的信息也基本验证了这一点。毋庸置疑的是，弗雷泽夫人在丈夫死后得到了一大笔钱，管家说有 6 万英镑。

这里立刻就出现了动机，还是很强的动机。用束缚、烦恼和失去继承权的恐惧换来自由、豪宅和 6 万英镑，这可是值得冒险的买卖。

法兰奇当然马上去见了弗雷泽夫人，通过短暂的讯问，她的性格特征给法兰奇留下了深刻的印象。法兰奇猜测，她是一个自私、有能力，或许有些残忍的人；他不认为良心上的不安会让她放弃自己想做的事。毫无疑问，弗雷泽夫人是一名嫌疑者。

这看起来似乎有所进展，但当法兰奇开始思考弗雷泽夫人是如何杀害厄修拉·斯通时，他又觉得自己并没多大收获。不过，船到桥头自然直。翻开笔记本新的一页，他在"潜在嫌疑人"的标题下写道:"1.赫敏·弗雷泽"。

有同样嫌疑的还有外甥盖茨。法兰奇觉得他像一匹黑马,他在澳大利亚摸爬滚打过,本来也是这笔钱的继承者,目前还不清楚他作案的理由,不过他早期似乎遇到过什么麻烦事。法兰奇还听到了很多传言,第一,盖茨缺钱;第二,他从死去的舅舅那里继承了一大笔钱。在赫敏·弗雷泽夫人的名字下面,法兰奇写下:"2.亚瑟·盖茨"。

在思考第三名嫌疑人时,法兰奇没了思路。从他目前为止获得的信息看来,根本没有存在动机的人。

法兰奇决定先拿到弗雷泽的遗嘱,亲眼看看遗产是如何分配的。现在就暂时把这点放一放。

可是钱并不是谋杀唯一的动机来源。是否有人爱上弗雷泽夫人了呢?她会不会爱上别人了呢?这类问题需要马上调查。另外还有一点:谁能接触药物和食物呢?如果这些问题得到了回答,将它们制成表格,再和可能杀害厄修拉、厄尔和护士的人员列表比对,就应该能解决这个主要的问题。

正如战争一样,有进攻就会有反击,法兰奇也发现了一个不可避免的问题。厄尔和海伦·南基韦尔应该没有怀疑弗雷泽被下了毒,因为如果他们怀疑的话,肯定不会允许葬礼的进行;在老人死去后长达17天的时间里,也绝对不会保持沉默。

　　与此同时，一个有钱人表现出和砷中毒相似的症状并死去，这件事本身就很可疑。法兰奇认为有太多的疑问，需要展开调查。法兰奇考虑了好一会儿，是否要将这些存在许多未知的分析告诉希夫。最后，他还是决定先不说。

　　第二天早晨，他和警司聊了聊。希夫最初持怀疑的态度，但是在考虑了法兰奇的论证后，也同意不能将这些问题置之不理。

　　"你会怎么做？"希夫问。

　　"我想多了解一些弗雷泽家的情况，以及对食物或药品动手脚的可能性，如果发现任何疑点，就去见坎皮恩，听他怎么说。"

　　"他是不会承认药有问题的，"希夫咕哝道，"他不是提供了死亡证明书吗？"

　　"这可由不得他。不过，我怕这样的进展太快了。"

　　接下来法兰奇就开始了那些宽泛、让他讨厌的调查，寻找动机和作案的可能性，而非事实证据。他想知道，除了弗雷泽夫人和盖茨，是否还有人想害死弗雷泽；谁有下毒的可能，而且提问时还不能有所暗示。

　　法兰奇觉得这项任务既无趣又让人失望。他在波尔佩罗的隐秘调查引起了人们的不满，回答者也坚称自己什么都不知道。他不得不相信，至少大多数的回答是真实的。

　　他最先见到的人是亨特先生，他是纽恩斯与亨特公司的高级合伙人，即已故弗雷泽先生的律师。法兰奇先拿出自己的苏格兰场督察证件，但是亨特先生并不在意。这名律师提供的唯一信息是：现在他是弗雷泽夫人的代理人。至于弗雷泽先生的遗嘱，它会在适当的时候被公布，但现在处于保密状态。如果督察想看遗嘱，并提供必要的许可，他马上就会交出来。还有，如果督察没有别的问题，他就先走一步了。

法兰奇在波尔派罗得到的信息只有：当南基韦尔护士在下午离开病房时，弗雷泽夫人和盖茨都有充足的机会在逝者的药里下毒。不过，家里的其他成员显然也能这么做，因为两名护士有时都会在值班时离开病房，而老弗雷泽在后期已经无法辨认出进来的人是谁了。

食物方面也是如此。厨师和护士当然能够下毒，法兰奇相信其他人也可以。此外，工具棚里放着含砷的除草剂，能被家里的任何人偷偷获取。

但法兰奇没找到任何证据来证明上述假设确实发生过。

随后，他扩大了拉网的范围。自从来到法纳姆，法兰奇已经结识了一些人：旅店里的本地人、商店店主、邮差、汉普顿公地附近的住户等。现在他要随机地去见这些人，见到对方后，他会表现得十分健谈，也会透露一些信息——那种可以在报纸上刊登的信息——并希望对方愿意继续交谈下去，而话题最后总会来到弗雷泽的身上。法兰奇十分精通这种"无痛式的信息提取"，他的坚持与努力也小有成效。

似乎可以确定的一点是：弗雷泽夫人没有和任何人有不正当的情感关系。就算有，她的行动也极其隐秘。

盖茨的信息就比较容易获取了。他是"体育运动界"的著名人士，有许多关于他的传言。通过审慎的调查，法兰奇发现他和放贷人有许多大额的交易。其中一名放贷人急于讨好警方，提供了书面证据证明弗雷泽的一部分钱也牵涉其中，而且盖茨还期望能将钱款收回来。这份证词也验证了布莱克警员在讯问斯莱德时偶然得到的陈述的真实性。

法兰奇对这些调查的结果很不满意，但也对此束手无策。他没有取得任何确切信息。弗雷泽夫人的嫌疑仍然存在，盖茨的嫌疑还变大了，但没有任何能证明他们有罪的确切证据。

另外，法兰奇还必须时刻提醒自己，"弗雷泽谋杀案"本身也存在相同的疑点。弗雷泽被人毒杀的可能性是存在的，但是这个怀疑没有一丁点实际证据的支撑。

法兰奇不能就这么坐视不管，他决定必须要见见坎皮恩。恐怕这场讯问会让人感到尴尬，因为这么做就是在指控坎皮恩提供了错误的死亡证明。不过也别无他法，法兰奇再次出发前往红房子。

第十九章

化学分析

法兰奇抵达红房子时，坎皮恩不在家，不过随时都可能回来，于是法兰奇被人带到咨询室稍等片刻。这不是法兰奇第一次找到医生并告诉对方在工作中有所失职，这些讯问从来都不会很愉快。不过坎皮恩看起来是那种理智的人，或许能暂时放下自尊心。

用人的预测是正确的，法兰奇等了不到5分钟，坎皮恩医生就出现了。见到法兰奇，他似乎吃了一惊，然后礼貌地向他问了好。

"先生，我想和你聊聊。我并不着急，如果你现在不方便的话我能等一会儿。"

正如法兰奇所料，这个随和的开场白似乎给坎皮恩留下了好印象。他坐下来，说现在就是最好的时候。

"这是一个挺严肃的话题，"法兰奇继续道，"通过调查最近的事件，我对某件事产生了怀疑，想在采取进一步行动前先听听你的看法。可以这么说，我只把这个想法告诉过希夫警司，内容严格保密，所以不会传出相关的流言。"

"这真是一个神秘兮兮的开场白。"坎皮恩答道，"是什么事呢？"

"先生，我这就告诉你。这件事和住在波尔派罗已故的弗雷泽先生有关。我就开门见山了，我想问问你，不论是之前还是现在，你对弗雷泽先生的死满意吗？"

坎皮恩瞪大了眼睛，"满意？"他重复道，"这是什么意思？请你解释一下。"

"我的意思是，你觉得他的死因没有问题吗？"

坎皮恩仍旧盯着他，"督察，就连现在，"他缓缓说道，"我都不确定自己是否理解了你的意思。你是想说我开具的死亡证明的正确性值得怀疑吗？"

"不，先生，"法兰奇立刻答道，"我不是怀疑你是否诚实。不过我们都知道，许多死亡证明在签署时都是出于善意，因此其中的信息并非百分之百地正确。"

坎皮恩显得有些恼怒，"老天爷啊，督察，你就直说吧。你到底想问什么？你是想说那份死亡证明是错的吗？"

"它不一定是错的，先生。你是这名病患的医生，我来是为了询问你对某些可疑情况的看法和建议，也许你并未发现那些疑点。"

坎皮恩看起来十分困惑，也很恼怒，"我说了，你说的话很神秘。你到底是指哪些可疑情况？"

"第一个是弗雷泽生前表现出了砷中毒的所有症状，我想听听你的看法和建议，医生，我这么说是对还是错呢？"

坎皮恩似乎突然明白了，"噢，就是这件事啊，对吗？毒药。"他马上笑了笑，"督察，你的想象力恐怕过于丰富了。"然后表情凝重地说："这是一个非常严肃的提议。你一点也没有开玩笑吧？"

"先生，恐怕这起事件就很严肃。"法兰奇直话直说，"不论怎样，我想得到你的答案。"

坎皮恩第一次表现出了钦佩，"我猜你要是没有任何依据也不会这也说，这可是一个棘手的问题。"他顿了顿，接着道，"那些症状，它们当然很像砷中毒的症状，因为弗雷泽患有胃肠炎。大家都知道它们的症状很相似。不过，要说弗雷泽被人下毒就是另一回事儿了。"

"确实如此，谢谢，医生。但我还想问，是否存在不符合砷中毒的症状呢？"

坎皮恩向椅子后面靠了靠，挺直了身子，"病人患有胃肠炎，"他坚定地说，"而且已经持续了较长的时间。他死于胃肠炎，加上年岁已高，心脏也虚弱。没有出现不符合砷中毒的症状：胃肠炎是没有那类症状的。不过，我也说过，这也不是怀疑他被人毒害的理由。为什么呢？"坎皮恩越说越起劲，"因为这根本就是一个荒谬的想法。难道说不存在胃肠炎这种疾病吗？所有得胃肠炎死去的人都是砷中毒吗？你想法的实质就是这样。除非，"他突然转变了态度，"你还藏着其他的信息，对吗？"

法兰奇耸耸肩，"其他的都是机密信息。"他答道，"正如我来咨询你有关病症的信息，而且只把这件事告诉了希夫，其他人都不知道，所以和你讨论与他人相关的信息并不公平。但你可以自己想想这两点。第一，弗雷泽先生很富有，而且死后要把钱留给某人；第二，有两人神秘地死去了，都和弗雷泽生病一事有关。医生，就算不提及相关的人名和其他一些事实，你也能明白我有正当的理由进行这些调查。不管怎么说，弗雷泽先生的事不归我管，但希夫警司也同意让我深入调查。"

坎皮恩显然被说服了，"这确实很令人担忧，督察。"他紧张地说，"这实在太让人不安了。如果你是对的，那我开具的死亡证明就是错的，这可不是什么好事。但是我不能、也确实不相信这是真的。不用说也知道，我根本没产生过这样的想法，现在回想起来，也想不出整个事件中有任何可疑的地方。"他不安地动了动，"这是一个糟糕的想法，但我不相信它是真的，一刻都没有信过。除非你还有没告诉我的信息，这个思考方向肯定错了。"

坎皮恩停顿了一下，在法兰奇开口之前又说道，"还有一件事，厄尔医生见过弗雷泽先生两次——第二次就在弗雷泽去世的前两天——厄尔医生也认同那份死亡证明。就算有一丁点儿的疑虑，他也会提出来。如果他怀疑弗雷泽被下了毒，就绝对不会允许葬礼的进行。两位护士也是一样。"他像是解脱了一般，向后坐了坐，"不，督察，恐怕这次是你想错了。再说了，谁会做出这种事呢？根本没人！"

法兰奇不自然地笑了笑，"你比我想得多，"他说，"我还没到考虑谁是犯罪嫌疑人那一步。不过，我应该能把你的提问理解为毒杀并非不可能，对吗？"

"老天爷！"坎皮恩大叫，在椅子里挣扎扭动，重重地一拳砸到桌子上，"当然不是不可能！但是之前没有、现在也没有证据证明那是胃肠炎之外的原因所造成。我在证明中写的是胃肠炎，现在仍然坚持这个看法。根本没理由是别的东西！"

"先生，我同意你的看法，"法兰奇温和地说，"当时没有出现任何可疑的事物，我猜任何医生都会做出和你相同的判断。不过现在的情况不同，我们得到了新的信息，但现在还不能告诉你，情况已经完全不同了。"

"上帝保佑，督察，谁会做出这种事呢？你提到了遗产的继承人，但也只有两个人，弗雷泽夫人和盖茨先生。两人我都认识，把谋杀归咎到任何一个人身上都是极其荒谬的事！"

"我还说不上要把谋杀归罪于任何人，"法兰奇答道。突然，他想虚张声势一下，于是身体前倾，用十分低沉的嗓音说道，"那名护士又如何呢？"他故意问。

坎皮恩盯着他，法兰奇继续道，"难道不会是那名护士偷偷把砷掺进老弗雷泽的药里了吗？"

"但她为什么要这么做呢？"

"为了报酬。比如，如果护士被证明得到了一笔钱，就值得查查它是从哪儿来的。"

坎皮恩轻蔑地笑道，"你的警司又如何呢？"他极其讽刺地问，"你考虑过他吗？如果考虑作案可能的话，希夫也和其他人一样。"

"警司有不在场证明。"法兰奇镇定地说，"不过说真的，先生，我想尽可能地搜集信息。你之前说你认识弗雷泽夫人和盖茨先生，你介意给我讲讲他们吗？"

结果证明这个问题太宽泛了，法兰奇在交谈过程中尽力缩小了调查的范围。

坎皮恩还是不能，或者不愿告诉他太多信息。据他所说，弗雷泽夫人是模范妻子。弗雷泽有时的确是个很难相处的人，有胃肠病的人一般心情都不好，还爱发牢骚。弗雷泽夫人自始至终都对他很好，怀疑她毒杀了丈夫是一件既愚蠢又恶毒的事。

法兰奇接下来将话题转向了盖茨，坎皮恩也坚决地认为他是清白的。盖茨和坎皮恩是熟识了，坎皮恩说他们经常在赛马场见面。盖茨的言行举止有些粗野，但是他的心是善良的。坎皮恩不相信他缺钱，因为他能从既定的遗产中得到他想要的钱。

最后，法兰奇离开了红房子，坚信坎皮恩可能犯了一个错，而且也意识到自己错了。

案件的进展停滞了一段时间。过了近一周，法兰奇才有了新的发现。在那一周里，他一点都没闲着，而是拼命地调查，试着找出波尔佩罗一家的信息，尤其是弗雷泽夫人和盖茨的情况。法兰奇见过盖茨两次，每次都抓住机会延长交谈的时间，但他还是没找到一点有用的信息。

法兰奇的下一个发现来自非常不同的调查方向。周六他返回了镇上，想在周一对南基韦尔护士的生平进行更全面的调查，近乎绝望地想从中获得些许线索，得到新的启发。他先去了布莱恩斯顿广场。

哈泽德夫人亲自见了他。她似乎是发自内心地担忧那名护士的安危，焦急地问法兰奇凶手能否被抓到。

法兰奇目前还不知道这个问题的答案，但他坚信凶手终将被绳之以法，问对方护士是否有任何物品留在了这里。

哈泽德夫人答道，只有那天早上送来的一封信，她本打算把它交给疗养院。法兰奇迅速看了一眼信件的地址，"奥姆斯比·哈泽德爵士准将转H.南基韦尔"。然后他说自己正要去疗养院，能顺便带过去。

不过，法兰奇没有去疗养院，而是去了海德公园，找了一个空座坐下，小心地撕开信封。

里面是来自一家公司的几英镑的账单。公司名叫摩根与温特顿，写信人自称是分析化学家，地址为"伦敦WC2区塔比利特街街海洋大楼174号"。里面没有任何物品，费用只写了要汇入"提供的活期账户"。

法兰奇知道塔比利特街位于科芬园附近。2分钟后，他乘坐出租车前往那里，15分钟后，他敲响了海洋大楼174号的房门。温特顿先生正好没事，于是立刻去见了他。

"先生，"法兰奇说，"我今天来是为了这件事，"他把信件递过去。

"没错，"温特顿说，"我很乐意帮你处理这件事。督察，这件事怎么和苏格兰场扯上关系了呢？"

"先生，"法兰奇淡淡地笑道，"我不是来处理这份委托的。我恐怕要告诉你一个坏消息。我必须说，这位H.南基韦尔女士已经成了一起严重罪行的受害者。其实她被人谋杀了。"

"老天爷啊！"温特顿惊呼道，"你是说谋杀吗？"他又高又瘦，长长的身躯弓在桌面上，像一只被拖出来的老鸟一样眨着眼睛看着法兰奇。"恐怕是的，先生，"法兰奇回答，"我负责调查这个案子，很想从你那里得到一些和这笔转账有关的信息。"

"当然了，这是自然的，不过太可怕了，她被谋杀了！太吓人了！太恐怖了！"他清了清嗓子，"我当然会告诉你我知道的所有信息。"

于是他叫人去找一份文件，拿来了一封信，把它交给了法兰奇。"如你所见，我们是在9月30日收到它和这份附件的。在我继续之前，你最好先看一下这封信。"

法兰奇读了信。这封信出自一位女性之手，法兰奇立刻认出写信人就是那位死去的护士。上面印有"W1区布莱恩斯顿广场129B"上面写着"奥姆斯比·哈泽德爵士准将"，落款日期为9月29日，内容如下：

"摩根与温特顿公司 分析化学家

亲爱的先生们，

我随信寄有一小瓶溶液，请分析并记录下其中的成分，十分感谢。请把你的账户告诉我，我会向其支付相应的金额。

祝好

H.南基韦尔女士"

"我读完了。"法兰奇说。

"我们按照要求进行了分析,"温特顿继续说道。"可惜的是,瓶子里溶液的量太少,无法进行精确的定量分析。不过,我们得出的结果应该出入不大。然后我们写了以下报告。"他从文件中找出另一份文件递了过去,是一封信的副本,上面写着:

"亲爱的女士,

有关你上月29日的来信,我们已经对你送来的液体进行了分析。由于液体的量太少,我们无法得出完全准确的结果,不过附件中给出的数据应该大致正确,我们相信这将满足你的需求。

摩根与温特顿公司

J.W.

10月3日"

温特顿先生从另一份文件中找出并递过一份分析表,法兰奇投入地看着,但仍然很难理解。

"我不是化学家,温特顿先生。"他解释道,"你能不能用我能理解的话解释一下这份结果呢?"

温特顿耸耸肩,"这个嘛,"他说,"我并不是医生,不过我会尽力而为。在我们看来,这种液体似乎是一种治疗消化不良、胃溃疡或肠炎的药物，反正和胃有关，详情我并不清楚。不过其中含有一种不寻常的成分：里面含有相当量的砷。"

法兰奇警觉地说，"这让我很感兴趣，先生，"他说道，"如果你能告诉我这种添加物的影响就更好了。"

"我肯定没医生讲得好。"温特顿回答，"很明显，影响取决于用量。"

"为了讨论的方便，假设是一整瓶普通瓶子的用量。"

温特顿耸耸肩，"即便如此，这些信息恐怕也不够。你也知道，不同的人对毒药的耐受性不同，其对人体造成的伤害将取决于接受者的体质。"

法兰奇在心里骂了一下科学家思维的局限性，又试着问了一次。

"先生，我明白你只能告诉我一般的情况。不过假设这是一个对药物有正常耐受性的人，你能告诉我他可能出现什么症状吗？"

"从理论上说，砷肯定会让服用它的人感到非常不适。"

"会让他中毒吗？"法兰奇直接问道。

"这，"对方回答，"是一个很难回答的问题。我觉得一次的用药剂量肯定不会让人中毒。但如果是整瓶的剂量，"他耸了耸肩，"很可能会。"

"我明白了，先生。你们之间的业务就到这里吗？你把分析发给了你的客户。你得到回复了吗？"

"这项业务当然还没有结束。"温特顿说。法兰奇看出他笨拙地想开一个玩笑。"我们收到报酬后业务才算结束，正如你所知，这笔费用尚未被支付。你可能会问，为什么不要求预付这笔钱？那是因为哈泽德准将的名字。我们查过这个地址，确实是他的，所以觉得不付也没什么问题。督察，如果可以的话，"温特顿再次变得严肃起来，"我想了解一下这位客户的情况。"

"温特顿先生，你的客户是一名护士，"法兰奇回答，"她的名字叫海伦·南基韦尔，被人谋杀了，我们在吉尔福德附近的道路建筑工地里发现了她的尸体。"

这名像鸟一样的老男人大吃一惊。他读过报纸上的相关报道，但从未将委托人"H.南基韦尔"与被谋杀的护士联系起来。"要是我们知道她的身份，就算只有一丁点儿，"他一遍又一遍地说，"肯定会立即与苏格兰场联系！督察，这件事太骇人听闻了！"

温特顿本来想和法兰奇再谈论几个小时，但法兰奇还有别的事要做。因此，在谢过对方后，法兰奇便离开了。

毫无疑问，法兰奇已经找出案件中关键的一环。他目前还不知道这条线索有什么作用，但他相信能通过思考找出其中的联系。不过，首先要确认一下目前已知的事实。

在回苏格兰场的途中，他顺便拜访了兰德尔医生，也就是上次和他探讨案件的医生。

"医生，如果你不介意的话，我想问你一个问题，"法兰奇说道，同时把分析结果放在诊疗室的桌子上，"你能告诉我这是什么吗？"

兰德尔博士瞥了一眼报告，然后摇了摇头。"我不知道，"他承认道，"我觉得是一个想象力丰富的疯子造出的药，你觉得呢？"

"这可能是添加了额外成分的普通药物吗？"

"啊。"兰德尔说，"你说到点子上了，没错，没有砒的话这就是一种非常普通的药物。"

"医生，它可以用于什么病症呢？"

"体内炎症、胃病、肠道疾病——这类疾病都可以。"

"胃肠炎呢？"

"简直是对症下药。如果你继续调查下去的话，很快就能取得医师资格证了，法兰奇。"

法兰奇咧嘴一笑，"增添的成分会引起什么效果呢？"他继续问道。

兰德尔医生基本重复了温特顿先生告诉他的内容。假设服用了一整瓶药，尤其是对任何有胃肠炎或类似疾病的人来说，药中的砒都会造成严重的后果。一次剂量的药不会造成很大的伤害，不过一整瓶药肯定是致命的，就算是以正常的时间间隔服用的正常剂量也是如此。病人的症状一般不会有很大变化，不过也有可能症状愈发显著。如果有人秘密地给病人服用这种毒药，参与治疗的医生在出具死亡证明时很可能不会产生丝毫的怀疑。

"治疗过程中的护士呢？你认为她有嫌疑吗？"

"我亲爱的朋友啊，我怎么会知道呢？这得取决于治疗的方式，也就是药的剂量，这也取决于病人的健康状况：你还没告诉我这方面的信息。"

"那是因为我自己也不知道。不过我想知道的是，假设病人最初是定期服用不含砷的药物，然后砷被添进了药里且病人继续定期服用该药。当砷被加入后，护士会注意到病人的症状突然改变了吗？"

兰德尔医生一时间没有作答。"是的，我觉得她会注意到，"他最后说道，"这一点很难确定，因为这种药物的效果是加重原来的症状。此外，如果病人一直有情绪上的起伏，她也可能自然而然地把这当成'情绪低落造成的影响'。不过从总体上说，我认为她应该会注意到一些事情。不过你要注意，这并不是说她会怀疑有人下了毒。"

这正是法兰奇期望听到的。不确定的意见，护士可能注意到了什么，也可能没有。就是这样！没什么事是可以断定为"绝对的事实"！法兰奇一直想直接问问亨德森护士是否注意到已故病人病情突然发生了变化，这样他就能知道弗雷泽是否中毒了，但是法兰奇显然没有将此想法付诸实践。去布拉姆利只需要三四个小时，值得去一趟问问这个问题。

法兰奇起身告辞，但医生示意让他坐下。"你寄来的原稿我已经读了。"他说。

"哦，没错，"法兰奇答道，"我本来还想问你的，但这件事一打岔，我就给忘了。你是怎么看待那份原稿的？"

医生沉思了一会儿，然后好奇地瞥了一眼他的访客，"这是一件非常了不起的作品，法兰奇，"他说，"让我印象深刻！"

法兰奇笑了，"这个说明真是很详细了，不是吗？其中有什么会让我印象深刻的内容吗？"

兰德尔却没有笑，"我觉得有，"他严肃地说，"你现在就拿走这份稿件，而且我建议你马上派人把它烧掉。"

法兰奇目瞪口呆，"上帝保佑，医生，你说话怎么这么神秘？这该死的东西到底怎么了？"

"因为，"兰德尔担忧地说，"你知道那原稿其实是一份谋杀指南吗？真正的谋杀，让你永远都找不出真相！这是一件了不起的作品，内容新颖，设计巧妙，但十分危险。"

法兰奇吹了个口哨，咒骂了一句，然后让对方进一步解释。

兰德尔博士答道，"这解释起来很简单。这个叫厄尔的人找到了一种简化的培养方法——致命疾病的杆菌培养——任何脑袋灵光的外行人都能学会。只要有了这本书，几乎任何人都能制造一种注射后会致死的血清，也就是能通过普通的疾病媒介将人致死。现在还不清楚这种病最初的感染方式，不过在此过程中不会出现令人起疑的症状和表现。"

"上帝啊，医生！这本书怎么能出版呢？"

"这个问题我也回答不了，不过你知道厄尔是打算将它出版吗？"

"仅仅是为了好玩而写一本书也没多大意义。"

"我不太确定，"医生慢慢说，"有的人确实会做奇怪的事。不过，厄尔没有采取措施防止稿件落入其他人的手中吗？我记得你好像提过？"

法兰奇拍了拍大腿，"你说得对，医生！我怎么从来没想到！这就是保险箱的用途。厄尔在橡木护墙板后藏了一个秘密保险箱，设有中世纪时期常见的那种滑板装置，非常隐秘。护墙板后面是一个现代的钢制保险箱。原来如此！"

"正如你说的那样。厄尔也意识到，只要他稍微没保护好钥匙，普通的保险箱就不再起保护作用。在墙板上设置秘密机关的想法很好，在我看来很合理。"

这回答了法兰奇在处理此案时担心的小问题之一。由于这个保险箱很早之前就存在了，他一直在纠结厄尔的失踪是否另有隐情。现在一切都弄清楚了，保险箱是用来存放原稿的，而原稿和厄尔的死无关。厄尔可能只是利用这个非常秘密的容器——房子里唯一真正安全的地方——来隐藏杀害了弗雷泽的凶手的证据。

法兰奇费了好大的劲儿才让思绪回到拜访兰德尔医生的原因上——弗雷泽的死因！法兰奇打算下一步去布拉姆利见见亨德森护士，他必须接着调查下去。

法兰奇来到布拉姆利，找到那名护士并提问道，"告诉我，"他说，"你有没有注意到弗雷泽的病情出现过些许突然的变化？假设他一直处在某种健康水平上，这个水平有没有突然降低并持续恶化呢？请你尽可能地告诉我弗雷泽健康状况的变化。"

护士觉得自己没法回答这个问题。她相信法兰奇督察也知道，病人的健康状况在不断变化，病情时好时差，这些变化是无法解释的。

"你不记得当时弗雷泽先生的病情出现过什么变化吗？"

恐怕她并未注意到任何变化。正如法兰奇所说，最初弗雷泽先生的状态一直保持在某个水平上，然后病情突然恶化，接着情况急转直下，很快就不行了。

　　这超出了法兰奇的预料。他的大脑飞速运转，然后让她发誓会对接下来谈到的内容保密。

　　"假设，"法兰奇说，"弗雷泽先生摄入了一段时间的砷，这能解释他病情上的变化吗？"

　　听到这个想法，亨德森护士既兴奋又沮丧。起初她否认有中毒的可能，后来逐渐接受了这个想法，并承认法兰奇的假设很可能就是事实。

　　"弗雷泽先生直到最后神志都清醒吗？"

　　"最初他就像你我一样清醒，然后情况突然变糟，从那以后，他就越来越迟钝，最后昏迷不醒。"

　　"也就是说，他在摄入毒药之前都是清醒的——如果我的怀疑是正确的话。请告诉我，护士，是谁开药的？"

　　"吉尔福德的药剂师马尔科姆森。"

　　法兰奇决定经由吉尔福德返回法纳姆，去拜访了这位马尔科姆森，是他根据坎皮恩的药方开了药。药的成分与摩根与温特顿公司的分析一致，但是其中没有砷——正如法兰奇所预料的那样。马尔科姆森自然也坚称，药品在离开店铺时里面是不含砷的。处方的接收和药品的发送方式都是邮寄。由此看来，砷是被弗雷泽家中的某人放进去的。

　　在乘公交车返回法纳姆的途中，法兰奇试着完善自己对案件的分析，将所有的新事实都考虑进去。假设南基韦尔护士确实注意到弗雷泽的病情会根据他是否服用特定药物而变化，如果她起了疑心，可能会通过实验来观察他在停用和不停用该药时的身体状况。假设她给弗雷泽停了药，并把同等剂量的药物送到摩根与温特顿公司进行分析，而且收到回信，确认这种药中含有砷。到此为止都很好，接下来她会怎么做呢？

等等，这不对。药是在 9 月 29 日送到摩根与温特顿公司，当时弗雷泽已经死去一周了。那药为什么会被寄过去呢？如果护士有所疑虑，那肯定是在弗雷泽仍然在世的期间里；如果她并没有怀疑，又为什么会在弗雷泽死后寄出药呢？这药到底跟弗雷泽的死因有没有关系呢？

法兰奇后来发现两者之间几乎肯定存在联系。摩根与温特顿公司发送回复那天是 10 月 3 日，那么护士会在当日或第二天收到该信件。不过 10 月 5 日，也就是两天后，她接到一通电话，回答说："我会安排好，12:30。"这通电话显然来自厄尔，是为了约定去斯泰恩斯见面。这看起来很不寻常，就好像南基韦尔护士在收到分析报告后给厄尔写信要求见面一样。

法兰奇到达旅馆后，坐下来试着在纸上理清这些日期。他觉得梳理的结果很满意，有助于找出真相。

周四（9 月 22 日）：弗雷泽去世。

周五（9月23日）：南基韦尔护士离开波尔佩罗。

周六（9月24日）：护士来到布莱恩斯顿广场。

周二（9月27日）：弗雷泽的葬礼。

周三（9月28日）：卡林夫人给护士写信。

周四（9月29日）：护士收到卡林夫人的信，并给分析师寄出药物。

周五（9月30日）：温特顿收到药物。

周一（10月3日）：温特顿寄出分析报告。

周二（10月4日）：护士收到分析报告，很可能给厄尔写了信。

周三（10月5日）：护士接到厄尔的电话。

周四（10月6日）：护士和厄尔在斯泰恩斯见面。

周六（10月8日）：护士收到让她周日去豕背的电报。

周日（10月9日）：护士去了豕背，并被人杀害。

对法兰奇来说，这些日期似乎很好地理清了发生的事件。目前他的理论如下：

在弗雷泽生病的期间，南基韦尔护士怀疑他中了毒，却无法证明这个想法。当南基韦尔去住在布莱恩斯顿广场的哈泽德家工作后，不知为何她的怀疑进一步加深，于是将可疑的药物送去分析。分析报告证实了她的怀疑，她觉得这份责任太重，必须找人一起分担。由于坎皮恩在死亡证明上签了字，南基韦尔觉得他有点可怕，所以没有找他。或许她认为厄尔更平易近人，于是写信给他，委婉地说明自己的意图，并请求见面细谈。出于多方面的原因，厄尔想和她秘密见面，于是约定去斯泰恩斯。在斯泰恩斯，南基韦尔吐露了自己的看法，并把分析报告——可能还有其他证据——交给了厄尔，他把这些资料放在了保险箱里。谋杀弗雷泽的凶手不知为何知道了这一切，并以厄尔的名义给南基韦尔发了一封电报，要在周日和她见面——最后要了她的命。

这个理论虽然有了明显的改进，但仍存在一些相当大的疑点。例如，护士去了布莱恩斯顿广场后，是什么让她突然加深了怀疑呢？通过日期来看，原因应该来自卡林夫人的信。事实会是这样吗？

随后法兰奇忽然意识到原因很可能在那封信中。刚才他忘了信的内容，但现在想起来了。卡林夫人在信中描述了遗嘱的宣读以及弗雷泽夫人和盖茨对变富的反应。就是这个！动机！护士之前怀疑弗雷泽中了毒，却可能无法想出合理的动机。南基韦尔肯定知道老弗雷泽很富有，而且他的妻子会分得一笔遗产，但是她可能没想到是数额如此庞大的一笔钱，也没想到盖茨也分了一杯羹。

当然这纯粹只是猜测，不过这个理论却解释得通。法兰奇把它加入待验证的理论中，转而思考这个根本问题：发现南基韦尔和厄尔正在调查此事且知道证据藏在秘密保险箱里的人是谁？换句话说，凶手是谁？

　　法兰奇觉得，虽然本案的一些小问题可能会得到解决，但是在大问题上他仍被蒙在鼓里。不过，这些分析似乎查明了一个重要事实，即弗雷泽真的被人下了毒。法兰奇刚怀疑砷中毒就在案子里发现砷的踪迹，若不是两者之间有联系，那也实在太巧了。

　　法兰奇身心俱疲，但丝毫不气馁。吃完晚饭后，他出门找了找法纳姆当地的娱乐活动。结果他看了一部精彩的影片，讲述的是一列火车上的乘客在东方一处动荡之地被强盗劫持，不过乘客们在经历了出人意料的冒险后，安全抵达了旅程的终点。法兰奇看完电影，振作起了精神，上床休息了。

第二十章

失　落

　　次日早晨，法兰奇醒来，欣喜若狂。案子终于有所进展了！通过大量的调查和分析，有足够多的线索指向弗雷泽被人下了毒，这是向前迈进的一大步。法兰奇已经在调查过程中揭露了四起骇人听闻的谋杀案。在他看来，应该很快就能逮捕犯人。

　　不过砷的存在却立刻引出了一个非常微妙的问题：应该把弗雷泽的死亡方式排除在外吗？换句话说，难道不该把他的尸体挖出来检验吗？

　　法兰奇去和希夫讨论这件事。希夫虽然对法兰奇的进展感到十分满意，却不愿意申请尸体的挖掘令，除非这一步绝对不可避免。"如果你想错了，"他劝道，"我又该怎么办呢？你知道开棺验尸是一件严肃的事，对弗雷泽这种地位的人来说尤为如此。如果我们搞砸了，我会落得个什么下场？"

　　法兰奇指出自己和希夫处于同样的处境，还鼓励说他们都没什么好害怕的。法兰奇提出，被送去分析的药物不可能不是弗雷泽的；如果不是的话，那就是还未添加砷的药。他最后还说，不挖出尸体就会耽误案件的进展。

　　希夫无法反驳法兰奇的论证，时不时地给警察局长打电话，问对方在这些点上是否和自己的意见一致。

　　此时局长恰巧就在法纳姆，很快就来到了警局。他在听了法兰奇的论点后被他说服了。

　　"我认为我们必须照他想的那样做，警司，"局长说，"人无完人，我们只能尽力而为。如果最后证明这是错误的决定，我会对此负责。你们去申请挖掘令吧。"

　　两晚后，挖掘工作尽可能秘密地进行起来，不久后收到了分析员对死者器官内物质的报告书。法兰奇是对的！弗雷泽确实死于砷中毒。

　　这次，法兰奇没有对谋杀产生一丁点儿的恐惧。谋杀总是骇人的，不过他的职业热情战胜了对死者的个人感情。对他来说，有了这个发现就能再次全速前进。幸运的是，他的调查方向十分清晰。经过仔细的考量，现在要做的就是朝着这个方向前进。他已经清楚地知道，自己要找的人一定杀了弗雷泽、南基韦尔护士、厄尔和厄修拉·斯通。有犯罪嫌疑的人只有那么几个，要解决这个问题，他只需一个个排除即可。

法兰奇已经想到，前两个嫌疑人是弗雷泽夫人和盖茨。会是弗雷泽夫人杀害了弗雷泽、南基韦尔、厄尔和斯通小姐吗？如果不是，会是盖茨做的吗？如果还不是——法兰奇不相信会出现这种情况——还可能是谁做的呢？

那么，首先来看弗雷泽夫人。

显然弗雷泽夫人有下毒的机会。南基韦尔护士不在病房时，她通常会和丈夫在一起，没什么比把砷掺进药里更容易的事了。此外，她也会去花园做做园艺，那里有数量充足的含砷除草剂。

就弗雷泽的情况而言，弗雷泽夫人仍是可能的人选。接下来是南基韦尔护士，弗雷泽夫人会谋杀她吗？

法兰奇不久后得知，在厄尔和南基韦尔被谋杀的那个星期天，弗雷泽夫人在德文郡的巴德莱·巴伯顿村。两周前的那一天，也就是厄修拉·斯通不幸去世的那天，弗雷泽夫人的表妹汉普顿夫人一直在她家里，两位女士一起度过了下午和晚上的时间。虽然法兰奇知道必须要验证这些陈述，但是看着这些证据，他丝毫没有怀疑赫敏·弗雷泽的清白。

法兰奇把思绪转向盖茨，坚信他的嫌疑更大。

目前就弗雷泽的谋杀案而言，盖茨和弗雷泽夫人的嫌疑是相同的。他也有同等强烈，甚至是更强的动机；也有取得和掺入毒药的充足时机；护士下午出去散步时，他偶尔也坐在舅舅身边；而且实际负责花园的人是他。盖茨是否有罪将取决于其余的三起案件。

法兰奇没有找出案发的那两个星期天盖茨在哪里，决定首先必须要把这点弄清楚。

于是，法兰奇在心中制订了明确的计划，早饭后他就动身前往波尔派罗。他机智谨慎地从管家口中套出信息，得知盖茨以前扮演了舅舅的代理人角色。盖茨负责监督这座小庄园里的农业生产，照看租户并确保其财产的安全，管理园丁和其他在户外工作的用人，并处理弗雷泽的信件。盖茨现在就在农舍里，法兰奇可以去那里见他。

法兰奇找到盖茨时，他似乎并没在忙什么，不过法兰奇仍然礼貌地为自己的突然到访道了歉。法兰奇一直纠结应该怎么去接触盖茨。很难让他在说明自己在关键时间内行踪的同时，还不透露出警方已经将这四起谋杀联系了起来，法兰奇不希望他察觉此事。因此，他决定虚张声势一下。

"我这次来只是例行公事，"法兰奇继续道，"在调查过程中可能有人产生了误解或看错了，我是来查清这一点的，你一会儿肯定能帮到我的忙。事情是这样的，南基韦尔护士和厄尔医生消失的那个周日——先生，我们开门见山地说吧——那天有人目击到你开车去豕背见了南基韦

尔，时间大约是晚上6点。先生，"法兰奇抬起手，似乎
在示意盖茨先别急着说话，"我并不相信这个说辞，因为
如果你见过她的话，肯定会直接告诉我，但是我也必须确
认这份证词的真实性。先生，我想听听你对此事的看法。"

当法兰奇陈述这一切时，盖茨似乎在努力抑制自己的
愤怒。当法兰奇说到结尾时，狂怒的风暴终于爆发，盖茨
破口大骂，竭尽其言，吼着要知道是谁撒了这个弥天大
谎。法兰奇让他发泄出怒气，然后不动声色地分析道，他
应该没有把所有的事实都告诉警方，以至于出现了上述的
怀疑，同时法兰奇也必须请他去警局，当着警司的面提供
一份正式的陈述。

"盖茨先生，我们最好能一起搞清楚这件事，"法兰奇
快速地说，让这些话的效果消失。"这么说吧，那两个周
日的下午你在哪里？也就是医生和护士失踪的那个周日以
及两周前斯通小姐失踪的那个周日。抱歉来打扰你，但我
必须要得到答案。如果你把全部的事实都告诉我，应该就
不会再有人来麻烦你了。"

尽管法兰奇的态度十分平和，盖茨还是表现出对这些
问题的极大不满。他问法兰奇是否在怀疑他谋杀了这三个
人。一方面，如果法兰奇确实有所怀疑，盖茨就拒绝回
答，因为谁知道他的回答可能会被曲解成什么样？另一
方面，如果法兰奇没有怀疑他，那么就没有理由问他这些

问题。

对此，法兰奇采取了一种最笨的方式来回应，那就是把他常问的问题抛给对方，这是例行公事，被警方奉为传统。除了问这些问题之外，他想不出别的方式。如果这些问题没起到作用，他也无能为力了，这就是调查的方式。传统胜于理性，因为这样不需要思考，也因为身居高位的人更喜欢这种方式。

正如法兰奇希望和预期的那样，这种态度激怒了盖茨。在轮番诅咒了法兰奇、英国警方和相关机构之后，盖茨为了摆脱自己，告诉了他想知道的事。

看样子，在护士和厄尔被谋杀的第一个周日，盖茨在中午驾驶莱利车离开了波尔派罗。他独自开车去了温彻斯特，在下午1:30左右抵达。盖茨在那里和哈钦森一家共进了午餐，还留下和他们一起喝了下午茶，在5:30左右离开。盖茨直接开车回了家，大约在7点到达波尔派罗。

法兰奇立刻意识到，如果这是事实，盖茨就不可能去豕背见护士了。

"先生，在那之后你又做了什么呢？"法兰奇继续问。

回家后，盖茨独自吃了晚饭，弗雷泽夫人当时在德文郡的海边。晚饭后，他觉得坐了一整天有点腻，于是出去散了个步。他大概走了8公里，回家后读了几个小时书就上床睡觉了。

　　法兰奇自然对他的散步感兴趣，于是又问了一些问题。

　　盖茨是在晚饭后离开的波尔派罗。"我当时发现，"他解释道，"身边没什么书。由于我喜欢在睡前读一会儿书，所以我想散步去朋友欧文·加尔布雷斯家里，去取他说过要借给我的一本书，这样能一举两得。后来，我想起周日晚上他通常不在家，于是给他打了电话，问他如果要出门的话能否把书给管家，我一会儿去取。他说他要出门，但会把书留下。所以我走了过去，拿到书后又走了回来。"

　　法兰奇又问了一些有关细节的问题。

　　"我是什么时候出门、什么时候回来的？"盖茨重复道，"我怎么会知道？你以为我去哪儿都会拿着笔记本把做的事情都记下来吗？问一个简单点的问题吧。"

　　"这就是我要问的问题，"法兰奇坚定地说，"我就是想知道这个答案。盖茨先生，请你认真回想一下，肯定能想起来的。"

　　盖茨又谩骂了一番，这似乎是他在交流时的正常状况，然后开始认真回忆。结果，他想起了相当准确的时间。盖茨在7:30吃了晚饭，他用餐的速度很快，尤其是独自一人时；在8点前就吃完了，给加尔布雷斯打完电话就立刻出了门。如果把时间定在8点，也就是一两分钟的误差。

　　盖茨对回家的时间不太确定，他说大约是9:30。管家也许能佐证，因为盖茨到家后的第一件事就是让管家拿威士忌和苏打水。

　　"盖茨先生，加尔布雷斯先生住在哪里？"

　　"大约在法恩科姆和沙克尔福德的中间。"

　　法兰奇拿出地图，"那就距离这里大约3.2公里？"

　　"接近4.8公里。"

　　"我想也是，"法兰奇一边计算长度一边同意道，"那么走路的话就大概是8 ～ 10公里的路程？"

　　"如果你单程算4.8公里的话，我走了一个来回，差不多就是那么长。"盖茨极其讽刺地答道。

　　"没错。"法兰奇承认道，"你在加尔布雷斯先生家见的人是谁呢？"

　　"管家，除了她没别人了。加尔布雷斯还未婚。"

　　法兰奇的大脑飞速运转。这似乎就是他需要的全部信息，如果这个故事是真的，盖茨就没有杀害厄尔。

　　"非常感谢，盖茨先生。"法兰奇说，"关于第一个周日我就想问到这儿。接下来，关于斯通女士失踪的第二个周日，你能用相似的方式给我说说吗？这是我想问的最后一个问题。"

　　出于某种原因，这似乎又惹恼了盖茨。"我猜你这是认为我杀了那位女士？"他咆哮着吐出一连串的咒骂。

　　法兰奇却无动于衷，重复了一遍关于例行公事的套话。盖茨绝望地摇摇头。

　　"例行公事、繁文缛节还有其余的所有废话，"盖茨嘲笑道，"除了翻来覆去地说那些，你还做过别的事吗？"

　　"做过，但不经常，"法兰奇承认，"盖茨先生，那个周日你做了些什么？"

　　"没错，就是要问这个问题。按照惯例就该这么做，而根本不管应该在什么情况下提出这个问题。你问过首席法官周日下午在做什么吗？"

　　"没有，"法兰奇说，"但如果你能证明他了解这起案件的情况，我会去问的。"

　　"为什么要扯到别的话题？"盖茨极其不满又轻蔑地答道，"是否了解案件和刚刚说的'应该在什么情况下提问'又有什么关系？我和他知道的东西一样多。我不明白你现在为什么不去镇上讯问他。"

　　在一阵相当愚蠢的咆哮后，盖茨回到现实中来，充分地回答法兰奇的问题。第二个周日，他似乎在午饭后读了《星期日泰晤士报》，中途小睡了一会儿。刚过4点，他、弗雷泽夫人和暂住她家的表妹汉普顿夫人喝了下午茶。之后他出去散了散步，回来时大约是6:30。在那之后直到晚餐前，他一直和两位女士在一起。晚饭后，他抽着烟在庭院里悠闲地散了一会儿步，大概是8:30 ~ 9:00。

在被问到下午散步的细节时，盖茨不情愿地给出了回答。他沿着豕背山和家绕了一圈，途经普顿汉和康普顿，路程大约共8公里。

按照惯例，法兰奇对这些陈述进行了验证。首先是第一个周日的情况。法兰奇去了温彻斯特，确认了盖茨拜访哈钦森一家的证词，因此他肯定不是杀害护士的凶手。

厄尔一案的关键时间在晚上，医生大约在8:40失踪。盖茨说他在8点左右离开了波尔派罗，返回时约9:30。如果盖茨在那段时间里并没有走去加尔布雷斯，那他就有作案的嫌疑。他说的是真话吗？

管家告诉法兰奇，第一个周日的晚餐是在7:30，盖茨很快就吃完了——他独自用餐时就是这样——吃完晚饭后他就出了门，管家还听到他出门之前打了一通电话。管家不清楚电话的内容是什么，不过他无意中听到盖茨说，"好吧，把它交给管家，我过去拿。"盖茨回家时是9:30或者更早。管家没有听到他进门的声音，不过他摇铃要了威士忌和苏打水，而且管家在9:30穿过大厅时还遇见了他。

目前为止，进展都很顺利。下一个问题是：盖茨真的如他所说的那样是步行，还是开了车？

法兰奇走到院子里，碰见了司机。这个叫波特的人远不如管家善于言谈，不过法兰奇逐渐让他摆脱了顾虑，最后波特回答了他的问题。

就像达格尔和斯莱德家一样，他们家也有三辆车：弗雷泽夫人有一大一小两辆车，盖茨有一辆莱利轿车。厄尔和护士去世的第一个周日，弗雷泽夫人开着小的那辆车去了德文郡，还载着她的表妹；那辆大车没被开出去过；盖茨说他12点时要用车，于是波特在那个时候把莱利开到了大门口。7点左右，盖茨开着车回来了，当天就没再出去过。没错，波特对此十分肯定。和达格尔家的司机一样，他也住在车库旁，肯定周日晚上没有车被开出去过。

剩下的问题就是盖茨是否步行去了加尔布雷斯家，接下来法兰奇将对此进行调查。

不过法兰奇却开始怀疑是否真的需要这些信息。如果盖茨在那个周日晚上没有开车，就不可能把厄尔的尸体运到那条绕行路。他们家还有一辆自行车——法兰奇在院子里见过——但即使有自行车，也不可能用它来转移尸体。此外，那辆自行车虽然白天没有上锁，但在晚上7:30是被锁在院子里的，司机说那个周日的晚上自行车也被锁了起来。然而，为了让整件事不存在任何疑点，法兰奇还是会去见见加尔布雷斯家的管家。

法兰奇突然想到，他也应该确认一下步行这段路程所需的时间。因此，他把警长的自行车留在了波尔派罗，步行出发了。

这是一段十分让人愉悦的步行经历，法兰奇不禁忘记了警长的自行车，还想以后来这边多走走。他很快便找到了目的地，不一会儿就敲了响了加尔布雷斯先生家的门。

开门的是一位白发苍苍的老太太。她有着一双法兰奇至今为止见过的最睿智的眼睛，从她下巴力量和五官来看，这也是一位意志坚定的女士。她一脸疑惑地看着法兰奇。

"请问我能见见加尔布雷斯先生吗？"他问道。

加尔布雷斯先生有事去了戈德尔明，要到晚上才回来。而且她的态度似乎在说，任何正经人在这个时间段也应该在工作。

"那么，夫人，也许你能回答我的问题。"法兰奇继续道，同时出示了他的证件。

"请进来吧。"她说，然后把法兰奇带进一间干净整洁的客厅，指了指一把椅子。法兰奇坐了下来。

这位老太太十分配合地回答了法兰奇的问题。没错，她就是加尔布雷斯先生的管家。加尔布雷斯是戈德尔明的律师，独自居住在这里。是的，她记得厄尔医生失踪的那个周日晚上发生过什么事情，加尔布雷斯先生周日晚上一般会出去和朋友打牌。她并不喜欢打牌这项消遣，尤其是在周日的晚上，不过督察对此应该没什么兴趣。加尔布雷斯先生在出门前给了她一本书，是一本垃圾小说，并告诉她盖茨先生稍后会来取走。之后，盖茨先生确实来了，她也把书给了对方。然后，她像平时一样上床睡觉了，她在睡着之前听到加尔布雷斯先生开门回来了。其实那天晚上没发生什么不寻常的事。

"这正是我想知道的，"法兰奇说，称赞她的陈述十分清楚，"你记得盖茨先生是什么时候来的吗？"

管家只能尽量记起大致的时间。那天晚上8:30左右，她已经完成了家里所有的工作，于是拿了一本书想舒服地读一读。她读了不到10分钟或15分钟的时候，盖茨先生来了，当时大概是8:45——就算8:40 ~ 8:50之间吧。

这样问题就解决了。盖茨大约8点离开家，回来时是9:30，总共约一个半小时。从法兰奇自己步行的经验来看，从盖茨家到加尔布雷斯家大约需要45分钟。

来回就是1小时30分，时间刚刚好。此外，盖茨在这段时间内还去拿了书。确认完毕。

这位老太太不仅证明了盖茨陈述的真实性，还提供了说服力更强的证据来证明他的清白。几乎就在厄尔被杀害的同时，盖茨就站在离家6公里外的加尔布雷斯家的门口。

此时，法兰奇对盖茨和他的不在场证明感到了厌倦，因为他已经逐渐相信自己要找的人不是他。不过，盖茨提供的自己在厄修拉·斯通死亡当天的行踪仍然有待核实。

法兰奇有点混淆这两个周日的下午，因此查阅了一下笔记本，来确保自己条理清晰。

在第二个周日，盖茨说他喝完下午茶后就和弗雷泽夫人及其表妹出去散步了，回去时约为6:30，并提供了散步的路线。

法兰奇又求助于他的管家朋友，这次也得到了充分的证实。管家清楚地记得周日盖茨和两位女士一起喝了茶。下午茶的时间是4:15，比平时稍早，因为一般周日的晚饭时间比较早。下午茶之后，直到6:30左右管家才又见到走进来的盖茨。关于盖茨说他晚饭后去庭院散步这一点，管家能证明他出去的时间肯定不超过一个小时。司机也明确表示，那个周日没有车被开出去。

法兰奇转身离去时叹了口气。他现在已经调查了两个嫌疑最大的人，两次调查都一无所获，不过他知道自己肯定会这么做。接下来，他还要去确认赫敏弗雷泽的巴德莱·巴伯顿村之旅。

这次调查很快就完成了。法兰奇去了一趟德文郡，带着弗雷泽夫人的外貌描述和照片，消除了对她的怀疑。毋庸置疑，在那个至关重要的周末，弗雷泽夫人确实待在了那里。

法兰奇又不得不面对这种情况，他坐在旅馆的房间里，在笔记里写下最新的进展。

第二十一章

终于行动

　　法兰奇开始厌倦在旅馆的卧室里进行工作。房间本身和工作并不让人感到厌烦，他也不担心工作，他厌倦的是与房间联系起来的徒劳无功、一无所获和失败。现在，他再次直面这个让他困扰已久的问题，并发誓不会停止斗争，直到让真相大白于天下；如果无法做到解开全部秘密，也会至少弄清一些关键问题。

　　在案件的调查过程中，法兰奇先后怀疑了至少6个人：朱莉娅、玛乔丽、斯莱德、坎皮恩、弗雷泽夫人和盖茨，之后又证明了他们的清白。除了这6个人之外，他想不出其他嫌疑人了，就算现在重新审视这一切，结论也一样。法兰奇慢慢梳理了一遍自从接受案件以来接触过的其他所有人，满意地发现他们之中没人有作案嫌疑。

　　因此，他觉得应该重新回到之前的6名嫌疑人身上。

他出了什么错吗？犯人会不会就是其中的一人或多人？

　　法兰奇绝望地把他们当作最后的稻草，决定再检查一遍这6个人的作案嫌疑，直到能确信他们是无辜的。

　　然而，重新梳理后，法兰奇又回到了原点，他仍旧认为6个人中不可能存在犯人。朱莉娅·厄尔或玛乔丽·劳斯都不可能给老弗雷泽下毒，不过她们可能（但是可能性不大）是其他三项罪行的犯人，但法兰奇从未认为是她们犯下了那些罪行。弗雷泽的死则肯定和她们完全无关。

　　下一个嫌疑者是斯莱德。法兰奇最近并没有经常分析斯莱德的作案可能，因为他的精力都放到了弗雷泽的死上。虽然斯莱德并不符合作案的条件，但法兰奇还是把他列为最有可能的嫌疑者之一。

　　首先，法兰奇想不出斯莱德要杀死老弗雷泽的理由，也没有任何证据证明斯莱德在弗雷泽生病期间进过他的病房去下毒。当然了，自从弗雷泽的病情加重以来，斯莱德确实去过几次波尔派罗，不过这并不能说明什么。

　　此外，在其他三次谋杀案中，斯莱德都有不在场证明。虽然在护士和厄尔两起案件中，斯莱德的不在场证明并不是十分令人信服，很可能会被证明是不成立的，但是他在厄修拉·斯通被谋杀那天的不在场证明绝对是毫无破绽的。

　　相反，整个案件中最可疑的物证对斯莱德来说十分不利：在他的车里发现了黏土。这无疑表明有人去过绕行路的工地，但是法兰奇无法证明这个人是斯莱德，也无法推翻斯莱德对这项指控的反驳。

顺便说一句，法兰奇想过调查所有嫌疑人鞋子上的土——或者至少是那些杀死厄修拉·斯通的嫌疑人——是否会有所帮助。他得出的结论是"不会"，因为距那个"死亡周日"已经过去了太长时间，不过法兰奇还是把它当作最后的手段之一。

法兰奇对斯莱德在此事件中扮演的角色感到一头雾水，于是转向下一个嫌疑人——坎皮恩。

法兰奇怀疑坎皮恩偷了厄尔的书稿，并谋杀了厄尔，将厄尔应得的利益和荣誉占为己有。不过以下5点能洗清坎皮恩的嫌疑：

1. 这本书未被人偷走。

2. 厄尔失踪时或失踪前后，坎皮恩和女士们在一起。

3. 厄修拉·斯通失踪的那整个下午和晚上，坎皮恩都和女士们在一起，不可能杀了她。

4. 虽然坎皮恩可能在豕背和护士见过面，但他不可能有埋藏尸体的时间。

5. 坎皮恩在给弗雷泽看病时可能把护士支出了房间，然后把砷掺进病人的药里。然而，这种情况极其不可能，原因有二。第一，如果护士后来怀疑病人中了毒，几乎能肯定她会记得这个小插曲：这无疑会让她有所思考；第二，弗雷泽在服用毒药之前，似乎神志相当清醒，如果是这样的话，坎皮恩就不可能让他服下动过手脚的药。

法兰奇觉得也许可以将坎皮恩排除在外。由于书稿理论已经不成立了，也就没了怀疑坎皮恩的理由，而且还有确凿的证据证明他至少不是两起谋杀的犯人。

法兰奇的下一个嫌疑者是弗雷泽夫人。她可能毒死了自己的丈夫，也有可能谋杀了厄修拉·斯通——不过可能性极小。但是她肯定和南基韦尔护士与厄尔的死无关。

法兰奇最后的怀疑对象是盖茨。盖茨可能（虽然可能性极小）毒死了老弗雷泽并且杀害了厄修拉·斯通，但他不可能杀了护士和厄尔。

法兰奇列出的嫌疑人没有一个有杀害四名受害者的可能性，他们的任何组合也无法满足这点，因为就法兰奇所知，他们都没有杀害厄尔的可能。

如果这6个人是无辜的，法兰奇再也想不出其他的嫌疑者。

那天晚上，这些难题一直困扰着法兰奇。吃晚饭时，他努力地想把这个案子抛到脑后，却发现自己毫无办法。吃完饭后，他回到客厅，全神贯注地思考着，一言不发。曾有几个人尝试和他搭话，都觉得他的表情十分阴郁。

破产！这个词语很适合法兰奇目前的状况。所有有价

值的线索都落空了，现在他一无所有。他根本不知道该去
哪里，也不知道下一步应该调查什么。

这样还不够好，法兰奇对自己说。这起案件的真相一
定能水落石出。法兰奇并不像致力于解决无解问题的发明
家，而更像是想完成填字游戏的普通人。填字游戏肯定有
一个答案，同样，案件也肯定有一个真相；更加肯定的
是，填字游戏总是可能出现印刷错误，而现实中的真相却
没有出错的可能，除非是法兰奇自己犯了错。

虽然法兰奇一直安慰自己这是正常情况，但是这个僵
局让他感到忧心忡忡。他在侦破其他许多案件中都遇到过
僵局，但那都是——或者通常都是——暂时的。这起案件
却经不起耽搁，因为它十分重要。这起事件激发了英国人
民甚至西欧大陆及美国人民的想象力。在一个谋杀普遍发
生的时代，这起案件十分引人注目，是那种公众用来衡量
警方工作效率的重大疑案。法兰奇不仅要维护自己的名
誉，还要维护整个警方的名誉。他会让两者都失望吗？

法兰奇整晚都在与这个难题搏斗，直到觉得自己厌倦
而受够了整件事。法兰奇出了门，想转换一下头脑。他看
见东方列车的广告仍然张贴在他经常光顾的那家电影院门
口，觉得自己已经没有去电影院的精力了，于是又在讨厌
的小雨中走了一会儿，然后回到旅店，继续解题。

法兰奇在平常睡觉的时间上了床，却无法摆脱这折磨

人的不安。到了案件侦破的这个阶段，他总是会有一些退路。不管调查的是什么，如果失败了，他总能后退并转而调查另一个方向。现在却不是这样，法兰奇最后的希望也逐渐消失了。

法兰奇越是努力让自己平静下来，就越没有睡意。他的头脑清醒，充满精力，想象力也异常活跃。各种想法如泉水般涌出，连法兰奇都惊叹于其广度和新颖性。他还一度希望自己是一名小说家，因为他能轻松地构思出小说必需的各类元素。

不过，这些丰富多彩的精神图景和想象都有一个突出的特点：对法兰奇的案子毫无帮助。这些绝妙的想法都无法解决他的问题，也不能建议他去哪里寻找解决方案。

法兰奇清楚地记得自己几年前也有过类似的经历。在格拉斯哥圣伊诺克酒店的吸烟室里，他曾花了几个小时来解决约翰·马吉尔爵士的问题：绞尽脑汁这个词可以形容他当时的精神状态。法兰奇面对过彻底的绝望，并且最终挺了过来！法兰奇对这起案件有着自己的看法，他多么希望这次能历史重演！

已是凌晨时分，法兰奇一直在思考这些毫不相干的事件，他神经紧绷、翻来覆去、辗转反侧，更加感到疲惫。此时，转机出现了。一个新的想法闪过他的脑海：这次和他的案子有关。他把玩了一下这个想法，随后震惊地意识到，它和之前的想法有所不同并且至关重要。法兰奇一动不动，似乎害怕一点动静会驱散这种想法。他躺在那里，想了又想，自己找到解决办法了吗？他真的看透这起案件了吗？他的难题解决了吗？

法兰奇激动得大汗淋漓，在脑海中反复考量着这个宝贵的想法。他找到解决办法了吗？他颤抖地承认这似乎就是答案！

法兰奇静静地站起来，打开灯，披上衣物，点燃炉火，给自己倒了一杯烈酒，把最舒适的椅子拉到壁炉边并坐下，在纸上系统地梳理这个绝妙的想法。

法兰奇很快便得出结论，自己已经在偶然之中发现了极有价值的东西，他相信这就是事件的真相。不过，他还没有完全弄清事件的始末。法兰奇发誓这个想法合情合理，只是有一些细节还有问题，存在出入和矛盾，而且是无法调和的根本性出入与矛盾。法兰奇把能想到的这些问题列成了一个清单。

法兰奇继续对这个案子进行全面的分析，直至将全部可能的信息都提取了出来，然后改变了方法。法兰奇开始寻找各种解法，打算将难题逐个击破。他必须承认，在这一点上收效甚微。

凌晨4:30，睡意向法兰奇袭来。他非常满意自己取得的进展，于是又躺到床上，几分钟后，他像婴儿一样安详地睡着了。

第二天早上，法兰奇拿出案件的档案，开始系统地分析新理论所面临的难题。他深信这样一句格言：把正方论证梳理好的话，反方论证也就不攻自破了。显然从反面来说，这个理论要么成立，要么不成立。

时间一分一秒地过去了，法兰奇一直坐在那里绞尽脑汁地分析，翻来覆去地审查各个事件，从档案中查证时间、地点或行动的细节，考虑各种可能性和备选方案，进行着缓慢又乏味的梳理工作，试着解决这些问题。不过，他没能得出任何结果。

过了一会儿，法兰奇感到有些倦怠，于是出门散步清醒清醒。午饭后，他喝了很多浓咖啡，又接着工作起来。法兰奇又工作了两个小时，突然间，昨晚的情景又再现了。

法兰奇面对的第一个困难根本不是问题！存在一个解决办法，十分显而易见，连他都惊讶到说不出话来，自己竟然在这个问题上困惑了这么久！

法兰奇认为这个发现实际上证明了他的新理论，于是重新鼓起干劲，着手解决剩下的其他矛盾点。剩下的虽然不是什么大问题，但证明起来也不比上一个问题容易。在法兰奇取得更多的进展之前，夜幕就降临了。

现在，法兰奇坚信成功只是时间问题，而且自接手这个案子以来，他目前的心情是最好的。法兰奇果断地将案件抛到脑后，吃了饭，看了一场电影。第二天早上，他又投入了工作，而且几乎立刻又获得了成功：第二道难题被攻克了。

第二个困难的消除似乎移走了阻挡河流的大坝，法兰奇高兴地看到，进一步的事实证据接二连三地迅速出现。一个小时不到，他的理论就完成了，接下来他又花了一个小时把事实和推论按逻辑顺序整理清楚，然后转而考虑是否能得出任何论断。

结果法兰奇立刻被泼了一盆冷水。对某些事情来说，可能发生是一回事，要证明它们确实发生过却是另一回事。他的理论没有问题，但是如果不能得到证明，对他来说也没有任何用处。目前，法兰奇无法将案件提交至法庭：他甚至怀疑是否有足够的证据进行逮捕。

最后，法兰奇发现自己也许能证明一个次要的观点，并认为这将为整个事件提供"道德"上的证据。尽管这无疑还不足以作为呈堂证供，但是有道德上的证据总好过没有证据。

这个证明取决于一个问题，只有总部位于肯特镇的某家公司能回答。法兰奇随即走到车站，坐上第一班前往肯特镇的火车。之后，他找到了公司的办公地点并见到了负责人。

法兰奇向负责人抛出了问题，对方找来助手，查阅了资料，助手回答了问题。法兰奇十分满意。

法兰奇兴高采烈地回到了法纳姆。他的理论再也没有任何疑点了！尽管如此，他还是想找出大量更直接的证据。会很难获得这类证据吗？

法兰奇的理论假设，在厄尔被谋杀的那晚，有一辆特定的车在特定的时间行驶在特定的路上。如果事实确实如此，肯定有人见过它吧？

法兰奇认为值得进一步调查这一点。假设路线的一部分位于希夫调查过的范围之外，那么新的调查可能会找到一些有价值的线索。

法兰奇全力以赴进行调查，第三天他得到了回报。法兰奇找到一个年轻人，他总是在其中一条路的灌木丛后幽会，他见过一辆车——就是法兰奇调查的那辆车；也注意到了车牌号，看到车向前开了45米左右，然后在某栋房子的大门处停下；一个男人下了车——那个年轻人应该能认出他——进了屋子，三四分钟后又出来，开着车走了。

法兰奇认为验证已经完整了，要提交法院进行审判的话还差一些火候，不过他坚信会出现进一步的证据。

法兰奇非常满意地走到警局去见希夫。希夫肯定会大吃一惊！他们上次讨论这个案子时，法兰奇就无法掩饰自己的沮丧，他知道希夫认为他破不了这起案子。太好了，希夫一定会改变这个看法！法兰奇兴致勃勃地期待着两人的见面。

法兰奇进屋时，希夫对他点了点头。"你来了，太好了，"他说，"我想和你谈几件事，不过先说你的事吧。你找我有什么事？"

"的确是这样，警司。我有些事要告诉你。"

希夫抬起头来，看到法兰奇的神态，不禁心头一震。

"嗯？"他怀疑地哼道。

"我通过两天两夜的深思得出了结论，或者应该说我绞尽了脑汁，夜不能寐什么的。"法兰奇咧嘴一笑，"警司，你知道我手中其实握着解决这个问题所需的全部信息吗？我也是几天前明白的！而且，警司，从我的分析来看，你现在也握着解决这个问题的所有信息！至于证据，我去了镇上的一家公司问了一个问题，答案就包含我想要的全部证据。不仅如此，有人在特定的时间和特定的地点目击到了特定的车辆，我们就能解释这一切了。"

希夫目瞪口呆，好像不敢相信自己的耳朵。他朝法兰奇眨了眨眼，然后低声说："我不知道你的问题和答案是什么，也不知道你说的车是怎么回事，所以我现在是一头雾水。"

"就算不知道这些，你现在也有足够的信息来分析出到底发生了什么。之后你就会想到刚才那些问题，自己去问它们的答案。现在我会告诉你，答案是令人满意的，你一会儿就会知道。关于汽车也一样。"法兰奇笑了一会儿，"听我说，警司，"他身体向前倾，声音低沉，语速飞快，似乎在讲述一个惊天大秘密。希夫起初一脸轻蔑，但随着故事的进展，他的兴趣愈发浓厚，到了最后，他阴沉的脸上透出了真正的兴奋神色。

"法兰奇，我想说，"希夫最后不可思议般地肯定道，"你干得不错！你是对的，你终于找出了真相！而且你说得不错，我确实已经掌握了所需的全部信息，这起案件的所有涉案人员都知道，不过我们没有将其看透。恭喜你！"

"警司，我只是运气比较好。因为我除了分析这起案件之外没有其他的事可做，所以才想通了，但你们却要忙于日常的工作。不过，我们现在还没有完全成功。现在你必须决定下一步要怎么做。"

"我想，"希夫回答，"我知道要做什么——得行动了，有了你的这些分析，我可不敢去做别的事了。"

法兰奇点点头，"希望你能支持我的观点，你也知道我的证据对法庭审问来说没什么用。"

"你会得到其他证据的。要不我们尽快动身？"

"我没问题。"

"那我去找点人手，然后我们就走。"希夫就如法兰奇想象得那般兴奋，"这会引起轰动的，法兰奇，"他说道，

"我告诉你，一定会的。"

希夫按铃下达了几项命令，"那样就好，"他接着说，"我会准备好文件。法兰奇，我们越早出发就能越早抵达那里，10点从这里出发怎么样？"

"好的，警司。我会做好准备的。"

法兰奇艰难地耐着性子等希夫完成他的安排。法兰奇很讨厌即将发生的事情，不过也对这样的经历十分熟悉。很多时候，破案的高潮都是在条件更困难和颇为戏剧性的情况下发生。法兰奇回忆起那个可怕的暴风雨之夜，他和贝尔法斯特警方一起登上卡夫山。当时一片漆黑，在湿漉漉的树林中，他和同事们与约翰·马吉尔爵士一伙人展开了搏斗；他也记得自己站在纽黑文港一艘游艇的大厅里，周遭充斥着汽油蒸气，时刻警惕犯人会扣动自动手枪的扳机，而射出的子弹会把整个空间变为火海；他似乎正在体验绝望，他曾一手紧握米尔斯手榴弹，上面的击针已被拔出，而通缉犯却想夺取手榴弹，好让两人同归于尽。今晚不会发生这种事，他们会神不知鬼不觉地完成同样艰巨的任务。

10点钟终于到了，两辆车驶离了法纳姆警察局。第一辆车里是法兰奇和希夫，第二辆里是希普善克斯和三名警察。所有的人都穿着便衣，都是既兴奋又紧张。

虽然法兰奇并不缺乏坚定不移的勇气，但他的兴奋中夹杂着不安。这次任务是他建议进行的，尽管最终做决定的人是希夫，但如果出了什么差错，主要责任人还是法兰奇。法兰奇是专家，他给了希夫建议，希夫只是接受并执行了他的建议。

希夫也饱受疑惑的折磨。法兰奇的理论听起来不错，也很可能是真的。不过，希夫现在更加意识到这个理论还未被证实，除非一件事被证明是绝对正确的，否则总有出错的可能性。如果出现了错误，希夫热切期待的升职也就泡汤了。

一行人沿着豕背前进，当夜很暗，不过比较晴朗，他们现在也很熟悉这条路线了。法兰奇看着黑色的道路在车头灯的光束中向他们不断奔来。在他们的左边，白色混凝土路缘和绿化带随着车辆的飞驰而抖动。车灯照不到的区域漆黑一片。他们在这条平坦的直路上飞速行驶。没有人说话，每个人都全神贯注地思考着什么。

到达绕行路旁的桥时，他们放慢了车速，沿着开往康普顿的路继续行驶。他们在离波尔派罗不远的地方停下车来，两名警官和两个警员下了车，走到房子前，法兰奇按响了门铃。

管家打开了门。他显然认出了法兰奇，一脸惊讶。

"我想和盖茨先生说两句，"法兰奇说，"他在吗？"

"是的，先生，他就在书房里。我去告诉他。"

"弗雷泽夫人呢？"

"她去镇上了，先生。"

法兰奇点点头，"谢谢，我们现在就进去。"

法兰奇和希夫并未理会管家有些震惊的表情，直接从他身边挤过去，敲了敲书房的门，把门打开，走了进去。盖茨在壁炉旁边看书，当他环顾四周发现这些入侵者时，他气势汹汹地大吼起来。

"该死，督察，这可不是进到别人家里的方式。你到底是什么意思？你身边又是谁？"盖茨慢慢站起来，对他们怒目而视。

希夫走上前去，法兰奇紧随其后，门厅里警员们的身影也变得清晰可见。

"亚瑟·盖茨，"希夫严肃地说，"我是警察，你涉嫌在9月22日、10月9日和10月23日分别密谋杀害了约翰·邓肯·弗雷泽、海伦·南基韦尔、詹姆斯·厄尔和厄修拉·斯通，现将你逮捕，这是逮捕令。我必须提醒你，你所说的一切都将成为呈堂证供。聪明点，盖茨先生，安静地跟我们走。我们有四个人。"

盖茨一时目瞪口呆，站在那里瞪着这些人。然后他立刻醒了过来，一只手如闪电一般伸入口袋，抓了个什么东西准备塞到嘴里。法兰奇和希夫也向他飞扑过去，法兰奇用双手钳住盖茨的手腕，希夫则想从盖茨身后用手臂束缚住他。不过，盖茨的力气极大，尽管希夫的身材也很魁梧，盖茨还是甩开了他，然后转身和法兰奇扭打成一团。然而法兰奇抓住了他的手腕，盖茨还没来得及把手中的东西转移到另一只手里，希夫又抓住了他。与此同时，一名警员也控制住了他。几秒钟后，盖茨被戴上了手铐，束手无策。警方从他手里拿走了一个密封着粉末的小包。

"我想那是氰化钾。"法兰奇一边气喘吁吁地说，一边把完好无损的小包粉末放进自己的包里。

希夫也上气不接下气，简单地点了点头，然后转向希普善克斯。"让两个人把他押到一辆车里，"他命令道，"督察和我就坐另一辆车。"

盖茨现在脸色苍白，心灰意冷，被人带了出去。法兰奇叫来了管家。

"请你把这件事告诉弗雷泽夫人。"法兰奇低声说，"我们十分抱歉，但是我们别无选择。告诉弗雷泽夫人，我们会给他机会来证明自己的清白。如果你知道她现在的所在地，最好给她打一个电话。"

"这……这是怎么一回事？"管家结结巴巴地说，他脸色发白，浑身发抖。

法兰奇有些犹豫地说，"这和厄尔医生的案子有关。"然后跟警司一起快步离开了。

"过来吧，法兰奇，"希夫从车里喊道，"这份工作糟糕透了，我们尽快结束吧。开车，司机。"

其中一辆车朝豕背的方向前进，法兰奇、希夫和另一名警员却朝相反的方向驶去。他们经过康普顿，沿皮斯马什路行驶，不久后左转驶向比因斯康布，最后停在红房子门前。

同样的情景也在这里上演。法兰奇询问坎皮恩的所在地，被告知他在工作室里。于是他、希夫和那名警员立刻赶了过去，他们尽量靠近了坎皮恩，以防止他尝试自杀，然后希夫以合谋实施四起谋杀的罪名逮捕了他。当时坎皮恩的脸色变得毫无血色，什么话都没说。不过，他在车里尝试了和盖茨同样的把戏。他趁人不注意偷偷将手伸进口袋，然后又抽出来，当他迅速地将什么东西往嘴里塞时，法兰奇抓住了他的手。坎皮恩戴着手铐，根本无法与两名警察对抗。他手里有一个装着粉末的小纸袋，和盖茨企图吞下的东西相似。法兰奇的猜测后来得到了证实，它确实是氰化钾，而且是足以杀死十几个人的剂量。

这两个卑鄙小人的梦想和计划就这么落空了。

第二十二章

法兰奇的分析

几天后，一小群人聚集在法纳姆警察总部希夫的房间里。其中有法兰奇、希夫以及法兰奇特别要求到场的希普善克斯，苏格兰场总督察米切尔也到场了。米切尔本来去奥尔顿出差，在回镇上的途中收到出席这次会议的通知后，来到了法纳姆。

这次会议的目的是让法兰奇解释真相是如何推理出来的。他之前已经大致给希夫讲过一遍，但是现在要重新陈述得出此结论的推理过程。在场的四人都在热切期待这次演示的开始：法兰奇渴望着得到这几位高手的赞赏，其他几人无论从个人还是职业角度来说都抱着浓厚的兴趣。

米切尔拿出烟斗点燃香烟，通过反复测试找到了坐警司椅子最舒适的姿势。"好了，法兰奇，"米切尔说，"不知道其他人是什么情况，但是我想在今晚赶回家里。你赶快说吧，越早开始就能越早结束，我们也能越早放松和休息。"他的目光炯炯有神，"警司，你觉得呢？"

老实说，希夫深深陷进了这个案子里，他才不在乎法兰奇会花多长的时间。不过，希夫不动声色地对总督察的意见表示了赞同，以此表明他经常聆听苏格兰场的专家解释错综复杂的谋杀谜团。

法兰奇知道两人只是用这些开场白来掩饰自己内心的急切，当然，在下级在场的情况下，是不应将这种心情暴露出来的。因此，法兰奇在心里笑了笑，开始了讲述。

"我就不必回顾案子的开端了，你们肯定和我一样清楚。我会略过事件的以下过程：厄尔的失踪、南基韦尔护士身份的探明、她的失踪也被发现、斯通小姐的消失、秘密保险箱的发现、尸体的发现以及弗雷泽被谋杀的证据。这些我就不赘述了，我将从几天前说起，告诉你们每一步的论证。当然，有时我必须提到之前的事实和论点，以支撑我的理论。"

起初，总督察装出一副饱受痛苦和兴奋的双重折磨的样子，他又换了一个坐姿，但没有说话。法兰奇继续道：

"我把自己能想出的每一条论据都研究了个遍，但都毫无结果。我知道这起事件必然有一个完整合理的解释，但就是找不出来。

"在我开始解释如何取得进展之前，我想强调两组事实，虽然它们当时并未受到重视，但却十分关键。

"第一组是关于厄修拉·斯通在书房的死以及保险箱的发现。你们还记得细节吗？灌木丛1号旁边的浅坑，一道血迹通向书房角落的保险箱旁，书房该角落里和树后面沙子形成的脚印，斯通小姐房间的窗户可以看到房后灌木丛里的人，第二个浅坑及其旁边路上车辆的痕迹。你们应该记得我说过：厄修拉·斯通可能透过窗户看见灌木丛后有人并进入了书房，于是她下楼去提醒其他人。斯通小姐发现他找到了保险箱，那人为了掩盖痕迹，重击她的下巴把她打晕，再把她抬到附近的灌木丛中并杀害了她。犯人也许又返回书房进行检查，然后把尸体抬到灌木丛2号，他或者他的同谋接着用车运走了尸体。当然，你也还记得，我假设杀害斯通小姐的凶手也杀害了厄尔，斯通小姐当时发现凶手企图从保险箱中拿走厄尔一案的证据。"

"连我都记得这些，"米切尔说，"警司肯定早就听腻了吧。"

"这些我是知道的。"希夫承认道。

"先生们，我只是必须要重提一下，"法兰奇笑着指出，"因为这会引出我接下来的内容。刚刚说的是一组事实，还有一组和发现斯莱德汽车中黏土有关，就是这条线索让我们找到了尸体。"

"这个我们也记得。"总督察赶忙说道。

"没错，长官。我的进展就是从这里开始的。最初，我走进了死胡同。车里的泥土证明是斯莱德把尸体运到绕行路的工地上，但是他有不在场证明。这当然是常见的不在场证明僵局，我认为这个不在场证明有问题，却不知道哪里有问题。我在这一点上纠结了很久，然后产生了一个很简单的想法，这让我得以走上正轨。"

法兰奇此时停顿了一下，整个会议中他做过多次停顿，每一次都让米切尔觉得在才智上受到了重重一击。这次在场的各位都没有说话，于是法兰奇继续解释。

"这个想法就是，我所认为的矛盾根本不存在。这两个前提很可能都是真的：斯莱德的车载着尸体来到了绕行路，斯莱德的不在场证明也是成立的。会不会是真正的凶手在斯莱德未知的情况下将车开走了呢？"

"你认为这可能吗？"

"我认为这是可能的，长官。当然，这在6点之前无法完成。从斯莱德开车出门到6点抵达高尔夫球俱乐部之间，要么有人在看管这辆车，要么凶手没有借用车的时间。晚上11点以后也一样，凶手很难在司机不发现的情况下将车开走。不过，在6:00 ~ 11:00之间情况就不同了。

"大家知道，斯莱德6点到达高尔夫球会所后，一直在那里待到晚上11点。不知各位是否还记得那里的环境？停车的位置是在房屋的一侧，无人看管。在黑暗中，任何人都能悄悄把车开走，再悄悄把车送回。我问自己，那段时间内是否有能够作案的嫌疑人呢？

"很明显，接下来我查阅了6:00 ~ 11:00之间所有嫌疑人的行踪，或者更确切地说是8:00 ~ 11:00之间，因为在晚饭结束之前，四处都有人们的走动，不便于作案。然后我得到了一个十分令人惊讶和意想不到的结果——之前列出的嫌疑人之一，也是唯一一个能做到这点的人。这是我迈向真相的第一个飞跃。"

法兰奇又顿了顿，换了一个姿势。

"警司，在讲到故事的这种阶段时，法兰奇总会顿一顿，"总督察评论道，"这样比较有戏剧性的效果，是一种艺术，你懂的。继续吧，法兰奇。我们已经不会被你唬住了，快点讲完让我们回家吧。"

"总督察，"希夫带着黑色幽默道，"我还以为法兰奇给出的信息量太大，我们需要缓一缓呢。"

法兰奇和希普善克斯都对这个迎合总督察的行为略感惊讶。随后法兰奇机敏地笑笑，接着说道：

"当时，朱莉娅·厄尔和玛乔丽·劳斯在圣基尔达，斯莱德在俱乐部，弗雷泽夫人和表妹汉普顿夫人在一起，盖茨的行踪却要好好思考一下。当晚7:30，盖茨和女士们一起吃了饭，并说自己在8:30 ~ 9:00出了门。管家证实了这一点，但是不知道散步具体花了多长的时间，他肯定盖茨外出的时间不超过一个小时。

"但是在一小时内盖茨拿不到斯莱德的车。首先，他得步行近13公里，因为司机在7:30左右就锁了院子的门，且并未发现任何汽车和自行车被人使用过。再说，盖茨绝不会冒着被人看见的风险去乘坐公交车。那样的话他需要花两个半小时才能完成作案，因此他被排除了。

"这样的话，我的嫌疑人名单上就只剩下坎皮恩。会不会是坎皮恩借用了这辆车呢？

"乍看之下，这似乎是不可能的。整个下午和晚上，坎皮恩都和女士们待在一起。坎皮恩开车和女士们一起去了圣基尔达，之后也参与了寻找斯通小姐，接着给你打了电话，警司。不过在思考这个问题时，我突然意识到了自己的错误。坎皮恩并没有整晚都和女士们待在一起，他独处了约40分钟。

"组织搜索行动的是坎皮恩。他让厄尔夫人和劳斯小姐去屋内寻找，让他的妹妹们开车在路上寻找，而他自己却负责树林里的小路，请注意，当时只有他一个人。他会不会在那段时间里开走了斯莱德的车呢？

"我越想越觉得可能，主要有两点考虑。警司，你对那片地区比较熟，你觉得他会花多长时间检查完那些小路？"

　　希夫点点头。"有道理，我认为他在15分钟内就能仔细全面地搜个遍。"

　　"我也是这样想的。但他花了约25分钟，太长了。这就是第一点考虑，第二点考虑是反证法的结果。如果他确实是凶手，完成整个抛尸过程就要花掉全部的25分钟。我想出了结果，他必须迅速从圣基尔达去到俱乐部会所，启动斯莱德的车，开到灌木丛2号，把尸体搬到车上，开到绕行路工地，把尸体抬到埋藏地，开车回俱乐部，停好车，最后走回圣基尔达。他不可能跑完最后这段距离，因为他不敢气喘吁吁地回去。我试验了一下这会花多长的时间，结果是43分钟。他当时花了40分钟，结果相差不大。"

　　"等等，法兰奇，"米切尔打断道，"你的思维是不是有点跳跃？坎皮恩怎么知道斯莱德的车在俱乐部等着他呢？"

　　法兰奇点头答道，"没错，长官。最初我也很困扰，但后来发现这其实很简单。坎皮恩是俱乐部会员，当天和妹妹们在圣基尔达喝完茶，由于他有一个朋友第二天早上要去镇上，于是坎皮恩在回家时顺道去俱乐部和朋友见了一面。当时坎皮恩和秘书在门口聊天时，斯莱德开着车来了。斯莱德告诉秘书自己来参加晚上的桥牌活动，坎皮恩也一定听到了，所以马上知道那辆车能为自己所用。"

"他明明有自己的车，你却觉得他会冒险去开别人的车吗？"

"长官，我认为他当时无法开自己的车。我猜斯通女士失踪后，应该有一位女士坚持要和他一起开车搜查，这样就能顾及两侧的道路，他们在厄尔一案中就是这样做的。如果是这样，坎皮恩就无法在不引起怀疑的情况下拒绝。我猜他当时也是灵光一闪，想出了这个方法。当然这只是猜测，我并不是断定事实就是如此。我想说的是，坎皮恩开走了斯莱德的车。"

"很好，这点没问题了。不过坎皮恩不可能实施了谋杀，也不可能埋藏了尸体。他只转移了尸体吗？"

"确实，我的观点是只有他能转移尸体。至少交通工具这点存在疑问，并且足以让我把怀疑放到坎皮恩身上。之后我又考虑了一下他是否可能参与了其他几起谋杀。

"我想不出坎皮恩如何才能在不引起怀疑的情况下杀死弗雷泽。不过，如果是其他人给弗雷泽的药里下了毒，显然坎皮恩也难辞其咎，他也许为谋杀打了掩护，把弗雷泽的死视作自然死亡并签署了死亡证明。

"一方面，我们没有证据证明他做过这种卑鄙之事。但另一方面，这样的假设完全说得通。护士的怀疑、药物的分析、斯泰恩斯的见面以及保险箱里的证据，这一切完全与坎皮恩是犯人的假设一致。"

"是的，目前为止，这些都没有问题，"希夫阴郁地承认道，"继续说吧。坎皮恩怎么知道证据是在保险箱里？"

"我也正要问这个问题。"总督察插话道。

法兰奇点了点头。"这个问题也难倒了我很长一段时间，不过答案也很简单。就算护士对坎皮恩起了疑心，她也没有把这件事告诉厄尔，因为如果没有确切的证据，这样做就太危险了。护士只告诉了厄尔事实，然后就走了。厄尔永远不会相信坎皮恩是犯人，他们两人是搭档，已经共事了多年。厄尔把这件事告诉了坎皮恩，还问他谁才是真正的犯人；就算厄尔确实怀疑了坎皮恩，但还是把这件事告诉了他，因为这样就能让坎皮恩有充足的机会证明自己是无辜的。"

"你还没解释坎皮恩怎么知道秘密保险箱的存在呢？"

"我猜厄尔给他看过保险箱。坎皮恩自己也说过，他们一起阅读并讨论过厄尔的书稿。这下好了，坎皮恩也知道当厄尔的发现被公之于众后会有什么危险，他们肯定谈过保密的必要性，保险箱的事不可能从未被提起过。"

"没错，我敢说你是对的。"

"很好，长官。虽然还存在一些疑点，但是我认为坎皮恩可能参与了弗雷泽的谋杀。南基韦尔护士是下一个受害者，坎皮恩也杀了她吗？"

"第二章。"米切尔说道，意味深长地瞥了警司一眼。

法兰奇笑了。

"正如你所说的那样，长官，推理是一种艺术。坎皮恩自己说当天下午6点他也许在豕背见过护士，还说——我也核对了陈述——那个周日的下午，他去了普顿汉，和斯莱特一家喝了下午茶。喝完茶后，他在5:30～6:30之间开车回了家。毫无疑问，他能在途中和护士见面，杀掉她，再处理好尸体。我还不知道他具体是怎么做的，但我确信这是可以完成的。

"然后我开始思考坎皮恩是否可能谋杀了厄尔。当我怀疑他偷走书稿的时候，就开始调查这种可能性了，结果发现坎皮恩有不在场证明。你们肯定还记得，当时，或者说谋杀发生的一两分钟内，他都和女士们在一起。我思考了很长的时间，但还是无法推翻这个不在场证明，存在太多的独立证据了。

"这便是第二大难题，我在这点上耗了很长的时间。和第一个难题一样，我后来发现它根本不成问题。"

法兰奇又停顿了一会儿，米切尔趁机说："刚刚这段话！简短却不失简洁，对吗，警司？"

"他觉得这些技巧都是必要的。"希夫同样幽默地回答。

"当然了。好吧，是什么灵光一闪让你又走上了正轨？"

　　"简单地说，"法兰奇道，"这根本不存在任何矛盾。我来告诉你们当时我是怎么想到这点的。我暂时把杀害厄尔的凶手放到一旁，回到厄修拉·斯通的问题上。在厄修拉·斯通一案中，坎皮恩可能提供了交通支持，但不可能杀害了斯通女士，也不可能掩埋了尸体，因此坎皮恩显然有同伙。然后我问自己，会不会是这个同伙杀害了厄尔？"

　　其他几人纷纷点头表示赞赏。"你当时回答出这个问题了吗？"米切尔问道。

　　"是的，长官，不过答案和我最初想的不太一样。要得出答案，就必须重新梳理一下嫌疑人，因为怀疑的条件已经改变。坎皮恩和弗雷泽夫人之间有什么特殊关系吗？可能有，但我从未听过这种传言，于是在笔记本上注明要查清这点。不过就算坎皮恩与弗雷泽夫人的关系不一般，也不能解释弗雷泽的死。就算坎皮恩和劳斯女士、斯通女士或斯莱德在暗地里做了交易也说不通。只剩下了盖茨，而且我觉得他也符合条件。

　　"盖茨很缺钱。弗雷泽如果去世，他的外甥盖茨总计将得到约3万英镑。此外，盖茨和坎皮恩在赛马方面有所联系。据说，坎皮恩手头比较拮据。我问自己，他们两人会不会密谋杀害了弗雷泽，瓜分了得到的钱财，为了防止秘密被泄露，他们才不得已实施了另外三起谋杀。"

"这个理论很有道理，"米切尔认可道，"但它仍然只是理论。"

法兰奇也同意。但他认为这就是进展，给了他可以验证的东西。法兰奇指出，他是靠假设得出了坎皮恩和盖茨是犯人的确切结论，这是分析的前半部分。现在法兰奇将进入分析的后半部分，来证明这个观点是正确的。

第二十三章

真相大白

"我觉得,"希夫突然慢慢地说道,"我们应该重视这个时刻,就让我们以恰当的方式纪念后半部分解说的开始吧。"他从口袋里掏出一串钥匙,走到橱柜前,打开锁,拿出一个瓶子、三个玻璃杯和一个茶杯。"我不是每天都这样的,总督察,"他接着说,"但这种私下的小乐子也不是每天都有。希普善克斯,拿点水来。我能办到的事情有很多,不过用瞬间移动把苏打水拿来却不是其中之一。酒斟够了就说一声,总督察。"

米切尔调侃般地回答道"一声",似乎对自己的恶作剧很满意。法兰奇刚才一直在激动地解说,这才发觉烟斗已经熄灭了,他又填上烟丝,把烟点燃。法兰奇很高兴,在场的各位都接受了他的推理。米切尔也开始调侃他人,这代表他的心情不错。如果米切尔的好心情是法兰奇引起的话，这对法兰奇来说就意义重大。希普善克斯拿着一大壶水回来了，然后他们为庆祝得出这个理论干了一杯，接着让法兰奇继续说下去，他们可不想一整晚都耗在这里。于是法兰奇又开始了分析。

"我在得出坎皮恩和盖茨是犯人的理论后，又回头重新思考斯通小姐的谋杀案。如果我想对了，一定是盖茨杀害了斯通小姐。我假设事实就是如此，然后看这能得出什么结论。

"那么，基于这个理论，盖茨当时肯定站在灌木丛后观察书房，而且斯通小姐很可能看到了这一幕。他为什么要这么做？我认为他是在等窗户被打开。如果是这样，谁会帮他打开窗户呢？显然是他的同伙坎皮恩。坎皮恩确实这样做了吗？

"如果坎皮恩打开过窗户，肯定是在他拜访圣基尔达的期间进行的，即下午5:15 ~ 6:00之间，不过当时坎皮恩和其他人在一起。所以这困扰了我很久。"

"我也看出，"米切尔低声说，"其中的门道了。"

"是的，长官，一段时间后我也想通了。我想错了，以为坎皮恩一直和其他人待在一起。他离开过两次，一次是刚去的时候，另一次是要走的时候。第一次是他'忘记'拿给斯通小姐做的玩偶屋家具，于是去门厅把它从大衣口袋里拿出来。其间，他有足够的时间溜进书房，打开落地窗，给等在外面的盖茨发出信号。顺便说一句，像坎皮恩这种痴迷于自己爱好的人竟会忘记拿家具模型？我觉得这根本不可能。

"坎皮恩第二次离开其他人时是在他们离开之前，他当时出去发动汽车。这样他就有时间锁上窗户，虽然这么做没什么必要，但是能防止人们把注意力集中在书房里。这里必须注意的是，他们已经准备离开了，根本没有必要提前发动汽车，因为引擎还是热的。他们是从红房子来的，抵达时引擎一定很烫，而且不可能在拜访的这段时间冷却下来。所以抽身出去发动汽车其实只是一个借口。"

法兰奇一直一边说话一边呷着酒，现在他停下来喝完了杯中的威士忌。他的烟斗里的火又灭了，于是又将它点燃，同时其他人静静地坐着抽烟。他们对这个理论的关注表明了他们的重视，法兰奇对此深感满意。

"然后我想到了另一件事，"法兰奇接着说，"如果这件事发生过，就能把这一切联系起来。我好奇斯通小姐为什么目击到了盖茨。厄尔夫人离开她时，她正躺在床上看书。为什么她偏偏就在盖茨藏在灌木丛里的时候从床上起来了呢？

"我意识到，这可能是因为斯通女士听到了车的声音。她可能是起来看谁来了，以便决定是否下楼去。她应该能从窗口看到坎皮恩和盖茨两人，盖茨也许正在鬼鬼祟祟地潜入书房。自然，斯通女士便下楼去看他到底在做什么。"

"她为什么没去找厄尔夫人呢？"

"我觉得她应该从两人的举止中猜出他们有所密谋。她之所以没有去找厄尔夫人，是因为当时坎皮恩和厄尔夫人在一起。我猜她并不想暴露自己的存在，当她发现了盖茨的秘密后，盖茨也别无选择，只能杀了她。"

"那么你认为她的死只是一场意外？"

"我觉得是这样，长官。"

"那坎皮恩是怎么知道这件事的？"

"我马上就会说到这点，长官。"

"警司，我们能跳过这个问题吗？"

"暂时跳过这部分吧，总督察。如果有必要的话，我们再回来讨论这个问题。"

米切尔眼神一闪，法兰奇对此感到很高兴，但米切尔只说了一句："好吧，法兰奇，继续说。"

"这样就更进了一步。如果我想得不错，盖茨肯定在特定的时间里参与了作案。然后我找了找盖茨的陈述中有没有与此相符的地方。

"盖茨有三辆车可用，不过没有一辆被开了出来。但是，他还有一辆自行车能用。这辆自行车似乎能让这件事的发生成立。

"根据这个理论，盖茨一定是在 5:10 或 5:15 左右到达

圣基尔达。比如，如果骑车的速度为每小时19公里，他
就必须在4:40左右离开波尔派罗，而这正是他所提供的
时间。盖茨当时进入了书房，搜查了保险箱，谋杀了斯通
小姐，把尸体带走。然后他将面临一个棘手的问题，面前
有一具尸体，要如何处理掉它？他立刻想到了在建的绕行
路，这大概是因为他之前帮忙将厄尔埋在了那里。不过他
要怎么把尸体移动过去呢？这需要坎皮恩的车，因此他必
须见坎皮恩一面。我猜他把尸体放在一个僻静的地方，也
就是灌木丛1号那里，然后匆匆回到圣基尔达，希望能和
坎皮恩商量商量。我不知道他们当时是否见上了面，不
过他们显然在晚饭之前见过。盖茨可能骑车去了红房子，
在那里见到了坎皮恩。不论怎样，他见到了坎皮恩，一
起制订了计划，然后回到树林里，把尸体转移到灌木丛
2号，这样坎皮恩就能方便地把尸体带走，然后盖茨骑车
回了家。

　　"我也试验出了这个过程所需的时间，我花了不到两
个小时，而盖茨说他散步的时间正好是不到两个小时。所
以这一点也说通了。你们应该还记得，没有证据证明他确
实去散了步。"

　　米切尔猛地动了动身子。

　　"但是法兰奇，"米切尔打断道，"厄尔是在10月9日
的那个周日被谋杀的。坎皮恩和盖茨为什么等了整整两周

时间才去偷走证据？这样不是很冒险吗？"

"是的，长官，非常冒险。他们应该在第一时间处理掉保险箱里的东西，所以是挺冒险的。"

"但他们并没有那样做。我有些不明白。"

"他们正是那样做的，长官。你应该没意识到那两周盖茨生病了，突然得了支气管炎。自从厄尔死后，第一次有机会接触保险箱的时间就是那个周日。他们必须选择周日，因为那天厄尔家的用人不在。我觉得这点也很重要，因为它也符合我的理论。"

米切尔点了点头。"我记得在你的笔记中读到过盖茨生病的内容。好，这就没问题了。我已经从反对变成了支持，就是该这样。法兰奇，然后呢？"

"然后就是埋藏尸体的问题，"法兰奇接着道，"如果我列出的时间表没错，坎皮恩就不可能做到这点，他只有把尸体转移到绕行路的时间。因此，这个理论要想成立，盖茨就应该是挖坑埋尸的那个人。

"在分析坎皮恩的行踪时，我估计他肯定在8:35左右到达了绕行路。盖茨已经承认自己在8:30左右离开了家并在9:00返回。而我的调查显示他可能外出了近一个小时，这样的话他就有时间和坎皮恩见面并埋葬尸体。"

"坎皮恩没有去挖藏尸的坟坑吗？"米切尔插话道。

"我觉得是这样。你记得车里的黏土痕迹又新又松散吗？再说藏尸的坟坑也很浅。"

"好吧，我想我们不得不承认这点，警司，这些都和这个理论相符。不过我们想知道你之前提到的证据是什么，法兰奇。它到底是什么？"

"长官，恐怕现在我还不能说。"

"你知道像这样让希望落空时心脏会受到什么影响吗？好吧，反正我们也拿你没办法。等你告诉我们时，我们就加倍地享受吧。"

法兰奇尽责地咧嘴一笑，然后匆匆瞥了一眼笔记本，继续说道：

"我认为，坎皮恩和盖茨想秘密偷走保险箱里的资料，这点就足以构成杀害厄修拉·斯通的动机，而且显然他们两人符合共同谋杀弗雷泽的条件。不过厄尔和南基韦尔护士的死还有许多疑点等待查清。在这两起谋杀案中，护士的案子似乎要简单一点，所以我就从那里下了手。

"事件的开端是她收到了一封电报，要求她周日晚上去豕背。你们也记得，有人把这份信息和电报费塞进了汉普顿公地的一个信箱：那人并没有亲自去邮局。显然发出电报的人要么是坎皮恩，要么是盖茨。

"我们知道护士6点时到达了绕行路的桥上，即秘密见面的地点，然后坐上一辆轿车走了。我们还知道那天晚上或之后不久她被人杀害并埋葬了。我们还知道——"

"你怎么知道她被埋起来时是什么时候？"米切尔总督察打断了他的话。

"我马上就会说明这一点，长官。厄尔的尸体是在那个周日晚上被埋起来的，护士的尸体也在同一个坟坑里，所以他们肯定是同时被人埋葬的。此外，尸体在土堆中的位置也能大致证明这一点：两具尸体都刚好在路堤前端的土层下面。"

"很好。请继续。"

"正如我刚才所说的，坎皮恩可能6点去豕背见了护士，杀死她并藏起尸体。我不能证明他确实这样做了，只是说有这种可能，这些证据也是基于其他几起谋杀推测出来的。"

"他会把尸体藏在哪里呢？"

"大路和绕行路工地之间的灌木丛里。我去过现场，有很多合适的地方。当时是6点左右，天已经暗了，埋尸肯定是在9点左右，所以只需把尸体隐藏约3个小时。"

"这种情形当然可能。我们应该可以暂时跳过这点，警司，你觉得呢？"

"没错，我们还需要进一步的证据。"

"没错，我们必须找出那个证据。法兰奇，来说说你对厄尔一案的看法吧。"

"我认为厄尔的情况更加棘手。坎皮恩和盖茨都有不在场证明，而且经过测试，我发现这些不在场证明是毫无破绽的。

"后来我又研究了一遍，越分析就越觉得这些不在场证明是无懈可击的。长官，你还记得它们吧？除了在工作室组装玩偶屋的一小段时间——而且这些时间都是组装所必需的，坎皮恩、他的妹妹们和斯通小姐整晚都在一起。此外，在谋杀实际发生的时候，或其前后一两分钟内，坎皮恩和三位女士待在客厅里，有充分的证据证明这一点。至于盖茨，他从自己家走到了加尔布雷斯家，又走了回去，走这段路程所花的时间也是必需的。还有，在谋杀发生时，或发生前后一两分钟内，盖茨就在加尔布雷斯先生的家门口。他们两人似乎都不可能作案。不过，现在我知道他们以某种方式伪造了上述证明，我应该亲自找出伪造的方法。

"我首先想到的是，杀害受害者的时间一定要和受害者失踪的时间一致吗？

"最后得出的结论是，两个时间必须一致。在我看来，厄尔的衣服证明了这一点。如果他当时是去某地赴约，就应该会穿上户外用鞋、外套并戴上帽子。由于当时有人走到窗前找他，所以我相信他当时走出了客厅，还被人打晕了。显然，厄尔当时只打算出去一会儿。

"不过问题并没有因此得到解决，于是我接着分析起来。

"我先研究了一下坎皮恩，立刻发现在不同的时间段里他都有不在场证明，但是可信度却参差不齐。那个周日晚上8点前，坎皮恩和他的家人吃了饭；9:20之后，他又和三位女士待在一起；8:30 ~ 8:35之间的5分钟也是如此。我认为这个不在场证明根本无法被打破，三位女士都很肯定当时的情况的确如此。

"不过，我发现其间的几段不在场证明并没有什么说服力。从8:00 ~ 8:30，再从8:35 ~ 9:20，其实没人见过坎皮恩。他独自一人，谎称在工作室里组装玩偶屋。能证明他当时在工作室的唯一证据就是——组装会花掉全部的时间。

"因此，我开始怀疑他当时是否确实在组装了。

"我把注意力集中在玩偶屋这件事上，很快就想到了两个要点，这让我觉得自己的调查方向是正确的。第一，玩偶屋这件事完全是坎皮恩自己提出的，并未发生过什么会让他想到此提议的事件。他也没什么理由要选择那个时间进行组装，因为完全可以之后再把玩偶屋给斯通小姐送去。当然，坎皮恩给过我一个理由：他不想再和女士们待在一起，想找个借口离开，这可能是真话。不过，他认为有必要向我解释这一点也很可疑。

"另一个要点更有说服力。坎皮恩首先向斯通女士展示了玩偶屋未组装的配件，说明这是手艺人公司的产品；

8:30，他把玩偶屋的半成品拿到客厅，假装想和斯通女士商量一下装饰的选择；最后，他在送斯通女士回圣基尔达时，也带上了完工的玩偶屋。我问自己，他难道不是故意这样做的吗？这难道不是为了证明那段时间里他确实在进行组装吗？我觉得这点很可疑。此外，我还注意到，斯通女士是否乘坐公交车的那段对话似乎是为了确定他在客厅的时间。"

法兰奇稍稍停顿了一下，不过没有人开口评论，他们的确将所有注意力都紧紧集中到了法兰奇身上，以表赞赏。法兰奇获得了自己的第一份奖赏。

"到了这个时候，虽然我仍然不知道要如何揭露他的不在场证明，但是敢断定自己前进的方向是对的。然后，为了讨论的方便，我先假设坎皮恩在玩偶屋这件事上说了谎，那么在8:00 ~ 8:30和8:35 ~ 9:20这两个时间段里他就是自由的，他能做些什么呢？

"显然不可能杀害了厄尔。厄尔是在8点40分被谋杀，坎皮恩不可能及时赶到圣基尔达。因此，虽然盖茨有不在场证明，但还是先假设是他实施了谋杀，那么坎皮恩能帮上什么忙呢？

"这个问题困扰了我很久，之后我想通了。还是交通工具！盖茨8点时待在家里，如果要及时到达圣基尔达，他肯定是坐车过去的。"

"等一下，"希夫插嘴道，"不能骑自行车吗？"

"警司，我也想到了这点，"法兰奇回答，"不过当时自行车是锁上的，而且事情还没有这么简单。凶手得把尸体移动到绕行路的工地上，自行车是办不到这一点的，所以肯定动用了汽车。如果要用汽车来移动尸体，盖茨不也应该在那辆车里吗？这项工作需要快速完成，如果要在9:30之前埋好尸体，自行车就太慢了。盖茨不可能骑自行车去圣基尔达，因为他不可能及时把车骑回去，所以他需要一辆汽车。

"最后，我怀疑坎皮恩在工作室的第一段时间里会不会开车送盖茨去了圣基尔达，且在第二段时间里开车把盖茨和厄尔的尸体运送到了绕行路。

"另一个问题马上又出现了，他不可能把车从红房子的车库里开出来，同时不让屋里的人听见声响。我生了好一会儿的闷气，然后我记起红房子坐落在一片平地上，坎皮恩可以用手推着他的轻型汽车进出车库。"

希夫又拿起了酒瓶，"我觉得这段推理值得让我们再干一杯，"他低声道，"酒够了就说一声，总督察。"

"'一声'，"米切尔又是一副得意的样子，然后对法兰奇说："我的天哪，法兰奇，这就和塞克斯顿·布莱克侦探的情节一样。你觉得呢，警司？"

"他应该辞职去给电影写剧本，"希夫一脸严肃地说，

"这可比在苏格兰场工作更赚钱，对吧，总督察？"

"这是当然的，"米切尔淡定地表示了同意，"法兰奇，来说说下一章吧？"

在另一小杯酒的帮助下，法兰奇继续讲他的故事。

"仔细想想这件事，我发现坎皮恩刚好有时间把车开出来，在波尔派罗附近接到盖茨，把他送到圣基尔达，再回到红房子，将车停在附近某处，把玩偶屋拿到客厅里。我估计他能在28分钟内完成这一切，而他实际有半个小时的时间。在坎皮恩得到这份不在场证明后，他又开车回到圣基尔达，把盖茨和尸体送到绕行路，然后回到家里。他有时间完成这一切吗？

"我尽可能仔细地研究了这个问题，结果又被别的问题意外难住了。坎皮恩用了太多的时间——当然实际上只有约5分钟，其实并不多，但是我认为每1分钟都至关重要，这方面的出入可能意味着这件事另有隐情。我困扰了一会儿，然后突然明白了。"

"我也明白了，"米切尔插话道，"不过这多亏了你之前的铺垫。在你把它讲出来之前，我都没有看出来。你懂了吗，警司？"

"现在懂了，"希夫回答，"你是说盖茨的不在场证明吧？"

"没错。这就是你接下来要说的，不是吗，法兰奇？"

"是的，长官。"

"你按照自己的方式接着讲吧，就当我们什么都不知道，我们也可能有所遗漏。"

"你和警司很快就明白了，但我却花了很长的时间，"法兰奇机敏地继续说，"那5分钟的时间就能让盖茨的不在场证明成立。盖茨肯定没有去加尔布雷斯家，但是坎皮恩能去。加尔布雷斯家正好位于红房子到圣基尔达的途中，坎皮恩只用粘上假胡子，垫起衣服，用低沉的声音说话就行了。坎皮恩的身高和盖茨差不多，当时天也黑了，加尔布雷斯肯定也出门了，所以只有管家会见到他。最重要的是，管家知道有人会来。坎皮恩有假扮盖茨的条件，实际也这么做了，我觉得很满意。"

"很好，法兰奇，"米切尔称赞道，"该给你颁发一枚奖章了。好了，你来听听我理解的对不对。坎皮恩和盖茨分别同时从各自的家出发，坎皮恩开了车，盖茨是步行。他们在盖茨家附近的某地相遇，坎皮恩载着盖茨来到圣基尔达，把他放下车。然后坎皮恩开车回了家，去客厅里完成自己的不在场证明，又去加尔布雷斯家做好盖茨的不在场证明，然后开车回到圣基尔达接走盖茨。与此同时，盖茨则引诱厄尔来到屋外，杀害了他，并准备好将尸体放进车里。随后两人开车将尸体移动到了绕行路的工地，接着坎皮恩回了家，盖茨则埋掉了尸体。对吗？"

"完全正确，长官。我有一个能理清思路的办法。"

法兰奇拿来一张纸，在上面写写画画，其他人都凑过来研读这张纸。"这张图不是按比例绘制的，"法兰奇解释道，"但是位置大致如图所示。"

"没错，"米切尔说，"就是这样。"他对着这份资料陷入了深思。

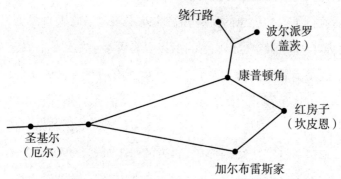

坎皮恩和盖茨的不在场证明

时间	坎皮恩	盖茨
8:00	来到工作室。	从家里出发前往康普顿角。
8:02	离开工作室，把汽车推出门。	
8:07	发动汽车。	
8:10	在康普顿角接到盖茨。	在康普顿角上了坎皮恩的车。
8:15	在塔恩角放下盖茨。	在塔恩角下了坎皮恩的车。
8:24	抵达红房子，停好车。	

8:27		抵达圣基尔达，等待作案时机。
8:28	回到工作室。	
8:30	进入客厅，创造自己的不在场证明。	
8:35	离开客厅，打扮成盖茨的样子。	
8:38	离开工作室。	
8:40		实施谋杀。
8:41	发动汽车。	
8:44	来到加尔布雷斯家。	
8:48	伪造出盖茨的不在场证明。	将尸体放在路边，准备撤离。
8:56	在圣基尔达附近接走盖茨和尸体。	将尸体搬上坎皮恩的车，并一同离开。
9:08	将尸体放到埋藏地。	帮助坎皮恩将尸体放到埋藏地。
9:14	回到红房子，将车推进车库。	
9:20	来到客厅。	
9:30		埋好尸体后回到波尔派罗。

8:40 　　　　　厄尔失踪的时刻（谋杀发生时）

坎皮恩的不在场证明：

8:30 ~ 8:35　　和女士们一起待在客厅里。

盖茨的不在场证明：

8:44 ~ 8:48　　在加尔布雷斯家门口。

　　"你总结得不错，法兰奇，"米切尔评论道，把纸递了回去。"现在让我来看看是不是完全理解了你对整个事件的推论。坎皮恩和盖茨是一对衣冠禽兽，他们在赛马时运气不好，陷入了财务危机。于是他们一起谋划了一个能一夜暴富的计划。盖茨有把握在弗雷泽去世后得到3万英镑的遗产。弗雷泽年近七十，身体虚弱，只需轻轻一推就能让他进入阴间，而且他的死对任何人来说都是好事：弗雷泽接触过的人包括弗雷泽夫人都讨厌他。坎皮恩和盖茨加快了他的死亡：盖茨很可能从坎皮恩手中得到了毒药，并把药掺了进去，或者他用的是除草剂，做到这点也很容易；坎皮恩的工作是签署死亡证明。我们可以大致猜测他们是有所分工的。

　　"一切都很顺利，弗雷泽被除掉了。然而，对他们来说不幸的是南基韦尔护士的眼睛太雪亮了。她拿走了一些可疑的药物，并对其进行了分析，从而证实了自己的怀疑。护士自然把这件事告诉了厄尔——否则她还能告诉谁？但是接下来发生了什么呢？正如你推测的那样，厄尔把此事对坎皮恩全盘托出。坎皮恩当然心烦意乱，他说服厄尔不立即采取行动。然后坎皮恩和盖茨见了面，制定了对策——他很可能早就想好了这个预防措施。坎皮恩给护士发了一份电报，在豕背和她见了面，杀了她并藏起了尸体。厄尔也如你所描述的那样遭人杀害。坎皮恩和盖茨觉得一切都很完美，只剩下销毁危险的证据。法兰奇，这里有一个问题。坎皮恩作为厄尔的工作搭档，他为什么不直接去圣基尔达，再谎称要去书房找和医疗相关的资料呢？"

"我想过这点，长官，"法兰奇答道，"据我所知，厄尔夫人是不会允许任何调查在她不在场的情况下进行，我想坎皮恩也意识到了这一点。坎皮恩可以提议进行秘密搜查，但如果厄尔夫人拒绝了，别人就很容易对他产生怀疑。"

"好吧。所以坎皮恩不得不寻求盖茨的帮助，但盖茨却生病了。接着就是厄修拉·斯通在错误的时间去了书房，盖茨不得不封住她的嘴。我相信你对这些事件的再现是可靠的。现在，我第三次也是最后一次问你，你的证据是什么？"

法兰奇显得有些不安，"希望各位听我说完后会认为这些是充足的证据。有两个方面的证据，第一点和玩偶屋有关。我之前也说过，坎皮恩想用这个幌子证明：当他没和女士们在一起的时候，其实一直都在工作室里组装玩偶屋。我猜他可能用了一个老把戏，于是去镇上拜访了手艺人公司的经理。经过询问得知，10月8日，即厄尔去世前一天，是周六，一名男子来到店里，买了三套这款玩偶屋的材料。售货员记得这件事，因为当时顾客要的那款玩偶

屋只有两套存货，他没有选择等第三套玩偶屋到货，而是
买了三套另一款样式的玩偶屋。这都没什么，不过当售货
员从一堆照片中挑出那名顾客的照片时，我可高兴坏了。
那人就是坎皮恩。"

"太好了！"在场的其他人迫不及待地喊道，"辩方肯
定会很难解释这一点。坎皮恩事先准备了三套玩偶屋？"

"长官，我马上就会解释这点。据我所知，周四厄尔
得知了弗雷泽的事，并在当晚或第二天把它告诉了坎皮
恩；周五，坎皮恩和盖茨见了面，并想好了对策；周六早
上，坎皮恩去买了玩偶屋。在周日晚上之前，他已经准备
好了三套玩偶屋：一套未拆封、一套半成品以及一套成
品。他在合适的时间展示了相应的玩偶屋，作案之后，他
毁掉了前两个玩偶屋。就在这一天，"法兰奇得意扬扬地
补充道，"我在坎皮恩工作室壁炉的灰烬中发现了另外两
套的门铰链和其他金属部件！

"第二部分证据和汽车有关。我不相信坎皮恩来来回
回这么多次却没有被人看见。我一直在调查这条线索，最
后发现了一个年轻人，案发当晚他就在加尔布雷斯家附近
等他的女朋友。他在那里看到坎皮恩的车开了过来——此
人是比因斯康布本地人，知道各户人家的车牌号——然后
他似乎看到坎皮恩下了车，在门口待了三四分钟，然后开
车走了。先生们，当时才8:45。我觉得这起案件很快就能

了结。"

法兰奇尽职尽责地完成了自己接受的任务，他喝干了威士忌，欣喜若狂，不仅是因为自己的成就，还因为同伴们的认可。米切尔直率对他表示了祝贺。

"我觉得这些证据已经很不错了，"米切尔说，"你越想就越觉得它们有说服力。"

但他接下来又给法兰奇泼了点冷水，"这些都不错，你已经证明了逮捕他们的合法性。但是，我还想要一些在法庭上能用得到的证据。你必须进一步调查，找出一些更直接的证据。"

结果，就在几天之后，法兰奇成功找到了他梦寐以求的东西。根据对南基韦尔护士性格的判断以及她在整件事中的行为，他觉得护士为了以防万一肯定会自己留下一份副本，再把这份重要的文件交给厄尔。为了验证这份文件存在的可能性，法兰奇先后去了布莱恩斯顿广场和养老院，重新检查了护士的房间，然后去了她的家，就在雷德鲁斯附近，遗物已经被送过去了。在康沃尔，法兰奇有所发现：护士有一个稍显老旧的手提箱，其内衬上有被撕开过的痕迹，像一条脱了线的切口，很可能是某种使用造成的。法兰奇把手伸进这条缝里，在内衬里面找到了一张叠起来的纸，上面写着：

"*10月6日和来自圣基尔达的厄尔医生在斯泰恩斯见面后，按照他的请求向他发送了以下资料的副本。*

亲爱的厄尔医生，

按照你的要求，我把今天在斯泰恩斯和你说过的话整理成了文字。

如你所知，已故弗雷泽先生的卧室前有一间前厅。前厅的墙上挂着一面镜子，如果把卧室和前厅之间的门打开，从大厅进入前厅的人就能通过镜子看到卧室的情况。

9月16日下午5点左右，我临时走进前厅拿一封忘记寄出的信，当时从镜子中看到盖茨先生坐在他舅舅旁边，弗雷泽先生睡着了，而盖茨先生正在匆忙地塞着一个瓶塞。我看了看瓶子，发现那是弗雷泽先生的药。当时我并没有在意，但后来注意到，弗雷泽先生在服用了那瓶药后病情迅速恶化。我突然意识到弗雷泽先生的症状和砷中毒的症状十分相似。并不是在怀疑什么，但保险起见，我还是用那种药进行了一些实验。有一两次我没有给弗雷泽先生服用那种药，把它倒进了另一个瓶子，决定留着进行分析，以防万一。而那几次弗雷泽先生的病情似乎比服药的时候更好。我不知道该怎么办，对此十分困扰。

在我采取任何行动之前，弗雷泽先生就去世了。我还是不知道到底该怎么办，怕在这件事上走错一步会毁了自己的前途，所以我什么都没说——也许我不该那样做。我不是想为自己辩护，只是想告诉你发生了什么。坎皮恩医生出具了死亡证明，我离开了波尔派罗，去了另一个地方工作。

9月29日，周四，我收到园丁妻子的信。我的这位朋友在信中提到盖茨先生得到了3万英镑遗产。这让我陷入了沉思，之前的怀疑又涌上心头。我不知道该怎么办，但最后还是决定不应该隐瞒我知道的一切。于是我把这瓶药送去分析，10月4日，周二，我拿到了分析结果。

我本想先告诉坎皮恩医生，但是不知为何我一直不喜欢他这个人，也担心他可能不会认同我的看法。然后我就想到了你，厄尔医生，我觉得把这件事告诉你应该是安全的。所以我给你写了那封信，请求和你见面。

我想告诉你的就是这些。如果你要采取任何行动，我相信你会确保我的安全。

祝好

海伦·南基韦尔"

除此之外，还有一个小插曲。这个小插曲给当局提供了所需的进一步证据，顺便还揭露了霍华德·坎皮恩的真面目。当坎皮恩意识到他们已无力回天后，他主动提供了证据，请求从轻处置。他说自己欠盖茨一大笔钱，当时盖茨已经瞒着他在药里下过毒了。而当坎皮恩起疑后，盖茨却坚持要他出具死亡证明，否则就要让他身败名裂。

　　不过坎皮恩的这个说法受到了质疑。通过刨根问底的审讯，法兰奇成功戳破了这个谎言，并证明坎皮恩就是这起案件的策划者。坎皮恩选择了砷的原因是砷中毒的症状和弗雷泽实际的病症相吻合，而且一旦被人发现毒药的使用，也不会怪到医生的头上，很可能会归咎于盖茨，因为他随时都能取得除草剂。其实是坎皮恩把砷交给盖茨，由盖茨把它掺进药里。因此，坎皮恩牺牲同伙拯救自己的企图以失败告终。

　　他们两人都无法否认作案动机，法兰奇的进一步调查充分证实了这一点。坎皮恩负债约4000英镑，盖茨负债约7000英镑。他们在谈到这个共同的麻烦时，提出了谋杀弗雷泽的计划。不过两人都觉得自己无法独立完成，于是决定合作实施这个阴谋，分享赃物。经过万众瞩目的审判，两人都受到了法律无情的制裁。

　　这起案件还让几个人出人意料地变得更为亲密了。弗雷泽夫人对波尔派罗及其相关一切恨之入骨，于是卖了房子，和同伴一起去了阿根廷——那人正是爱丽丝·坎皮恩。爱丽丝一直很讨厌她的哥哥，帮他看家纯粹是出于经济上的考虑。朱莉娅·厄尔在经历了这一切后变得温和了许多，她嫁给了斯莱德，之后两人也离开了这里。

　　法兰奇又得到了什么呢？起初他以为就是出色完成工

作后的成就感，但后来总督察和他的朋友——苏格兰场的局长助理莫蒂默·埃里森爵士——也向他表示了祝贺，还透露说……不，不可能！又有一个案子……

事情就是这样！

雷泽夫人对波尔派罗及其相关一切恨之入骨雷泽夫人对波尔派罗及其相关一切恨之入骨雷泽夫人对波尔派罗及其相关一切恨之入骨雷泽夫人对波尔派罗及其相关一切恨之入骨雷泽夫人对波尔派罗及其相关一切恨之入骨

图书在版编目（CIP）数据

豕背山奇案 / (爱尔兰) 弗里曼·威尔斯·克罗夫茨著；刘星好译. — 北京：中国青年出版社, 2019.7

书名原文：The Hog's Back Mystery

ISBN 978-7-5153-5711-9

Ⅰ. ①豕… Ⅱ. ①弗… ②刘… Ⅲ. ①长篇小说–爱尔兰–现代 Ⅳ. ①I562.45

中国版本图书馆CIP数据核字（2019）第148392号

责任编辑：彭岩　刘晓宇

*

中国青年出版社 出版　发行

社址：北京东四十二条21号　邮政编码：100708

网址：www.cyp.com.cn

编辑部电话：（010）57350407　门市部电话：（010）57350370

北京中科印刷有限公司印刷　新华书店经销

*

889×1194　1/32　11.875印张　209千字

2019年9月北京第1版　2019年9月北京第1次印刷

定价：42.00元

本书如有印装质量问题，请凭购书发票与质检部联系调换

联系电话：（010）57350337